SUITE ITALIENNE

DU MÊME AUTEUR
CHEZ POCKET

Marianne

1. UNE ÉTOILE POUR NAPOLÉON
2. MARIANNE ET L'INCONNU DE TOSCANE
3. JASON DES QUATRE MERS
4. TOI, MARIANNE
5. LES LAURIERS DE FLAMME — 1re PARTIE
6. LES LAURIERS DE FLAMME — 2e PARTIE

Le jeu de l'amour et de la mort

1. UN HOMME POUR LE ROI
2. LA MESSE ROUGE
3. LA COMTESSE DES TÉNÈBRES

Secret d'État

1. LA CHAMBRE DE LA REINE
2. LE ROI DES HALLES
3. LE PRISONNIER MASQUÉ

Le boiteux de Varsovie

1. L'ÉTOILE BLEUE
2. LA ROSE D'YORK
3. L'OPALE DE SISSI
4. LE RUBIS DE JEANNE LA FOLLE

Les Treize Vents

1. LE VOYAGEUR
2. LE RÉFUGIÉ
3. L'INTRUS
4. L'EXILÉ

Les loups de Lauzargues

1. JEAN DE LA NUIT
2. HORTENSE AU POINT DU JOUR
3. FÉLICIA AU SOLEIL COUCHANT

(suite en fin de volume)

JULIETTE BENZONI

SUITE ITALIENNE

BARTILLAT

ISBN : 2-266-16546-1

Plaisir léger, volage, fugitif qu'accompagnent mille tourments, à travers l'éclat trompeur dont tu nous éblouis, tu caches des maux cruels et ta riche et brillante parure couvre des monstres hideux…

Laurent de Médicis

À Claude Versini
À l'Amitié incarnée…

Avant-propos

L'Italie ! Bien avant de porter l'un de ses vieux noms, elle a occupé mon imagination. Je devais avoir quatorze ou quinze ans lorsque le virus m'a frappée. Cette année-là, André Chamson, alors conservateur du Petit Palais, avait littéralement pillé les musées de la Péninsule, en particulier les Offices de Florence, pour une fabuleuse exposition et, durant des mois, l'Art italien — c'était son titre — a fait courir Paris, la France et une partie de l'Europe du Nord. De Cimabue à Tiepolo — le programme annoncé —, les plus belles œuvres de l'Angelico, d'Uccello, de Botticelli — j'avais un faible pour la Madone à la grenade —, Ghirlandaio, Verrochio, Vinci, Raphaël, Michel-Ange, Titien, Véronèse, Piero della Francesca sont venus couvrir de leur splendeur les cimaises du palais. C'était un éblouissement que j'ai dû aller contempler une douzaine de fois avec ma mère, mon collège, des amies, des cousins de province, tout ce qui me tombait sous la main pour avoir une occasion d'y retourner. C'était magique !

L'histoire de l'art étant développée de bonne heure dans la chère maison chargée de m'orner l'esprit tout en m'enfonçant dans la tête les ingrédients nécessaires à un

baccalauréat convenable, je connaissais déjà les principaux de ces peintres, mais isolément. Leur réunion me fit l'effet d'un feu d'artifice et comme d'habitude, je me suis tournée vers l'Histoire afin d'en apprendre un peu plus sur les personnages de ce monde fascinant, inquiétant aussi par ses ombres, ses contrastes. Les chroniques de Stendhal pour la musique et quelques solides historiens pour les paroles, l'Italie de la Renaissance est un opéra fantastique où le sang et la boue servent de fertilisant à l'épanouissement d'une beauté surhumaine renouvelée de la Grèce antique et des raffinements d'une mosaïque de principautés menées par des personnages de contes fantastiques. Parce que cette Italie-là, qui ne porte pas encore son nom, cela s'écrit Médicis, Borgia — des Espagnols pourtant, comme les Aragon de Naples —, Este, Sforza, etc. Tous mécènes hauts en couleur, épris d'un certain art de vivre mais cruels, débauchés, parfois féroces et sans le moindre souci de la vie humaine, à l'image de César Borgia, vénéré de Machiavel, qui en a fait « le Prince », mais dont le masque de velours brodé d'or cache les ravages de la syphilis…

Les femmes sont à la hauteur de leur démesure, qu'elles soient victimes ou souveraines. Leur beauté a traversé le temps, en route pour l'éternité, leurs excès un peu moins, mais à soulever le coin du voile des siècles, cette « Suite italienne » souhaite leur restituer leur réalité humaine en révélant ce qu'ont caché de douleur, de haine ou de résignation les brocarts scintillants de leurs robes.

Borgia

(ROME)

I

Les fondateurs

Mal éclairée par deux torches brûlant dans des anneaux de bronze, la chambre mortuaire, pillée et saccagée, semblait avoir subi le passage d'un typhon. Les tableaux, les tentures avaient été arrachés, les meubles forcés pour en enlever le contenu. Il n'y avait plus un seul livre dans les coffres, plus un objet sur les tables ou les crédences, plus un tapis sur les dalles de marbre noir. Les serviteurs, en faisant main basse sur toutes choses, avaient même emporté la courtepointe de damas rouge du lit. Quant au cadavre, mal couvert d'un froc de bure déchiré, il gisait en travers des matelas privés de draps, sa tête blanche pendant grotesquement vers le sol. Et cependant, ce corps misérable déjà raidi par la mort était celui d'un pape : Calixte III.

L'homme qui venait d'entrer contempla un instant le spectacle puis, pliant les genoux, se laissa tomber au pied de la couche funèbre et se mit à prier, sourd au vacarme insensé qui montait des rues de Rome et des quais du Tibre où se déchaînait la populace.

C'était un homme de vingt-six ans, grand et vigoureusement bâti avec, dans ses attitudes habituelles, une

sorte de majesté. Son visage plein aux lèvres charnues, au long nez courbe, était animé par de grands yeux sombres, si brillants qu'ils semblaient jeter des éclairs. À la fois lumineux et insolents, ils brûlaient au fond des orbites comme des chandelles. Le teint basané trahissait quelques gouttes de sang maure dans le corps pétri de muscles puissants et de nerfs d'une finesse quasi animale.

Sa prière achevée, Rodrigue Borgia se releva et, les sourcils froncés, fit du regard le tour de la chambre. Il ne restait vraiment rien qui permît d'arranger, si peu que ce soit, la couche mortuaire. Alors, s'approchant du cadavre de son oncle, il le souleva dans ses bras et l'emporta jusque dans la basilique Saint-Pierre, déserte à cette heure de la nuit et close. Mais, cardinal et vice-chancelier de l'Église, Rodrigue savait comment entrer sans demander la permission au bedeau.

Là, au moyen de ce qu'il put trouver dans la sacristie, il réussit à dresser un catafalque assez convenable sur lequel il étendit le défunt pape, revêtu des plus beaux ornements sacerdotaux que purent lui fournir les armoires. Enfin, il alluma les cierges et, s'agenouillant à nouveau, reprit sa prière.

Il s'en voulait d'avoir dû laisser le vieillard se débattre seul, à son heure dernière, avec les affres de l'agonie. Mais Calixte lui-même l'avait exigé.

— Sauve ton frère, Rodrigue ! Si tu ne l'aides pas, il est perdu. Tu es plus fort que lui… plus intelligent. Il faut qu'il quitte Rome, sinon ils le tueront.

Ils ?… Rodrigue n'avait pas eu besoin de traduction. Ils, c'était Rome tout entière ou presque, Rome qui exécrait la famille du pontife et n'avait même pas attendu son dernier soupir pour se lancer à la curée.

Depuis qu'Alfonso de Borja de Torreta, cardinal de Valence, avait coiffé la tiare sous le nom de Calixte III, il n'avait eu au monde que deux passions : la croisade

qu'il voulait lever contre le Turc implanté (depuis 1453) dans Constantinople écrasée, et l'amour qu'il vouait à ses neveux, fils de sa sœur Isabelle.

De l'aîné, Pedro-Luis, il avait voulu faire un soldat et lui en avait donné tous les moyens : capitaine du château Saint-Ange, préfet de Rome, gonfalonier de l'Église, seigneur de Terni, de Spolète, d'Orvieto, Pedro-Luis pouvait être un chef…

À Rodrigue, le prélat avait réservé les dignités ecclésiastiques. À dix-sept ans, il l'avait fait venir de sa petite ville natale de Jativa, en Espagne, près de Valence, pour lui faire donner une éducation juridique. Puis, devenu pape, il avait fait pleuvoir sur lui les honneurs : à vingt-quatre ans, Rodrigue devenait cardinal, au titre de Saint-Nicolas-in-Carcere, puis vice-chancelier. Autrement dit, on l'avait revêtu de la plus éminente dignité après celle du pape, dont il était « l'œil droit ».

Intelligent, fin diplomate, doué d'une voix envoûtante et d'un réel talent oratoire, Rodrigue n'avait pas déçu Calixte. Mais Pedro-Luis, soudard sans finesse, ne tarda pas à se faire haïr par ses brutalités et ses exactions. Aussi, à peine le peuple de Rome avait-il appris la maladie du pape qu'il s'était lancé à « la chasse aux Catalans[1] », traquant tous les serviteurs et amis des Borgia, saccageant leurs demeures et leurs palais. La puissante faction des Orsini, ennemie jurée de celle des Colonna avec qui elle se partageait les rues et les nuits de Rome, menait l'assaut et, pour le moment, elle avait le dessus.

À trois heures du matin, ce même 6 août 1458, Rodrigue, aidé par son ami, le cardinal vénitien Barbo, qui lui avait fourni une escorte Colonna, réussit à faire sortir de Rome Pedro-Luis et l'accompagna jusqu'à mi-chemin d'Ostie, où l'aîné des Borgia espérait retrouver

1. Une évidente erreur, Jativa n'étant pas en Catalogne.

une galère chargée de ses biens les plus précieux. Puis il l'abandonna à son sort pour revenir courageusement dans Rome. Ce fut pour trouver Calixte mort et dans l'état que l'on sait.

Rodrigue savait bien qu'il risquait sa vie, que la première bande de pillards venue pouvait le reconnaître et le massacrer. Mais il savait aussi qu'aucune force humaine ne lui ferait quitter cette ville où il avait été le second personnage, où il avait presque régné, où il espérait régner encore. Qu'il s'enfuie comme Pedro-Luis et c'en serait fait de l'œuvre de Calixte et de l'implantation victorieuse des Borgia sur la terre italienne…

Suspendues au-dessus du trône pontifical, les armes du défunt pontife brillaient doucement sous la lumière incertaine des cierges. Taureau d'or sur champ de gueules ! Et Rodrigue pensa que jamais elles ne lui avaient mieux convenu. Le taureau ne cesse le combat que lorsque la dernière goutte de son sang a coulé sur le sable… Ainsi en allait-il pour lui.

Jusqu'au jour, Rodrigue demeura dans Saint-Pierre. Depuis trois ans qu'il habitait Rome, il avait appris à la connaître. Il savait que la ville, saoule de sang et de vin, s'endormirait avec le lever du soleil. Ceux qui auraient encore les idées claires se terreraient chez eux, par crainte de la peste et de la malaria que les chaleurs ramenaient chaque été. Dans la nuit, le reflet d'un bûcher avait incendié les vitraux de l'église. Tout à l'heure Borgia aurait le champ libre, pourrait rejoindre le palais Colonna et y attendre la fin de la crise. Dès la nuit prochaine, les Romains ne penseraient plus qu'à élire un nouveau pape.

Tout se passa comme il l'avait prévu. Rodrigue Borgia s'en tira avec une demeure dévastée. Quelques jours plus tard, à son rang de vice-chancelier, il entrait au conclave chargé d'élire le nouveau pontife comme si

rien ne s'était passé. Plus encore : ce fut lui qui y fit la loi. Il lui suffit pour cela d'évoquer la mort solitaire de Calixte aux prises avec tous les démons du désespoir et de sa terreur pour la Chrétienté menacée par les Turcs. Le danger, en effet, se rapprochait car, deux mois auparavant, les armées de Mahomet II avaient pris Athènes.

L'homme que l'on élut était l'un de ses amis et ce fut Rodrigue qui organisa son succès. C'était un humaniste de cinquante-trois ans, mais qui, chauve, pâle et débile, en paraissait soixante-dix : Enéas-Sylvius Piccolomini, cardinal de Sienne, qui prit le nom de Pie II.

Reconnaissant, le nouveau pape confirma Rodrigue dans ses fonctions, ses biens et prérogatives et le chargea de présider le congrès de Mantoue qu'il organisait pour réveiller l'esprit de croisade car, en montant au trône de Pierre, Pie II adopta aussitôt les vues de son prédécesseur : il fallait faire quelque chose pour sauver l'Italie de la menace ottomane.

Le temps d'enterrer dignement son frère, et Rodrigue partait pour Mantoue. Pedro-Luis, en effet, était mort misérablement dans la citadelle de Civitavecchia où il avait trouvé un refuge solitaire après avoir été abandonné par ceux que Rodrigue et Barbo avaient chargés de le garder et s'être aperçu que sa fameuse galère, chargée d'or et d'argent, avait disparu sans lui du port d'Ostie. Rodrigue le pleura car il l'aimait beaucoup, mais, dès lors seul soutien de la fortune des Borgia, estima que les choses s'en trouveraient simplifiées.

Ce concile de Mantoue allait marquer une date importante dans sa vie privée, car il devait y rencontrer celle dont les flancs généreux lui donneraient les enfants qu'il allait aimer au-delà de lui-même : Juan, César, Lucrèce et Joffré…

Elle se nommait Giovanna, dite Vannozza Cattanei. Elle était fille de bons bourgeois mantouans et, bien que très jeune encore — à peine quatorze ans —, était

déjà extrêmement belle, d'une beauté forte, sensuelle et qui, bientôt, deviendrait opulente donc en tout point conforme aux goûts du vice-chancelier.

Les femmes, en effet, jouaient un rôle très important dans la vie du jeune homme. La puberté avait marqué chez lui une explosion d'appétits violents qu'il lui fallait contenter à tout prix. Il adorait les femmes, toutes les femmes ou presque, et comme il les attirait aussi facilement que l'aimant attire la limaille de fer, il avait déjà, à vingt-sept ans, un tableau de chasse des plus impressionnants.

Cette belle Vannozza qui lui plaisait tant, il ne put cependant l'avoir à sa merci. Elle était trop jeune encore et les parents, qui souhaitaient la marier richement, faisaient bonne garde. Force lui fut de quitter Mantoue en se contentant des promesses d'une enfant éblouie, qui jurait de n'être jamais qu'à lui…

Il s'en consola, au cours d'un rapide voyage en Espagne, en faisant un enfant à une jeune fille de Jativa, sa ville natale. Cet enfant reçut le prénom de Pedro-Luis en souvenir du mort de Civitavecchia et ne devait jamais quitter l'Espagne, ce qui n'empêcha pas son père de s'occuper activement de son avenir. Ce n'était d'ailleurs pas le seul enfant que Rodrigue devait avoir car, en dehors des quatre plus célèbres, on lui connaît officiellement deux filles, Jeronima et Isabelle, qui figurèrent par la suite dans la bonne société romaine.

En juin 1460, Rodrigue était à Sienne, en mission une fois de plus, car son rôle de vice-chancelier se doublait de celui de légat perpétuel et il était en quelque sorte le commis voyageur de la papauté grâce à ses talents de diplomate. Mais sa façon de comprendre la majesté obligatoire d'une mission pontificale avait de quoi laisser rêveurs ses contemporains. C'est ainsi que Sienne retentit si fort de ses plaisirs et « esbattements »

joyeusement partagés avec un collègue du Sacré Collège, le cardinal de Rohan, que Pie II en eut vent et s'en indigna. Des bains de Petriolo, où il soignait une santé passablement chancelante, le pontife adressa au volcanique Borgia une lettre demeurée célèbre :

« Nous avons appris qu'il y a trois jours, plusieurs dames siennoises se sont réunies dans les jardins de Giovanni Bichi et que, peu soucieux de ta dignité, tu es demeuré avec elles l'après-midi depuis une heure jusqu'à six heures et que tu avais pour compagnon un cardinal que l'âge, à défaut du respect envers le siège apostolique, aurait dû faire souvenir de ses devoirs. Il nous a été référé qu'on dansa fort peu honnêtement : aucune séduction amoureuse n'a manqué et tu t'es conduit comme l'eût fait un jeune laïque. La décence nous impose de ne pas préciser ce qu'il advint, choses dont le nom seul est inconvenant à ta dignité ; il fut interdit d'entrer aux maris, pères, frères et autres parents qui avaient accompagné ces jeunes femmes afin de vous laisser plus libres dans les divertissements que vous présidiez seuls avec quelques familiers, ordonnant les danses et y prenant part. On dit qu'il n'est bruit à Sienne que de cela et que chacun rit de ta légèreté. Nous te laissons juge toi-même s'il t'est possible de courtiser les femmes, d'envoyer des fruits, des vins fins à celles que tu préfères, d'être tout le jour spectateur de toutes sortes de divertissements puis, finalement, d'éloigner les maris pour te réserver toute liberté. À cause de toi, nous sommes blâmés et la mémoire de ton oncle Calixte est blâmée pour t'avoir confié tant de charges et d'honneurs. Souviens-toi de ta dignité et ne cherche point à te faire une réputation galante parmi les jeunesses. »

Il fallait que le scandale eût été complet et retentissant pour que Pie II, qui jusqu'à son couronnement n'avait pas été un parangon de vertu et comptait quelques

bâtards à son actif, brandît ainsi les foudres pontificales. Mais il est vrai que l'orgie siennoise avait eu lieu à l'occasion… d'un baptême !

Ainsi étrillé, Borgia se le tint pour dit… du moins pendant quelque temps. Il promit d'équiper, à ses frais, une galère pour la croisade si chère au cœur du Saint-Père et parut consacrer toute son activité à la préparation de la grande expédition.

Pie II d'ailleurs ne tenait plus en place. Tout malade qu'il fût, il voulut absolument se transporter à Ancône où s'assemblaient la flotte et les troupes. Borgia suivit, en « fils obéissant », et s'installa auprès de lui dans le vieux palais épiscopal près de Saint-Cyriaque d'où l'on découvrait le port et les horizons bleus de l'Adriatique.

Et, tandis que le pape, tout à son rêve de guerre sainte et les yeux fixés sur cette armada qui prenait forme, peu à peu, par sa volonté, ne voyait plus venir la mort, Rodrigue s'occupait à charmer des loisirs un peu trop étendus dans une si petite ville, en s'occupant activement de la population féminine.

Hélas, les jolies filles d'Ancône n'étaient pas toutes sans danger. Borgia s'en aperçut à ses dépens et, tandis qu'en août 1464, Pie II agonisait en face de la mer étincelante, le beau vice-chancelier soignait au fond de son lit ce que l'on appelait pudiquement une « galanterie ». Et son médecin de constater alors avec satisfaction qu'il « y avait longtemps qu'il n'y avait pas dormi seul ».

Le pape mort, Ancône, la flotte et tous les beaux projets de croisade tombèrent instantanément dans l'eau du port pour n'en plus ressortir. Ce n'était plus le moment de s'occuper des Turcs ou de s'encroûter en province. Il fallait rentrer à Rome et y procéder sans plus tarder à l'élection du nouveau pape.

Toujours souffrant, Borgia fit le trajet en litière, maudissant les femmes, la nature fragile des hommes et sa mauvaise étoile. Mais fût-il à moitié mort qu'il se

serait traîné tout de même à la salle du conclave. Non qu'il espérât la tiare pour lui-même, le temps n'en était pas encore venu, mais il entendait que le symbole du suprême pontificat ne s'en allât pas coiffer une tête qui lui serait hostile.

À nouveau, sa magie personnelle joua. L'élu, cette fois, était l'un de ses amis, ce Pietro Barbo, cardinal de Venise, qui l'avait aidé à faire fuir son frère Pedro-Luis. Barbo avait quarante-huit ans, il était riche, aimable et beau… si beau même qu'il fallut se pendre à sa simarre pour l'empêcher de prendre comme nouveau prénom celui de Formosus, beau en latin. Ramené à une plus juste conception des choses, le nouveau pape se contenta de celui de Paul et entreprit de payer ses dettes.

Cette fois, Borgia fut royalement récompensé : la grande abbaye bénédictine de Subiaco, qu'il se dépêcha de fortifier puissamment et de timbrer du taureau familial, et le riche évêché d'Albano, en sus bien entendu de ses titres et dignités précédents. Et ce fut Borgia qui, de sa main brune, posa sur la tête du beau pape la couronne de saint Grégoire le Grand.

Le pontificat de Paul II, s'il fut agréable pour ses amis, n'allait pas laisser de grandes traces. Le pape aimait mener joyeuse vie, dépensait largement et, sous son règne, le Vatican prit peu à peu les allures d'un lieu de festivités continuelles, malgré l'agitation endémique de Rome qui, toujours partagée entre Orsini et Colonna, ne savait pas ce que c'était qu'une nuit tranquille, sans bagarres et sans meurtres.

Borgia en profita pour s'établir plus commodément dans la cité. Il avait acheté, entre le château Saint-Ange et la place d'Espagne, le groupe de bâtiments qui composaient l'ancienne Monnaie, la Zecca, et converti le tout en un magnifique palais, fastueusement décoré et

bourré de tous les trésors qu'il accumulait au fil des jours.

Ce fut là que pénétra, un soir de 1470, une litière hermétiquement close, crottée jusqu'aux rideaux et escortée, comme un trésor, d'une troupe armée jusqu'aux dents.

Cette litière venait de Mantoue et elle apportait à Rodrigue la belle Vannozza, qu'à travers toutes ses aventures féminines, il n'avait pas réussi à oublier.

Tant que Pie II avait vécu, il n'avait pas osé la faire chercher mais, avec Barbo comme pape, il savait n'avoir plus rien à craindre : le nouveau pontife était prêt à lui passer les plus incroyables folies. Or c'en était une que faire venir à Rome, chez lui, et pour en faire sa maîtresse, une femme mariée.

Car Vannozza, à présent, était mariée. Elle avait épousé un certain Domenico de Arignano, personnage falot et de naturel accommodant, qui ne voyait aucun inconvénient à laisser, moyennant finances naturellement, sa femme et le séduisant cardinal Borgia assouvir ensemble leur mutuelle passion. Il s'était donc décidé à effectuer un voyage d'agrément à Venise, tandis que sa belle épouse gagnerait Rome, Rome où il la rejoindrait plus tard, lorsque son fastueux amant l'y aurait installée de façon convenable.

Depuis le jour de leur première rencontre, Vannozza était devenue plus splendide encore. Et lorsque, enfin, il la tint entre ses bras dans la douceur d'une nuit de printemps, Rodrigue connut un bonheur, une plénitude, auprès desquels pâlissaient ses autres aventures. Vannozza était tout ce qu'il aimait : chair douce et somptueuse, caractère tendre et joyeux, ardeur égale à la sienne dans les jeux de l'amour, goût de la beauté et de la vie facile. Enfin elle l'aimait, d'une passion éblouie qui faisait d'elle la plus affectueuse, la plus consentante des esclaves. Et Borgia le fauve impétueux,

Borgia le débauché, Borgia le calculateur, Borgia le politique, Borgia qui se voulait semblable au taureau son emblème, Borgia sut pour la première fois de sa vie ce que c'était que la tendresse pour une femme qui n'était pas sa mère.

— D'autres m'ont donné des enfants, lui dit-il. Mais c'est de toi, Vannozza mia, de toi que j'en veux avoir, car ceux-là, je crois… oui, je crois que je les aimerai !

Il n'allait pas tarder à être exaucé…

II

Le trône de Pierre

Toutes les tempêtes de la Méditerranée semblaient s'être donné rendez-vous devant la flotte papale. L'ouragan s'était levé, brutal, imprévisible, dès que l'on eut doublé le cap Corse. À présent, il se ruait avec férocité sur les navires, comme s'il cherchait à les empêcher d'atteindre les côtes de Toscane, que l'on apercevait parfois, presque à portée de la main, entre les déchirures du brouillard.

Debout dans la chambre de poupe avec ses familiers, le cardinal-légat Rodrigue Borgia s'efforçait, au fond de sa mémoire encombrée par le langage trompeur des diplomates et les ruses de l'agent secret, de retrouver les prières naïves de son enfance.

Un an ! Un an qu'il avait quitté Rome à la demande du nouveau pape, Sixte IV, pour s'en aller démêler en Espagne les affaires d'un jeune couple princier aux dents longues. Un an qu'il avait quitté son voluptueux palais de la Zecca, sa belle Vannozza qui venait tout juste de faire une fausse couche, pour retourner, par ordre, au pays natal. Et voilà qu'au retour, le pays d'adoption semblait vouloir lui interdire l'accès de ses

côtes. Dieu se déclarait-Il contre lui, par cette tempête qui martelait son navire comme les coups d'un bélier géant, y semant l'épouvante ? Tout avait si bien marché jusqu'à présent… mais peut-être Dieu n'aimait-Il pas les conseils qu'il avait laissés derrière lui ?

L'Espagne connaissait, en effet, au moment de son départ, des difficultés certaines. Son roi, Henri IV, était un homme étrange. On l'appelait le Roi sauvage, ou Henri l'Impuissant, et il n'avait, pour recueillir sa couronne, qu'une fille, mais cette fille, les mauvaises langues en attribuaient la paternité à son favori, Beltran de la Cueva. Sans la moindre preuve d'ailleurs, mais ce mauvais bruit permettait à la jeune sœur d'Henri, Isabelle, de se poser en héritière du trône.

Or, Isabelle, pieuse, austère, ambitieuse et rusée, avait réussi un coup de maître en épousant son cousin (et ennemi héréditaire) Ferdinand d'Aragon. À présent elle voulait la couronne, d'autant plus acharnée que son frère, à l'annonce du mariage, avait proclamé la légitimité de sa fille, cruellement surnommée « la Beltraneja ».

Alors, le nouveau pape avait envoyé Monseigneur Borgia comme le plus apte à ramener l'ordre.

C'était un homme étrange que Sa nouvelle Sainteté, rien de comparable à l'élégant Paul II, mort de la peste en août 1471. Un ancien moine de petite extraction, Francesco de La Rovere, mais ambitieux au-delà du possible, autoritaire et tyrannique. Au physique, un petit homme trapu, dur comme une bille de bois malgré l'onctuosité des graisses, un nez d'aigle et des yeux assortis. Au moral, un fauve féodal, avide d'argent et de gloire mais parfaitement dépourvu de scrupules. En résumé, un bien curieux prêtre, n'aimant que le pouvoir et ses deux neveux : Piero Riario et Giuliano de La Rovere. Et c'était lui pourtant que Borgia avait poussé au pontificat

parce qu'il espérait en obtenir beaucoup. Et de fait, il en obtenait beaucoup.

En Espagne, Borgia avait été reçu comme un prince par le pauvre roi. Mais il avait aussi vu Isabelle, il avait vu Ferdinand, et il avait fait son choix. Certes, il avait œuvré à la réconciliation des deux partis : Isabelle et son frère s'étaient embrassés. Mais… mais le beau cardinal avait en partant laissé quelques conseils : pourquoi ne pas célébrer cette réconciliation par des fêtes, un grand festin, par exemple ? Un festin à la suite duquel le roi, qui mangeait toujours énormément, pourrait souffrir d'indigestion[1].

En attendant, l'aimable négociateur revenait vers Rome chargé de présents par le roi… et de promesses par Ferdinand et Isabelle. De belles promesses : le jour du couronnement, le jeune Pedro-Luis, l'enfant espagnol de Borgia, recevrait le titre perpétuel et héréditaire de duc de Gandia. Mais tout cela ne serait-il que fumée par la faute d'une mer qui semblait vouloir lui interdire le retour au pays ?

Il était temps peut-être de faire sa paix avec Dieu, dont la lourde main était dressée au-dessus de lui. Déjà, l'une des trois galères venait de sombrer, noyant cent quatre-vingt-douze personnes dont trois évêques, la deuxième avait disparu derrière des montagnes d'eau grise, et le maître de la troisième venait aux genoux du légat, implorant l'absolution « in articulo mortis ».

— La quille est rompue, Monseigneur, et nous ne gouvernons plus.

Alors, Borgia se laissa tomber à genoux auprès de cet homme simple qui n'avait rien à se reprocher.

Durant des heures, le navire dansa comme un

1. C'est exactement ce qui se passa. Henri IV mourut le 12 décembre 1474 après le banquet de Ségovie. Le règne des Rois Catholiques pouvait commencer.

bouchon sur l'eau folle, mais la mort n'était pas pour tout de suite. Au matin, comme lancée par une main géante, la galère désemparée fut jetée à la côte. Borgia avait perdu la majeure partie des trésors ramenés d'Espagne, mais il était vivant.

À Rome, le pape lui réserva un accueil flatteur. Le légat avait parfaitement mené les négociations et de nouveaux biens vinrent s'ajouter à ceux qu'il entassait déjà. Il retrouva son palais, sa douce Vannozza qu'il avait installée, avec son mari, dans une belle maison de la place Pizzo di Merlo, proche de la Zecca.

Les effusions du retour furent si chaleureuses que bientôt la jeune femme se retrouvait enceinte et, au printemps 1474, mettait au monde un beau garçon, qui reçut le prénom de Juan et que son père tout de suite adora.

Borgia trouvait de grands délassements auprès d'une maîtresse qui se comportait envers lui comme une épouse, avec la bénédiction d'un mari plus que complaisant. Mais sa vie publique était si éprouvante que ce havre de paix lui était devenu indispensable. Sixte IV, en effet, était loin d'être un pape de tout repos.

Attaché surtout à l'ascension des siens, il couvrait ses neveux de charges, de bénéfices et d'or. Piero Riario était devenu cardinal, Giuliano de La Rovere aussi. Quant au troisième, Girolamo Riario, ancien douanier, espèce de brute avide et antipathique à souhait, Sixte comptait l'établir richement.

Par l'entremise de Borgia, il obtint pour lui la main de la jeune Catherine Sforza, fille bâtarde du duc de Milan. À onze ans, l'enfant ravissante et blonde, instruite, artiste et cultivée comme toute princesse de la Renaissance, fut mariée à cette brute, qui exigea, malgré la coutume, d'user, au soir même de ses noces, du droit de l'époux avant de la ramener quasi captive à Rome.

Une jolie femme ne pouvant laisser Borgia insensible, une amitié se noua entre lui et l'épouse-enfant, et quand elle mit au monde un fils, il en fut le parrain. Ce mariage auquel il avait travaillé lui inspirait une gêne. Il détestait Riario et trouvait que le pape en faisait trop pour lui. Et quand Sixte, pour assurer à son neveu bien-aimé un état princier, fomenta à Florence la célèbre conspiration des Pazzi destinée à abattre les Médicis, pour donner leur ville à son neveu, Borgia essaya de tout son pouvoir de faire échouer le projet.

La conjuration ne réussit qu'à demi. Seul le plus jeune des Médicis, Julien, fut assassiné dans la cathédrale de Florence, Laurent, l'aîné, que l'on appelait le Magnifique, en réchappa et vengea rudement son frère.

Borgia s'empressa alors de nouer avec le vainqueur des liens de courtoisie plus étroits, car le succès l'attirait irrésistiblement.

Tandis que le pape écrasait Rome de sa lourde férule, se livrait aux joies de la simonie, faisait argent de tout et empochait les fonds que l'on récoltait pour la fameuse croisade, toujours projetée jamais réalisée et passée quelque peu à l'état de mythe, mais aussi, en vrai souverain de la Renaissance, réunissait à Rome tout ce qu'il pouvait trouver d'artistes et faisait construire la chapelle Sixtine, Borgia poursuivait avec ardeur une double existence : l'une paisible, familiale, auprès de Vannozza, l'autre de débauches, d'orgies, de chasses effrénées aussi bien aux bêtes qu'aux femmes. La maturité venue n'avait fait que décupler ses appétits. Ses maîtresses ne se comptaient plus.

Mais sa famille s'agrandissait. En 1476, Vannozza donnait naissance à César, en 1479, à Lucrèce et un an après, à Joffré. Et tout de suite, Borgia raffola de ses enfants. Il voulut pour eux une vie choyée, les meilleurs maîtres, le plus grand raffinement. Il voulut

qu'ils fussent élevés comme les princes qu'il entendait bien en faire.

À cause de cela, il finit par les enlever à Vannozza, demeurée trop bourgeoise pour ses goûts. On peut d'ailleurs s'émerveiller que cette femme, liée par l'amour et la reconnaissance à un homme aux appétits aussi démesurés, ait su demeurer discrète, effacée, et mener une vie somme toute convenable.

Son premier époux étant mort, Borgia, qui ne voulait pas qu'elle restât seule, se hâta de la remarier à un Milanais, Giorgio Croce, qu'il nomma scribe apostolique. Par la suite, il devait la faire convoler une troisième fois, avec Carlo Canale, originaire de Mantoue comme elle et qui était un vieil ami. Ledit Canale fut d'ailleurs pourvu, lui aussi, d'une confortable sinécure et devint « solliciteur de bulles papales ». Il n'y a pas de sots métiers…

Enlevés donc à leur mère, Juan, César, Lucrèce et Joffré furent confiés à une cousine de Borgia qui était aussi sa confidente. Noble dame d'ailleurs, et femme aimable, Adriana Mila, qui avait épousé un Orsini et habitait un palais sur le Monte Giordano, fut véritablement pour les enfants une seconde mère, car elle les aima sincèrement.

En fait, ils étaient charmants. Juan, l'aîné, était le plus beau, mais le charme de César, mystérieux, secret, était peut-être plus redoutable. En outre, le cadet jouissait d'une intelligence dont son frère aîné ne possédait pas le quart : c'était seulement un superbe garçon aimant les beaux vêtements, les belles armes, la joie, les jeux et plus tard, les filles.

Tout cela, César l'aimait aussi, mais très tôt, il avait pris conscience du destin que lui réservait son père : l'Église, à son instar, et il prenait grand soin, très jeune encore, de dissimuler ses appétits profonds pour ne manifester qu'un goût prononcé pour l'étude. Et, s'il

acceptait le train de prince que lui offrait son père, c'était avec une sorte de dédain, comme une chose sans importance et toute naturelle.

Mais le plus ardent de l'amour de Borgia allait à sa fille. Lucrèce, blonde, fragile, d'une rayonnante beauté, était le charme, la grâce et la douceur mêmes et Rodrigue se plaisait à la regarder grandir comme une fleur précieuse dans l'élégant décor de la maison d'Adriana.

Elle y reçut l'éducation raffinée des princesses de l'époque. On lui apprit la musique, le dessin, la peinture, la poésie, l'art de bien s'exprimer, l'éloquence même, puis le latin, le grec et toutes les splendeurs de l'antiquité classique. Elle sut danser, chanter, jouer de divers instruments, faire des vers, broder et tenir une maison.

Pour son éducation religieuse qui devait être, elle aussi, sans défaut, Borgia lui fit faire quelques séjours au couvent des dominicaines de San Sisto, sur la Voie Appienne, pour lequel elle garda toujours une prédilection. Et peu à peu, l'enfant s'épanouissait, se formait, devenait une créature précieuse qui faisait fondre de tendresse le rude cœur de son père quand elle levait sur lui ses grands yeux, d'un gris azuré si doux, et lui souriait. Celui-ci espérait qu'elle serait la douceur et la consolation d'une vieillesse qui tout de même commençait à approcher.

En 1484 — le 12 août —, Sixte IV mourait dans une Rome révoltée qui se mit à chasser furieusement sa famille. Les Turcs avaient pris pied en Italie, à Otrante, dont le vieil archevêque avait été atrocement supplicié : on l'avait scié entre deux planches.

L'horreur souleva les Romains. Qu'avait fait Sixte de l'argent de la croisade ? Il l'avait donné à ses neveux, à ce Girolamo Riario surtout, que l'on haïssait plus que les autres et qui dut s'enfuir tandis que sa femme, la

belle Catherine Sforza, faisant courageusement face, allait s'enfermer dans le château Saint-Ange et en tournait les canons contre la ville révoltée.

Rome fourmillait d'ailleurs de bandits, italiens, espagnols ou autres et, la police étant inexistante, les ambassadeurs étrangers eux-mêmes étaient attaqués voire tués dans les rues de la ville.

Comptant sur son énergie, Borgia crut que son heure était venue. Il était le doyen du Sacré Collège, et en commençant les tractations habituelles, il espérait bien coiffer enfin la tiare. Lui seul était capable de ramener l'ordre pensait-il… mais, pour une fois, l'habile diplomate qu'il était commit une faute par trop de hâte : lâchant ses alliés habituels, les Colonna, il fit des offres aux Orsini et se retrouva perdant. Il dut négocier et trouva à qui parler en la personne du cardinal Giuliano de La Rovere[1], le seul neveu de Sixte IV qui eût résisté à la tempête.

La Rovere possédait autant d'énergie et de ruse que lui-même. Il y avait du condottiere dans cet homme d'Église et Borgia comprit qu'il aurait désormais comme interlocuteur quelqu'un d'aussi dur que lui-même.

On finit par se mettre d'accord sur un pape de compromis, un Génois, le cardinal Cibo, qui était loin d'être jeune et prit le nom d'Innocent VIII.

Un nom bien mal porté. Innocent était tout ce qu'on voulait sauf, justement, innocent. Plus débauché encore que Borgia, père d'une vraie collection de bâtards, il courait déguisé les rues de Rome la nuit, jouait gros jeu avec les plus jeunes de ses cardinaux et passait son temps à organiser de grandes fêtes pour les différents mariages de ses enfants. Sous son règne, on trafiqua des indulgences, on vendit des bulles pontificales, on en fabriqua même de fausses et l'on découvrit, avec

1. Le futur Jules II.

quelque stupeur tout de même, que la fabrique était installée au Vatican même. Les consistoires furent autant de bagarres et un jour, l'on vit même le cardinal Borgia sauter à la figure du cardinal français La Balue[1] en le traitant de tous les noms. Il fallut séparer ces deux enragés…

Mais le démon de midi guettait le vice-chancelier.

Adriana Mila avait fait choix pour son fils Orsino d'une jeune fille de quinze ans appartenant à une grande et ancienne famille à peu près ruinée. En 1490, Giulia Farnèse arrivait à Rome pour épouser le jeune Orsino et Borgia ne connut plus le repos.

Il avait accepté que le mariage eût lieu dans le plus beau salon de son palais, le « salon aux étoiles », mais quand il vit s'avancer Giulia, éblouissante dans sa parure de mariée, il comprit que cette belle enfant allait fixer à jamais son cœur et sa sensualité effrénée.

Qu'il eût soixante ans et elle quinze ne faisait rien à la chose, qu'elle fût éprise de son jeune fiancé, pas davantage : Borgia savait qu'il n'aurait ni trêve ni repos tant qu'il n'aurait pas tenu dans ses bras et soumis à son désir cette blondeur lumineuse, ce corps déjà épanoui, cette chair nacrée qui semblait frissonner sous l'éclat des cierges.

Pour l'heure, témoin du mariage, il lui fallait attendre, attendre une autre heure. Peut-être, s'il arrivait à la puissance suprême, Giulia accepterait-elle de se donner à lui ?… Bientôt peut-être : le misérable Innocent avait une si mauvaise santé…

L'année 1492 débuta par un coup de tonnerre : en Espagne, les Rois Catholiques venaient de prendre Grenade, dernier bastion des Maures. La reconquête était terminée et la lourde férule d'Isabelle et de Ferdinand

1. Libéré de la fameuse cage de fer que lui avaient valu ses incessantes trahisons du roi Louis XI.

allait peser sur le royaume avec l'aide toute-puissante de l'Inquisition, que Sixte IV avait ranimée d'un long sommeil pour leur service.

Puis, en avril, Rome apprit la mort de Laurent le Magnifique. Le médiateur de l'Italie, le modérateur des princes-forbans, le maître bien-aimé de Florence n'était plus, et déjà des prophètes de malheur couraient les rues de Rome, annonçant les temps de l'Apocalypse… Et le destin parut leur donner raison.

En juin, le pape tomba malade, et fut très vite à toute extrémité. Il était si bas qu'il ne pouvait plus supporter que du lait de femme et tétait deux fois par jour une nourrice. Pour tenter de lui rendre vigueur, un médecin juif acheta trois enfants de dix ans et lui fit absorber leur sang… mais rien n'y fit. Début août, le triste règne d'Innocent VIII s'achevait dans l'horreur.

Alors, Borgia jura que le prochain serait le sien, et tandis que, le 3 août, trois caravelles : « La Santa María », la « Niña » et la « Pinta » quittaient Palos de Moguer aux ordres d'un illuminé nommé Christophe Colomb, le conclave entrait en séance une fois de plus.

Borgia avait surtout deux rivaux : La Rovere d'abord, naturellement, puis le jeune cardinal Ascanio Sforza, frère de Ludovic le More. Il savait qu'en tant qu'Espagnol, il n'était pas aimé. Alors, distribuant tous ses biens avec une folle prodigalité, il acheta littéralement les voix dont il avait besoin. À Sforza, il promit son palais de Rome et son château de Nepi, à Colonna, le monastère de Subiaco, à Orsini, plusieurs places fortes, au patriarche de Venise, 5000 ducats… et ainsi de suite.

Tant et si bien qu'à l'aube du 11 août, la fenêtre du conclave s'ouvrit pour que fût proclamé le nom du nouveau pape. Et la foule qui attendait apprit que le cardinal Borgia venait d'être hissé au trône de Pierre, d'où il allait régner sous le nom d'Alexandre VI… Et

toutes les cloches de Rome se mirent à sonner en même temps.

Au palais de Monte Giordano, Lucrèce tomba dans les bras d'Adriana en pleurant de joie. Juan courut les tripots toute la nuit et s'enivra. César leva les yeux au ciel pour remercier Dieu. Depuis un an, il était évêque de Pampelune… mais à présent que son père était pape, il espérait bien pouvoir un jour jeter aux orties cette soutane dont il avait horreur.

III

Le cœur de Lucrèce

Le soir tombait sur Rome. La lourde chaleur qui avait accablé la ville tout au long de ce jour d'août 1497 demeurait encore, à peine allégée. Elle semblait sourdre des murs de chaque maison, de chaque palais. Le Tibre, presque à sec, montrait ses bancs de sable comme un vieux tapis sa corde. Et des marais d'alentour montaient les effluves pestilentiels qui chaque été ramenaient, avec la malaria, le spectre redoutable de la mort noire.

Mais le cavalier qui galopait à bride abattue vers le Colisée ne se souciait ni de la chaleur ni de la peste menaçante. Il passa comme une tempête devant les ruines imposantes du palais de Septime Sévère, se dirigeant vers les thermes de Caracalla. Mais il n'allait pas visiter les ruines, si belles fussent-elles.

Presque en face des thermes, s'élevaient les murs épais d'un couvent, ceinture visiblement trop étroite pour la luxuriante beauté du jardin qu'ils enfermaient. C'était le couvent des dominicaines de San Sisto, une ancienne et noble oasis de paix où l'on recevait les filles de l'aristocratie romaine.

Le cavalier mit pied à terre et se pendit à la cloche du tour. La blanche silhouette d'une religieuse apparut alors derrière l'étroite fenêtre grillée, visage immobile éclairé par la flamme d'une chandelle.

— Que voulez-vous ? Qui êtes-vous ? Les hommes ne sont point admis à cette heure tardive.

— Je sais, ma sœur. Mais je suis Pedro Caldès, camérier de Sa Sainteté le pape, et j'ai un message pour Madame Lucrèce, sa fille bien-aimée.

Le visage disparut du grillage. Un instant, le messager demeura dans l'obscurité. Puis il y eut un bruit de pas légers et une petite porte basse s'ouvrit avec un léger grincement. Un fantôme blanc était devant lui, une chandelle à la main.

— Venez !

Pedro Caldès suivit la religieuse dans l'ombre d'un cloître tout parfumé par les plantes médicinales de son jardin intérieur. Elle ouvrit devant lui une porte, et le jeune homme se trouva dans une chambre qui n'avait rien de commun avec une cellule de moniale. Elle était élégamment et même luxueusement meublée.

Une jeune femme, toute vêtue de mousseline noire, s'y tenait à demi étendue sur une profusion de coussins entassés sur le tapis et feuilletait nonchalamment un gros livre. Elle leva les yeux sur l'arrivant et lui sourit avec lassitude tandis que la religieuse s'éloignait.

— C'est toi, Perrotto ? Tu m'apportes des nouvelles ?

Perrotto était le petit nom d'amitié que le pape avait donné à ce jeune serviteur. Celui-ci mit le genou en terre devant Lucrèce qui s'était relevée et ne répondit pas. Il se contentait de la regarder et pensait qu'elle n'avait jamais été aussi belle que dans ces voiles noirs, ce deuil sévère qu'elle portait obstinément depuis que, le 16 juin précédent, le corps de son frère préféré, Juan,

duc de Gandia[1], avait été retrouvé percé de dix-neuf coups de poignard.

Cela avait été une très sombre histoire. Elle avait mené le pape aux limites du désespoir quand, au matin de ce jour de juin, un marchand de bois du Tibre était venu rapporter l'étrange scène qu'il avait surprise alors que, caché derrière une pile de bois, il montait une garde personnelle contre les voleurs : un cavalier dont le cheval portait un corps inerte en travers de sa selle était arrivé en pleine nuit au bord du fleuve avec deux serviteurs qui, sur son ordre, avaient jeté le corps à l'eau. Or, depuis deux jours, on s'inquiétait du fils aîné d'Alexandre VI et les recherches aussitôt ordonnées n'avaient été que trop concluantes : le cadavre était bien celui de Juan. Quant au meurtrier, son nom n'avait fait de doute pour personne : c'était son propre frère, César, dont son père avait fait un cardinal de Valence.

Une scène affreuse mais secrète avait opposé Alexandre à César. Depuis, chacun au Vatican avait eu l'impression que le véritable maître n'était plus le pape, mais son étrange fils dont on commençait seulement à soupçonner à quel point il pouvait être redoutable.

Lucrèce s'était contentée de pleurer et de s'habiller de deuil, et cela lui convenait. Sa blondeur frêle y devenait plus touchante encore, sa peau claire plus diaphane, ses jolis yeux bleus plus doux. Mais à cette minute, elle oubliait son chagrin, heureuse de l'admiration que ne lui ménageaient pas les yeux de Perrotto.

— Eh bien, s'impatienta-t-elle gentiment. Quelles nouvelles ?

— Il n'y a pas de nouvelles, Madona.

— Vraiment ? Alors pourquoi viens-tu ?

Le jeune homme baissa la tête.

— Pour vous voir… seulement pour vous voir.

1. Ville de la province de Valence, en Espagne.

Depuis que vous êtes partie, depuis que vous vous cachez dans ce couvent, il n'y a plus de soleil dans Rome, plus de lumière au palais. Pardonnez-moi ! Il fallait que je vous le dise.

Si, depuis deux mois, Lucrèce avait fui le Vatican pour enterrer ses dix-sept ans dans ce couvent San Sisto qui avait été celui de son enfance, ce n'était pas avec l'intention d'y pleurer la mort de son frère, mais de s'enfermer avec ses chagrins et de fuir le scandale d'un procès en nullité de mariage.

Quatre ans plus tôt — elle avait alors treize ans —, son père l'avait mariée, sans lui demander son avis d'ailleurs, à l'un de ses condottieri, Jean Sforza, seigneur de Pesaro, qui avait le double de son âge. Depuis, le mariage avait cessé d'être profitable aux Borgia pour plusieurs raisons, la meilleure étant que les Sforza, maîtres de Milan, n'avaient pas apporté au pape toute l'aide qu'il souhaitait lors de la récente incursion en Italie des Français du roi Charles VIII. En outre, leur étoile pâlissait à Milan. Enfin, Sa Sainteté et son fils César souhaitaient joindre Pesaro, la ville du jeune homme, aux États pontificaux.

Partisan des moyens simples, César avait d'abord tenté de faire assassiner Sforza ; mais prévenu par sa femme indignée, le mari avait réussi à s'échapper. Alors, on avait trouvé mieux : le procès en nullité. Cause : l'impuissance du mari.

Après quatre ans de mariage, et aussi les quelques histoires de femmes que Sforza avait eues à Rome, ce procès faisait sourire car la réputation des Borgia était déjà bien établie et il n'était personne chez leurs nombreux ennemis qui ne se plût à répéter que l'on allait essayer de faire passer pour vierge « la plus grande putain de Rome »... ce qui était fort exagéré.

Et Lucrèce, pour fuir le ridicule, le scandale et la boue, était venue s'enfermer à San Sisto. Est-ce

qu'après avoir réclamé le droit de faire devant ses juges la preuve de sa virilité, Jean Sforza pris de peur n'avait pas envoyé, depuis Milan, une lettre déclarant qu'il n'avait jamais consommé son mariage pour la bonne raison qu'il était impuissant... ce qui était tout aussi exagéré ?

Depuis ce jour, la jeune femme, humiliée, refusait farouchement de quitter le couvent. Elle avait même fait repousser une attaque en règle des gardes envoyés par son père pour la ramener de force au Vatican. Peut-être parce qu'elle avait peur à présent, et qu'elle ne savait plus très bien de quelle nature étaient les sentiments que lui inspiraient le pape et César : de l'affection, de la crainte... ou du dégoût ? Peut-être aussi parce que l'un et l'autre l'aimaient trop... beaucoup trop, et d'une façon un peu trop équivoque pour un père et un frère.

Que leur politique leur fît considérer son mariage avec Sforza comme sans intérêt à présent était une chose, mais qu'elle acceptât, à cause de cette politique, d'affronter les regards, les sourires entendus, les chuchotements, en était une autre. Elle n'avait jamais aimé Sforza, qui n'était ni beau ni amusant et, jusqu'alors, avait considéré son père et ses frères comme ce qu'il y avait de plus merveilleux au monde, mais elle gardait un sens étrange de sa dignité et cette dignité était blessée.

— Je ne quitterai San Sisto que lorsque je pourrai le faire la tête haute ! avait-elle fait répondre aux divers envoyés du pape.

Aussi, ce soir, considérait-elle avec curiosité le visage ardent de Perrotto. Que croire ? Qu'il l'aimait vraiment ? Au point d'oser cette folie de venir le lui dire au fond d'un couvent ? Ou bien qu'il s'agissait là d'une ruse pour lui rappeler les joies que le monde réserve à une jeune femme très belle et la ramener pieds et poings liés au Vatican ?

Elle n'hésita pas longtemps. Pedro Caldès était beau, jeune, ardent, et si passionnément épris qu'il était impossible de ne pas sentir la sincérité de son amour. Il y avait dans ses yeux sombres d'Espagnol une chaleur qui ne trompait pas. Et puis, pour dire la vérité, la jeune Lucrèce commençait à s'ennuyer ferme au fond de son cher couvent. La compagnie des fleurs, si parfumées fussent-elles, ne pouvait lui suffire longtemps.

Parfois, d'ailleurs, elle éprouvait quelque nostalgie en évoquant son joli palais de Santa Maria in Portico, à la porte même du Vatican, où son père l'avait installée en compagnie d'Adriana Mila et de sa belle-fille, l'éblouissante Giulia Farnèse… devenue quelques mois après son mariage la maîtresse bien-aimée du pape, à qui elle avait donné une petite fille, Laura. Une autre femme avait rejoint ce que l'on pourrait appeler « le harem » : Sancia d'Aragon, fille bâtarde du roi de Naples et mariée à l'insignifiant Joffré, le plus jeune des Borgia. Sancia était une joyeuse fille, qui aimait la vie, les beaux garçons et qui, lorsqu'elle ne trompait pas Joffré avec César dont elle était la maîtresse, s'accordait de rapides passades avec de jeunes Romains bien tournés.

Et il était arrivé à Lucrèce d'envier la liberté de sa belle-sœur, de se dire qu'après tout, il n'y avait aucune raison pour qu'elle n'en fît pas autant. Ce soir, en regardant Perrotto à ses pieds, elle le pensait avec plus de conviction encore que de coutume. Après tout, elle avait dix-sept ans, elle était belle… et la vie pouvait l'être aussi. Quant à sa réputation dans Rome, elle était déjà détestable : pourquoi n'en pas profiter ?

Elle finit par laisser le jeune homme prendre ses deux mains et y enfouir son visage, mais il ne pouvait s'attarder alors qu'on le savait dans le couvent.

— Reviens demain à pareille heure, lui dit-elle tout

bas. Va à la petite porte au fond du jardin et attends : Penthésilée, ma suivante, t'ouvrira et te mènera à moi.

Perrotto repartit, le soleil au cœur. Et le lendemain, il devenait l'amant de Lucrèce.

Ce furent pour la jeune femme des nuits rafraîchissantes dans l'ombre parfumée du jardin, des nuits qui l'aidèrent à prendre son mal en patience et qui, grâce à la jeune Penthésilée, bénéficièrent du plus grand secret, car les nonnes ne s'aperçurent jamais de rien… ou peut-être ne voulurent-elles s'apercevoir de rien. C'était plus prudent, et l'on avait parfois, dans les couvents italiens de cette époque, de ces crises d'aveuglement compliqué de surdité.

Mais quand, au mois de décembre, Alexandre VI enjoignit sévèrement à sa fille de quitter son couvent pour assister à la proclamation de son divorce, Lucrèce jugea qu'il était plus prudent cette fois de ne pas résister et de quitter un asile qui risquait de devenir prison : elle était enceinte de plusieurs mois et cela ne tarderait plus à se voir.

Deux mois plus tard, un batelier du Tibre repêchait deux cadavres : celui du pauvre Perrotto et celui de la jeune Penthésilée, pour laquelle, cependant, on assurait que le pape avait des bontés. Tous deux avaient été étranglés… par ordre de César Borgia.

En apprenant cette macabre découverte, Lucrèce trouva dans sa colère et son indignation le courage de faire à son frère une scène au cours de laquelle la douceur du caractère et l'aménité de l'éducation firent place à une violence tout espagnole.

— Je crois que je te hais ! cria-t-elle. Tu ne sais que faire le mal, blesser, torturer, tuer… tuer tout ce que j'aime ! D'abord notre frère Juan que tu as lâchement assassiné et à présent, mon pauvre Perrotto et la gentille Penthésilée… Misérable !

César n'était pas patient, et en outre, trop espagnol

pour tolérer les injures d'une femme, fût-elle sa sœur bien-aimée.

— Cesse de pleurnicher ! gronda-t-il. Voilà bien de beaux sujets d'embarras : un domestique, une servante… Que représentent-ils auprès de la grandeur de notre maison ?

— La grandeur de notre maison ? Ne me dis pas que ce crime lui était nécessaire ! Tu es un tyran, César, et tu ne tolères pas mes amis.

Le beau visage dur du jeune Borgia se fit de pierre. Ses yeux sombres eurent un éclair meurtrier. Sans douceur, il saisit sa sœur aux poignets et se mit à la secouer.

— Tes amis… Où as-tu été chercher des goûts aussi misérables ? Tu as fait ton amant de ce garçon de rien et quand je parle de la grandeur de notre maison, c'est uniquement pour te rappeler que tu es enceinte, bien près d'accoucher. Voulais-tu que ces gens vivent pour pouvoir dire un jour que la fille du pape, cette vierge timide séparée de son époux pour non-consommation de son mariage, est grosse d'un bâtard ?

— Bâtard ou non, c'est « mon » enfant ! Vas-tu le tuer, lui aussi ? Si tu oses y toucher…

César desserra son étreinte et, brusquement, se calma.

— N'aie crainte. Il vivra, je t'en engage ma parole, mais il passera pour mien. J'ai commencé à faire courir le bruit que Camilla, ma maîtresse, est enceinte. Bientôt, tu t'éloigneras de Rome, elle aussi, et quand elle reviendra, l'enfant sera auprès d'elle. Toi, tu demeureras pure, inattaquable.

— Mais je veux garder mon enfant, je veux l'élever ! s'écria Lucrèce, déjà en larmes.

— Alors, il mourra, dès sa naissance ! Je ne laisserai pas le fils d'un domestique se mettre en travers de ma politique, car notre père et moi avons décidé que tu te remarierais prochainement.

— Me remarier ? moi ?

— Pourquoi pas ? Tu as l'âge, tu es belle, tu as subi une… épreuve aux mains d'un malheureux impuissant. Il est temps que tu prennes un véritable époux.

— Et qui donc ?

Comme par magie, les larmes de la jeune femme avaient cessé. D'abord, elle savait qu'un combat contre César était perdu d'avance, qu'il était le plus fort et qu'elle n'était pas de taille. Et puis, peut-être trouverait-elle là quelque agrément… Elle se sentait bien seule depuis la disparition de Perrotto.

— Un fils du roi de Naples, bâtard mais légitimé. Il se nomme Alphonse, duc de Bisceglia… Il a ton âge… on le dit aimable… beau même. Enfin, on le prétend.

Tout à coup, les mots paraissaient franchir avec peine les lèvres minces du cardinal et Lucrèce le regarda avec surprise. Elle connaissait l'étrange amour que lui portait son frère, un amour jaloux, exigeant, qui ne tolérait surtout pas qu'elle s'attachât à un autre homme. Leur frère Juan en avait su quelque chose, ainsi que le pauvre Perrotto… pourtant, il parlait d'un époux jeune, beau… C'était étrange. Ou alors il fallait que la politique napolitaine fût bien exigeante.

— Tu veux me marier, toi ?

— J'ai dit « notre père et moi », riposta-t-il, le visage fermé. Nous avons besoin d'un appui à Naples.

— N'en avons-nous pas déjà un avec Sancia ?

— C'est une femme. Le lien sera plus fort avec Alphonse, qui est d'ailleurs son frère. Au surplus, je crois qu'il ne sera guère encombrant. Tu l'aimeras… bien. Ce sera suffisant.

Il y eut un silence que seul troublait le crépitement du feu de bois. Depuis qu'elle avait regagné son palais, Lucrèce avait toujours froid. Pour elle, on allumait dans les cheminées des forêts entières. Le regard bleu

de la jeune femme se perdit dans les flammes. Au bout d'un moment, elle murmura :

— Tu es d'Église, César, tu es cardinal, et cependant tu as des maîtresses, tu trompes, tu assassines.

Le rire de Borgia éclata, sonore, renvoyé et amplifié par les caissons dorés du haut plafond.

— Décidément, les nouvelles même proches ne viennent guère à toi. Il est vrai que celle-ci est toute fraîche : je vais quitter l'Église. Au surplus, je n'ai reçu que les ordres mineurs. Notre père m'envoie en France porter au nouveau roi Louis XII la bulle dont il a besoin pour se séparer de Jeanne de France, la boiteuse, et épouser la veuve de Charles VIII. Or, cette bulle, il faudra qu'il la paie… un bon prix même. Je veux un titre, un nom, une épouse même… Mais laissons cela. Tu ne dois plus songer qu'à épouser Alphonse.

Elle détourna la tête pour qu'il n'y vît pas se lever quelque chose qui ressemblait à l'espérance.

— J'épouserai Alphonse, dit-elle seulement d'une voix unie.

IV

La soutane aux orties…

Vers la mi-juillet 1498, Alphonse d'Aragon, duc de Bisceglia, vint à Rome pour y épouser la fille du pape.

En rencontrant Lucrèce pour la première fois, il fut émerveillé. On lui avait dit qu'elle était belle, mais il n'avait pas imaginé qu'elle pût être cette fée blonde, parée de ses cheveux d'or plus encore que de ses fabuleux bijoux. Et tandis qu'il la contemplait, il cherchait en vain à retrouver dans sa mémoire l'écho des bruits injurieux qui couraient sur elle à Naples. On l'y disait la pire des courtisanes et cependant, elle lui apparaissait aussi fraîche, aussi pure qu'une jeune fille… la plus ravissante jeune fille qui fût au monde.

Il ignorait, bien sûr, que, quatre mois plus tôt, vers la mi-mars, cette idéale pucelle avait mis au monde, dans la plus grande discrétion, un petit garçon, qui avait reçu au baptême le nom de Juan et que le cardinal César avait déclaré comme étant né de ses propres amours avec une femme inconnue.

Subterfuge qui laissa plus d'un Romain sceptique et surtout plus d'une Romaine. Alors, pour achever de brouiller les cartes, le pape Alexandre jugea bon

de réclamer à son tour l'enfant, le déclarant né de ses amours à lui avec Giulia Farnèse...

Ce n'était pas une très bonne idée car, reprise par les agiles langues locales et assaisonnée par la mauvaise réputation de la famille, la naissance de celui que l'Histoire allait connaître sous le nom de « l'Infant romain » finirait par être attribuée en définitive à Lucrèce et à son père : un comble !

Pourtant, toutes ces eaux troubles, ces chuchotements nauséabonds, Lucrèce allait les oublier aussi vite qu'un mauvais rêve en faisant la connaissance d'Alphonse d'Aragon.

Par Sancia, l'épouse de son frère, elle savait déjà que le jeune homme était beau, aimable et doux, mais quand elle le vit, elle sut très vite que son cœur ne lui appartenait plus et que, pour la première fois de sa vie, elle allait aimer, aimer pour de bon et, du moins le croyait-elle, pour toujours.

En résumé, l'amour changea en coup de foudre réciproque la grisaille d'un mariage politique. Et le 21 juillet, au Vatican, dans les appartements Borgia, le mariage était célébré dans une sorte d'intimité : il n'y avait là que les familiers et la suite du prince napolitain. Lucrèce, ses cheveux d'or croulant sur ses épaules, y apparut vêtue d'une robe de toile de Cambrai argent à larges manches garnies de bouffants de soie cramoisie et semée de pierreries. Sur sa tête, une petite coiffe précieuse et un diadème d'or et d'émail, au cou, un collier de perles énormes assorties à celles qui ornaient sa ceinture.

La cérémonie commença mal. Il y eut, pour une futile question de préséance, une querelle entre Espagnols et Napolitains, si violente même que deux évêques furent roués de coups et que le pape lui-même faillit être malmené. Mais César sut rétablir l'ordre avec quelque fermeté et, le mariage dûment accompli, amis et ennemis

s'en allèrent fraternellement souper et s'enivrer au banquet fastueux qui suivit.

Ensuite, vinrent des danses et des représentations qui durèrent jusqu'à l'aube. On put y voir César, le meneur de jeu, costumé en licorne, symbole de pureté et de loyauté. Cette fois, la joie semblait générale. Le pape souriait, et Lucrèce se sentait plus heureuse qu'elle ne l'avait jamais été.

Pourtant, lorsque vint l'heure, délicieuse entre toutes, de se retirer dans ses appartements avec Alphonse, elle sentit un désagréable frisson glisser le long de son dos : la blanche licorne faisait peser sur son jeune époux un regard si sombre, si dur, qu'elle ne put s'empêcher de trembler. Elle connaissait trop bien l'âpre jalousie de son frère. Il n'avait supporté autour d'elle ni la tendresse de leur frère Juan, ni l'amour de Perrotto. Allait-il supporter Alphonse ? Alphonse dont il avait lui-même imposé l'alliance à sa sœur parce que ce mariage convenait à ses vues politiques, mais Alphonse beau comme un jeune dieu grec, Alphonse dont il crevait à présent les yeux de tous que Lucrèce en était tombée éperdument amoureuse.

Lorsque son jeune époux la prit dans ses bras, ses craintes s'envolèrent un peu. César ne ferait rien, ne pourrait rien faire contre Alphonse, car ce serait encourir le courroux de leur père. Et puis, est-ce que César n'allait pas partir bientôt ? La cour du roi Louis de France était loin et Dieu seul savait quand le plus redoutable des Borgia pourrait en revenir…

À vrai dire, Lucrèce n'avait pas été la seule à intercepter l'inquiétant coup d'œil de César. Le pape lui aussi l'avait remarqué, suffisamment pour s'en inquiéter, et quand il regardait celui qui était à présent son fils aîné, l'ex-Rodrigue Borgia sentait parfois une main de glace lui étreindre le cœur car il ne parvenait pas à comprendre comment lui, homme de plaisirs, avait pu

donner le jour à ce fauve. Avec lui, le taureau familial se changeait en un silencieux félin, une mystérieuse bête de sang aux instincts obscurs, aux réactions imprévisibles, et depuis qu'il avait tenu dans ses bras le corps exsangue de Juan de Gandia, son fils bien-aimé, il arrivait au souverain pontife de s'avouer secrètement qu'il avait peur, peur de son propre sang.

Aussi sa décision fut-elle prise, dès le lendemain du mariage de Lucrèce. Il la voulait heureuse, et puisque César entendait ne plus être d'Église, puisqu'il désirait aller en France se tailler un fief... eh bien, que ce désir soit exaucé et le plus tôt serait le mieux. Il avait besoin, lui, le pape, d'un négociateur habile avec le roi de France, César serait celui-là et tant mieux s'il en tirait des fruits à sa convenance.

Le 14 août suivant, dans un consistoire, Alexandre VI déclara que la vie privée, notoirement scandaleuse, de son fils César exigeait qu'il fût sécularisé car il s'agissait là du salut de son âme.

À vrai dire, il y eut bien quelques cardinaux pour laisser entendre que, s'agissant d'un homme tel que César, la simple renonciation était une procédure un peu trop douce et qu'une bonne sentence d'exclusion eût été beaucoup plus adaptée au cas de cet étrange cardinal. Mais la crainte qu'il semait autour de lui étouffa bien vite les rumeurs et César, officiellement investi de son nouveau titre d'ambassadeur extraordinaire, se prépara à partir pour la France avec une brillante escorte et quelques fidèles : son majordome Ramiro de Lorca, son secrétaire Agapito, et des compagnons de débauche tels Gian-Giordano Orsini et Bartolomeo Capranica. Enfin, Miguel Corella, dit Micheletto, son homme à tout faire, l'accompagnait.

Il partit heureux, car ce voyage, c'était pour lui le début d'une fabuleuse aventure, celle dont toute sa vie

il avait rêvé : la conquête d'un royaume. Ne se sentait-il pas l'âme d'Alexandre et de César tout à la fois ?…

Ainsi savait-il bien de quel prix il entendait faire payer à Louis XII la bulle de nullité qui lui permettrait de renier son épouse et d'épouser celle qu'il aimait : un duché et une épouse de sang royal. D'ailleurs, en mettant le pied sur le sol de France, Borgia n'ignorait pas que ses exigences étaient d'ores et déjà acceptées : pour épouser Anne de Bretagne, Louis XII eût vendu son âme au Diable ! César serait duc de Valentinois et on lui cherchait activement une épouse, ce qui n'allait pas être si facile que cela…

Peu de jours avant Noël, César et sa suite arrivaient à Chinon, où le roi Louis résidait pendant la durée des importants travaux qu'il avait ordonnés dans son château familial de Blois.

Ce fut une arrivée si fastueuse que les bonnes gens de la ville en gardèrent un souvenir aussi effaré que s'ils avaient soudain vu arriver le Grand Turc. Jamais on n'avait compté autant de mulets chargés de bagages, autant de serviteurs, ménestrels, tambourinaires, musiciens, valets de chiens ou d'écurie, pages et chambriers, tous rutilant d'or frisé et de pourpre. Quant à César en personne, il était enguirlandé d'une telle profusion de cordons de perles, de pierreries et d'or qu'il ressemblait à un arbre de Noël. Il était même doré au point qu'il déclencha autant de sourires que de regards émerveillés : toute cette richesse sentait son parvenu à cent lieues et les Tourangeaux aiment la mesure…

Quoi qu'il en fût, il reçut de Louis XII un accueil flatteur : il eut un appartement dans la tour de Boissy, proche de la chapelle où jadis avait prié Jeanne d'Arc, et l'on ne sut que faire pour lui être agréable. Naturellement, il apprit tout de suite qu'on allait le faire duc. Il n'y avait donc aucun empêchement à la remise de la fameuse bulle et, sitôt achevées les fêtes de Noël,

Louis XII, dont l'épouse légitime, Jeanne de France, était depuis beau temps reléguée dans un couvent après avoir subi un scandaleux procès en non-consommation de mariage, se hâtait d'épouser, dans les premiers jours de janvier 1499, la veuve de son prédécesseur.

César, qui étrennait sa couronne ducale toute neuve et avait même reçu en prime le comté de Die, fut de la noce, dansa, festoya, courut les filles, et déclara que la France était certes le plus merveilleux pays du monde. Mais il ne manqua pas de rappeler au nouveau marié qu'il entendait bien célébrer prochainement ses noces à lui, avec une princesse « de sang royal ». Seulement, la chose était plus facile à réclamer qu'à réaliser.

D'abord, les princesses royales à marier ne couraient pas les rues, même celles de Chinon. En fait, il n'y en avait guère que deux, parmi les demoiselles de la nouvelle reine Anne, d'ailleurs toutes deux prénommées Charlotte : Charlotte d'Aragon, fille du roi de Naples — mais fille légitime celle-là —, et Charlotte d'Albret, fille du défunt roi de Navarre et nièce du régent Alain d'Albret.

Évidemment, les goûts du pape se tournaient plutôt vers la Napolitaine étant donné les bonnes relations qu'il s'efforçait de garder avec sa parenté, mais avec elle, les choses furent vite réglées : Charlotte d'Aragon éclata tout uniment de rire au nez du roi quand il lui proposa d'épouser César :

— Moi, épouser cet homme ? Jamais !

— Mais pourquoi ? Il est jeune, aimable, séduisant, fort riche, il peut plaire.

— Pas à moi, Sire ! Ni d'ailleurs à aucune fille véritablement royale. En ce qui me concerne, je ne me soucie pas que l'on m'appelle « la Cardinale »... et je crois que je ne suis pas seule de cet avis.

Ce que la jeune fille ne dit pas, c'est qu'elle avait une autre bonne raison de refuser César : elle aimait

profondément le jeune Guy de Laval, qui le lui rendait bien.

On se tourna donc vers la seconde Charlotte, mais cette fois, pour être bien certain de ne pas entendre le même son de cloche, Louis XII, que cette histoire de mariage commençait à ennuyer, envoya un ambassadeur auprès d'Alain d'Albret afin d'apprendre de quel œil il verrait le mariage de sa nièce avec le fils du pape.

La réponse se fit quelque peu attendre. Si écartée des grands courants politiques que fût la Navarre, on s'y tenait tout de même au courant, et la détestable réputation de César était parvenue jusque-là. Pas plus qu'un autre, Alain d'Albret n'envisageait joyeusement de voir sa nièce épouser un ancien prêtre, fils de prêtre, soupçonné par-dessus le marché d'avoir assassiné son frère et d'être l'amant de sa sœur.

Mais depuis la montée au pouvoir des souverains catholiques, la Navarre, coincée entre la France et l'Espagne, ne pouvait plus guère se montrer difficile. Le pape promettait de l'or, beaucoup d'or, pour ce mariage, et Alain d'Albret avait besoin d'or autant qu'un autre. Il finit, non sans soupirer, par donner son consentement, mais à la condition expresse que la jeune fille fût d'accord, et d'accord sans contrainte.

— Si Charlotte accepte, mon consentement lui est acquis.

Ce n'était donc qu'une demi-victoire pour César. Restait à convaincre la jeune fille et rien n'indiquait que ce pourrait être facile.

Le lendemain du jour où un messager vint apporter à Chinon la réponse du régent de Navarre, un autre cavalier, couvert de poussière, mettait pied à terre devant le portail du nouveau couvent de l'Annonciade à Bourges. L'heure était tardive et il lui fallut attendre longtemps avant que la figure effarée d'une nonne apparût au guichet.

— De par le roi ! dit l'homme. Un message urgent pour Son Altesse royale, Madame la duchesse de Berry.

L'homme portait sur la poitrine les fleurs de lys royales et la tourière, sans discuter, s'en alla prévenir la maîtresse du couvent, Madame Jeanne de France, reine répudiée, à qui son époux avait accordé ce titre de duchesse de Berry. Un moment plus tard, le messager pliait le genou devant une femme laide et contrefaite, mais dont le clair regard était bleu et pur comme un ciel d'été. Il lui tendit un rouleau de parchemin d'où pendait un grand sceau.

Sans un mot, la fille de Louis XI lut la lettre puis, congédiant le messager, ordonna qu'on le conduisît aux cuisines et que l'on réveillât sa cousine, la princesse Charlotte d'Albret, qui séjournait alors auprès d'elle.

Demeurée seule, Jeanne appuya sa tête voilée de noir au dossier raide de son haut fauteuil. Ses yeux, rougis par les veilles et les larmes, allèrent chercher, au mur de pierre nue, le grand crucifix de bois sombre comme pour lui demander secours, car ce qu'il lui fallait maintenant annoncer à Charlotte représentait une nouvelle étape dans son calvaire personnel.

Un léger grattement à sa porte la tira de sa méditation. Vêtue d'une robe blanche toute monastique, une fragile jeune fille blonde, dont les cheveux tombaient plus bas que ses reins, entra à son appel et vint s'agenouiller auprès d'elle.

— J'ai des nouvelles pour vous, Charlotte, dit Jeanne en étouffant un soupir. Le régent, votre oncle, vient d'accorder son autorisation à votre mariage avec le seigneur César Borgia, duc de Valentinois. Il vous faut rentrer sur l'heure à Chinon où la… reine vous demande.

Un éclair de colère traversa les yeux sombres de la jeune fille.

— Je ne veux pas y aller ! Je ne veux pas retourner à Chinon. Je veux rester auprès de vous.

Depuis qu'elle était arrivée à la cour de France pour y acquérir un vrai ton de princesse, Charlotte s'était attachée à la douce Jeanne, infirme et si malheureuse. Elle l'aimait pour sa bonté, sa charité et sa compréhension de toutes choses. Certes, elle avait eu de l'amitié pour Anne de Bretagne, sa parente, dont elle était devenue fille d'honneur au moment de son mariage avec Charles VIII, mais c'était Jeanne qu'elle avait aimée, pour la sainteté qui émanait d'elle comme une lumière et qui séduisait son jeune esprit un peu mystique.

Quand était intervenu le divorce, son sang navarrais avait bouilli dans ses veines et il bouillait encore à cette heure à la vue de l'ingrat visage aux yeux las, plus menu et plus jaune encore au voisinage de la guimpe de toile blanche qui l'enserrait. Avec quelle joie Charlotte eût tordu le cou du roi Louis XII et aussi de ce pape effarant qui avait permis tant de malheur et prétendait devenir son beau-père.

— Il faut obéir, Charlotte, murmura Jeanne. Vous le devez…

— Je le dois ? et à qui donc ? Ce Borgia, ce cardinal défroqué dont on dit qu'il a tué son frère et qu'il aime trop sa sœur, me fait horreur ! Peu m'importe de désobéir au pape, au roi ou à quiconque. En refusant un mariage sacrilège, c'est à Dieu que j'aurai conscience d'obéir, parce qu'Il ne peut vouloir une telle chose.

V

Le mariage de César

Charlotte d'Albret pleurait maintenant, écroulée aux pieds de Jeanne de France, s'accrochant à elle comme à sa dernière branche de salut, réclamant le droit d'entrer elle aussi en religion et d'opposer la porte sainte du cloître à l'indécente demande en mariage d'un cardinal défroqué.

La princesse laissa passer l'orage, se contentant de caresser doucement la tête blonde réfugiée sur ses genoux. Ce fut seulement quand les sanglots se firent moins convulsifs qu'elle murmura, dans un soupir :

— Vous ne pouvez refuser au roi de rencontrer, au moins une fois, le seigneur duc de Valentinois, ma mie. Ne savez-vous pas que l'obéissance est le premier devoir d'une fille de Dieu ? Le roi ordonne que vous rentriez à Blois, et je n'ai aucun moyen de refuser… vous non plus.

— Pourquoi pas ? Je veux aller à Dieu. Il n'ira tout de même pas, lui, jusqu'à m'arracher de force au couvent.

— Vous n'êtes pas professe et jusqu'à présent, vous êtes fille d'honneur de la reine Anne. Vous devez obéir. Allez à Blois, Charlotte, ajouta-t-elle plus doucement, et

acceptez de voir le seigneur César ! Comment pouvez-vous affirmer, sans l'avoir vu, qu'il ne vous plaira pas ?

Brusquement, Charlotte rougit et détourna la tête pour que Jeanne ne s'en aperçût pas car, justement, elle avait déjà rencontré l'homme qu'on lui destinait. Mais comment raconter à la pure, à la pieuse et sainte Jeanne ce qui s'était passé, un soir de février, dans l'enceinte du château de Loches, entre l'église Saint-Ours et le Logis du Roi ?

C'était peu de temps après qu'Anne de Bretagne fut redevenue reine de France. Charlotte, ayant regagné la Bretagne à sa suite, avait repris, sans enthousiasme excessif le service qu'elle avait exercé au temps de Charles VIII, lequel n'avait rien de particulièrement réjouissant, car si la duchesse-reine était jeune et belle, elle était sévère en proportion, et tenait ses filles d'honneur dans une surveillance plus étroite que celle d'un moutier. Ainsi était-il interdit à ces jeunes filles de sortir du château, excepté pour se rendre à l'église voisine, et généralement sous la surveillance de femmes plus âgées.

Ce soir-là, Charlotte, perdue dans sa prière, s'était attardée après le salut dans la crypte de l'église déjà obscurcie par la nuit. Elle aimait y goûter une certaine qualité de silence et aussi l'atmosphère un peu mystérieuse dispensée par les lampes à huile tremblant sous les lourdes voûtes de pierre.

Dans sa mante de velours sombre, elle était presque invisible et on l'avait oubliée en partant. Dames et demoiselles étaient reparties en hâte, chassées par le froid humide de la crypte et pressées de retrouver la chaleur et les lumières du château.

Quand le sacristain descendit pour éteindre les lampes avant de fermer l'église, il trouva la jeune fille toujours agenouillée au pied de l'autel et, doucement, lui toucha l'épaule :

— Il est tard, demoiselle… Je dois fermer, pardonnez-moi.

— C'est moi qui dois demander pardon. Je pars tout de suite.

Au seuil, elle s'arrêta un instant sous le porche pour rabattre sur sa tête le grand capuchon de son manteau. La nuit était noire au-delà du cercle de lumière fourni par la torche accrochée près du portail. Le vent soufflait fort, balayant le jardin étendu entre la collégiale et le Logis du Roi, dont les vitres de couleur brillaient dans l'obscurité à une distance qui paraissait énorme.

Resserrant son manteau autour d'elle, Charlotte se mit à courir le long des allées rectilignes bordant des plates-bandes sans fantaisie. Elle allait aussi vite que possible, assez inquiète de l'accueil qu'allait lui faire la reine et baissant la tête pour éviter à sa tendre peau la morsure de la bise, car elle avait oublié le masque que portaient les dames pour protéger leur teint des intempéries.

Ainsi courant, elle ne vit pas deux hommes masqués qui venaient à sa rencontre et alla se jeter, tête baissée, dans les bras du plus grand. Elle faillit tomber sous le choc, mais il la retint d'une main ferme.

— Eh bien ! Où courez-vous donc si vite ?

La voix était impérieuse, cultivée, et teintée d'un accent étranger certain auquel la jeune fille ne put donner de nom. L'homme lui-même était grand, solidement bâti, et toute sa personne répandait un parfum exotique, très musqué et un peu trop puissant pour un homme. Mais il ne l'avait pas lâchée.

— Excusez-moi, messire, murmura la jeune fille en essayant d'échapper à ces mains qui ne semblaient pas disposées à s'écarter. J'espère ne pas vous avoir fait mal.

Elle l'entendit rire.

— Aucunement. Mais je répète tout de même ma question : où couriez-vous si vite, par une telle nuit ?

— À mon service. Je suis fille d'honneur de la reine Anne et je suis déjà en retard.

— En retard ? Comme c'est intéressant. Et qui donc vous a ainsi retenue ? Un… amoureux ?

— Dieu ! riposta Charlotte d'un ton raide. Je viens de l'église. À présent, messire, ayez la bonté de me laisser aller…

— Allons, ne soyez pas si pressée. Quand on est en retard, un peu plus ou un peu moins n'a guère d'importance. La reine est trop pieuse pour en vouloir à l'Église, et quant à moi…

— Mais enfin, que me voulez-vous ? s'écria la jeune fille, qui commençait à perdre patience.

— Presque rien : voir votre visage, et ici on n'y voit goutte. Vous ne voudriez pas que je laisse échapper une femme jeune, et que je devine jolie, quand le Ciel a la bonté de l'envoyer tout droit sur mon cœur ? Micheletto, va me chercher la torche qui brûle sous le porche.

Furieuse, Charlotte pensa étouffer de colère, mais elle savait à présent à qui elle avait affaire, car le nom de Micheletto l'avait renseignée. L'homme de main de César Borgia était presque aussi connu à la cour de France que le Diable en personne, et à peu près aussi favorablement.

Il partit en courant, revint de même, secouant la torche qui crachait des étincelles et qu'il approcha de la jeune fille que maintenait toujours César. Celui-ci prit la torche d'une main, et contempla un moment le joli visage empourpré par la colère.

— J'ai eu raison d'insister. Vous êtes très belle.

— Vous venez de m'en punir ! À présent, laissez-moi aller, je vous en supplie.

— Je vais vous laisser aller… mais pas sans que

vous ayez payé votre liberté. Un baiser me semble un prix honnête.

Charlotte alors explosa :

— Pour qui vous prenez-vous, et surtout, pour qui me prenez-vous ? Je ne suis pas une fille de joie : je suis princesse et cousine de la reine.

— Princesse ? Vraiment ? Et qui donc…

Il s'interrompit. Micheletto venait de se pencher à son oreille et murmurait quelque chose.

— Tiens donc, fit-il et elle vit ses dents étinceler sous le masque. Ainsi, vous êtes celle que l'on surnomme « la plus belle fille de France ». Disons que vous ne faillissez pas à votre réputation… eh bien, sachez que je n'en désire ce baiser que plus ardemment, car je suis…

— Oh, je sais qui vous êtes, seigneur duc ! Vous vous prenez pour le pape parce que vous êtes son fils, mais sachez-le, pour moi, vous n'êtes qu'un bâtard et un larron… Et j'aimerais mieux mourir que vous donner un seul baiser.

Brusquement, il la lâcha. D'un geste violent, il arracha enfin son masque et elle put voir, sous la flamme de la torche, un beau visage régulier, des traits impérieux encadrés d'une légère barbe. Il était pâle comme un mort et, sous leurs épais sourcils, ses yeux noirs brûlaient de rage.

— Écoutez bien ce que je vais dire… princesse Charlotte. Sur mon nom et sur mon honneur je jure qu'avant peu vous me donnerez de bon gré ce baiser… et beaucoup d'autres avec. Je jure que vous m'appartiendrez corps et âme ! Je vous aurai ou bien je renonce à m'appeler César.

Reculant de deux pas, il ôta gravement sa toque de velours noir où un gros diamant retenait une souple plume de héron et en balaya le sol en s'inclinant avec grâce :

— N'oubliez pas, Charlotte d'Albret. Un jour, vous serez à moi… Et ce sera bientôt…

Charlotte n'avait pas oublié, mais ce soir-là, elle avait éprouvé tant de honte et de peur que le lendemain même, elle demandait la permission de faire retraite à l'Annonciade de Bourges.

À présent, il lui fallait regagner Blois, Blois, où l'on saurait bien la contraindre à obéir, que cela lui plût ou non, puisque là-bas, en Navarre, on en avait décidé ainsi.

Et en effet, peu de temps après, le 12 mai, au château de Blois où la Cour venait de se réinstaller pour la belle saison, le mariage de César Borgia, duc de Valentinois, et de Charlotte d'Albret était célébré en grande pompe, devant le roi, naturellement, qui avait tenu à ce que ces noces fussent éclatantes.

Louis XII mena lui-même à l'autel la fiancée, merveilleusement belle dans une robe de satin blanc toute brodée d'or, avec des manches et un long manteau d'or frisé bordés d'hermine. Des émeraudes, des perles et des diamants étincelaient à ses poignets, à son cou et sur sa coiffe de satin blanc d'où partait un léger voile étoilé d'or. Mais Charlotte était aussi pâle que sa robe et ne leva même pas les yeux sur son fiancé, très beau cependant, dans un pourpoint de brocart écarlate tissé d'argent, avec une profusion de diamants. Celui qui attachait la plume blanche à sa toque de velours rubis était gros comme un œuf de pigeon et chacun en resta stupéfait d'admiration.

Le cardinal d'Amboise, grand chancelier de France, bénit lui-même le jeune couple dans la chapelle du château pavée de fleurs et où l'on étouffait entre la chaleur d'un brasier de cierges et le soleil du dehors. Puis il y eut un grand festin dans les nouvelles salles qui sentaient encore un peu le plâtre et la peinture. Un interminable festin, au cours duquel les jeunes époux n'échangèrent même pas un regard.

Enfin, la reine prit la tête d'un beau cortège de dames pour mener elle-même par la main à la chambre

nuptiale la pauvre Charlotte, refusant de s'apercevoir qu'elle était au bord des larmes.

Là, on la dévêtit, on l'installa dans l'immense lit à courtines de velours au milieu des rires et des bavardages et quand elle fut couchée, deux dames allèrent ouvrir cérémonieusement les portes devant un autre cortège, mené cette fois par le roi. L'époux arrivait...

Charlotte ne voyait rien, n'entendait rien. Assise, très droite, dans son lit, les mains croisées sur ses genoux et les yeux obstinément baissés, elle ne bougea pas tant qu'il y eut quelqu'un dans la chambre et pas davantage, d'ailleurs, quand la chambre fut vide. Elle attendait...

Adossé au chambranle de la porte, César, les bras croisés, regardait Charlotte et semblait attendre lui aussi. Le silence s'installa, et devint bientôt insupportable, mais la jeune fille, changée en statue, ne semblait pas disposée à le briser.

Alors, au bout d'un moment, César dit, très calmement :

— Me permettez-vous d'approcher ?

Pour toute réponse, elle hocha la tête de haut en bas et devint très rouge. Il vint jusqu'au pied du lit, s'assit au bord, le dos appuyé à l'une des colonnes d'ébène chantourné. Et brusquement, il éclata de rire, mais d'un rire si joyeux que Charlotte sursauta et, cette fois, le regarda.

— Que voyez-vous ici de si drôle ?

— Nous. Vous avez l'air d'une martyre dans l'arène. Et moi, on dirait que vous tenez vraiment à me faire jouer le rôle du lion. Est-ce que je vous fais si peur ?

Elle hésita puis, prenant son parti :

— Oui... c'est vrai. Vous me faites très peur.

— Pourquoi ? À cause de ma réputation ? Elle est fort exagérée. Je vous assure que je ne suis pas un monstre. Simplement un homme qui sait ce qu'il veut et qui ne recule devant rien pour l'obtenir. Je crois qu'au siècle où

nous vivons, nous sommes quelques-uns à cultiver ce genre de… vertu.

— Je crois, en effet, que vous savez obtenir ce que vous voulez.

— Et vous ne me le pardonnez pas, n'est-il pas vrai ?

— Ce n'est pas cela, mais… oh, je ne sais comment vous expliquer.

— Alors n'expliquez rien, mais quittez cette mine d'oiseau terrifié. Je vous préférais naguère dans les jardins de Loches. Vous étiez hautaine et fière, tout juste comme il convenait à la femme de César.

— La femme de César ? fit-elle amusée malgré elle. Vous ne doutez en effet de rien.

— Pourquoi douterais-je ? Je me connais bien. Je veux un empire mais je suis de taille à le conquérir. Je veux l'Italie tout entière d'abord. Je la mangerai feuille à feuille… comme un artichaut. Et d'autres terres ensuite. Pourquoi pas ? J'ai la puissance, l'or, la force des armes, la volonté et, si vous permettez, l'intelligence. Pourquoi le monde ne m'appartiendrait-il pas ? Ne nous appartiendrait-il pas, si vous voulez le partager avec moi ?

Peu à peu, Charlotte sentait fondre ses appréhensions, son antipathie. L'idée lui venait que cet homme serait peut-être passionnant à regarder vivre. Et puis, il était réellement beau, avec un charme cruel non sans saveur.

Tandis qu'elle songeait ainsi, il s'était insensiblement rapproché d'elle et quand il étendit la main pour toucher la sienne, elle ne la retira pas. La voix de César s'était faite infiniment douce, caressante comme un murmure.

— Au fond, vous aviez raison, à Loches. Je suis un bâtard, mais j'en suis fier, car mon sang n'est qu'à moi et à mon père. Enfin, si vous craignez que je vous en veuille pour… ce que vous m'avez jeté au visage l'autre

nuit, alors sachez que je ne m'en souviens plus. Je suis bien trop heureux pour cela !

— Vous êtes… heureux ?

— Mais oui… très heureux même. Vous êtes ma femme, désormais. Dieu m'a donné celle que j'aime et je n'ai rien de plus à désirer si ce n'est peut-être… un sourire. Ne voulez-vous pas me sourire ?

Ému malgré lui, il baisa la main qu'il tenait et se tut, ne sachant peut-être plus que dire. Alors, ce fut elle qui, à son tour, se mit à rire :

— Vous êtes devenu bien modeste dans vos prétentions depuis Loches, Monseigneur.

Un long moment plus tard, les chandelles s'éteignirent dans la chambre nuptiale et quand le soleil revint l'éclairer, il éclaira du même coup un bonheur tout neuf. Un bonheur qu'il ne fut pas donné à la cour de contempler longuement, car le couple la quitta très vite pour le joli château de La Motte-Feuilly, près de Bourges, où il allait couler une lune de miel tellement idyllique qu'elle dut inspirer l'insolent bulletin de victoire que César, dès le lendemain de ses noces, fit tenir à son père : dans une courte lettre rédigée en espagnol, il lui faisait savoir qu'il avait « couru huit postes… » ce qui était tout de même pousser un peu loin la confidence familiale.

L'été passa ainsi. Mais aux premiers jours de septembre, Louis XII rappela César auprès de lui. Il rassemblait ses armées pour descendre en Italie, où il voulait conquérir le Milanais, qu'il tenait en héritage de sa grand-mère Valentine Visconti. En échange de ses services, le duc de Valentinois recevrait de lui l'aide militaire dont il avait besoin pour se tailler la principauté qu'il désirait.

Par un de ces clairs matins de fin d'été, purs de nuages, où les choses prennent relief de gravure, César quitta Charlotte. Elle était enceinte et un peu dolente,

mais se voulait vaillante comme il convenait à l'épouse d'un grand capitaine.

Il monta à cheval et, entouré des gens de sa maison, disparut bientôt dans la poussière du chemin tandis que son épouse rentrait cacher ses larmes dans le château encore vibrant de sa présence.

Elle ne devait jamais le revoir…

VI

Le mari terrifié

Comment pouvait-on être aussi heureuse ?

Chaque matin, en ouvrant les yeux auprès d'Alphonse dans leur chambre fastueuse de Santa Maria in Portico, Lucrèce s'émerveillait de ce que son existence fût devenue si belle et si riche, le ciel si bleu, les fleurs si parfumées. Elle découvrait que la vie conjugale pouvait être un enchantement.

Elle et Alphonse aimaient exactement les mêmes choses : la musique, les vers, la peinture, les décors raffinés, la vie facile, et leur palais devenait le rendez-vous d'une cour d'artistes comme la Renaissance s'entendait si bien à en faire éclore. Et quels artistes !

Il y avait le Pinturicchio, occupé aux grandes fresques des appartements du pape, il y avait Michel-Ange, qui sculptait pour la chapelle des rois de France une admirable *Pietà*, il y avait l'architecte Bramante, dont le cerveau génial produisait alors les plans de la grande colonnade du Vatican. Et puis, il y avait les bals, les concerts, les fêtes, les chasses. Il y avait l'amour, l'amour avec Alphonse…

Engourdie dans son bonheur, Lucrèce oubliait

César. D'ailleurs, les nouvelles qu'il envoyait de France étaient bonnes. Elles avaient appris aux Borgia le grand succès rencontré par le nouveau duc de Valentinois à la cour de Louis XII, l'accueil flatteur du roi, les fêtes du mariage royal, puis les fiançailles de César lui-même avec la belle Charlotte d'Albret, son fastueux mariage dans la chapelle de Blois. Et la jeune épouse d'Alphonse souriait en apprenant tout cela, toutes ces choses qui lui semblaient autant de garanties pour son propre bonheur car, devenu presque prince, duc français, marié à une princesse dont il était amoureux, bientôt père peut-être, César cessait d'être redoutable. L'éloignement l'humanisait, et aussi cette séduisante brume dorée qui venait de France.

— Je sais que je peux à présent être heureuse sans contrainte… et sans crainte, confia-t-elle un jour à sa belle-sœur Sancia, sa plus habituelle compagne. César a bien autre chose à faire que penser à nous.

Sancia se contenta de sourire. Elle ne voulait pas troubler, si peu que ce fût, le bonheur de son frère et de Lucrèce, qu'elle aimait bien, mais elle était secrètement inquiète car, ayant longtemps été la maîtresse de César, elle avait conscience de le connaître mieux que personne. Elle le savait incapable de construire un bonheur normal. Il ne pouvait trouver ses meilleures jouissances que dans la violence et la domination, l'asservissement des autres. Superstitieuse, la Napolitaine voyait en lui, avant tout, un être destructeur, une sorte de génie du mal. Elle se contentait de prier Dieu pour que César demeurât longtemps en France et s'il pouvait y rester toujours, ce serait pour tout le monde une vraie bénédiction.

Hélas, les craintes de Sancia ne tardèrent pas à se préciser dangereusement. En France, le roi Louis commençait à tourner lui aussi ses regards vers l'Italie, comme l'avait fait son prédécesseur Charles VIII. Il

désirait conquérir Milan, qu'il tenait pour son héritage. Lui et César avaient tout intérêt à unir leurs ambitions et leurs désirs.

Or, Louis XII devenu maître de Milan, aidant César à s'attribuer les Romagnes, objet des convoitises italiennes du nouveau duc, l'alliance des Borgia avec Naples devenait inutile, voire gênante, car le roi de France pouvait souhaiter reprendre également Naples, perdue par Charles VIII son devancier.

C'est ce que vint expliquer un soir à la sœur d'Alphonse le cardinal Ascanio Sforza, frère du duc de Milan, Ludovic le More, qui n'ignorait rien des appétits français.

— Je viens vous dire adieu, Madame, car je quitte Rome demain… et je viens aussi vous engager à suivre mon exemple, car votre position ici est presque aussi dangereuse que la mienne.

— Que voulez-vous dire ?

— Que si vous tenez à la vie, vous et votre frère devriez quitter Rome au plus vite, rentrer à Naples comme je rentre à Milan.

— Que vous soyez inquiet pour votre sécurité, je le conçois, mais qu'avons-nous à craindre, mon frère et moi ? Nous sommes de la famille.

— Il n'y a de famille valable que celle de leur propre sang pour les Borgia. J'admets que le danger vous soit moins immédiat qu'à moi, car après tout, vous êtes pour eux des otages précieux, mais ce que je crains c'est qu'avant peu, vous ne soyez plus que cela : des otages !

Il y avait du vrai dans les paroles du cardinal, mais Sancia, en dépit de son jeune âge et de son goût immodéré du plaisir, était une femme courageuse. Fuir lui faisait horreur, et elle avait pour la lutte ouverte un certain attrait. Elle y trouva l'audace d'aller, en pleine cour pontificale, faire au pape Alexandre une scène tellement violente que les échos du Vatican en retentirent

longtemps et que Sa Sainteté en demeura pantoise : en bonne Napolitaine, Sancia s'entendait aux colères spectaculaires.

Or, en échange de sa bordée d'injures, elle reçut de son beau-père la très paternelle assurance que ni elle ni aucun des siens n'avaient quoi que ce soit à craindre.

— Comment pourrions-nous vouloir du mal à l'épouse de notre fils, à l'époux de notre fille bien-aimée ?... Revenez sur terre, chère Sancia, et considérez plutôt quelle affection nous a toujours uni à vous depuis votre arrivée à Rome. Nous espérons d'ailleurs que vous n'êtes pas allée troubler, avec ces idées folles, le bonheur de Lucrèce, ajouta le pape quand la fureur de la jeune femme fut un peu calmée.

— Non... pas encore. Et je souhaite n'avoir jamais à le faire !

— J'espère que vous n'en doutez pas.

Elle rentra chez elle un peu rassurée. On ne pouvait tromper une femme avec une mine aussi chaleureuse, aussi sincère, que celle de l'ex-Rodrigue Borgia. C'était vrai qu'il lui avait toujours montré de l'affection, mais peut-être était-ce surtout parce qu'elle était une très jolie femme ?

Néanmoins, elle décida de se taire et de ne rien dire de ses craintes à son frère Alphonse.

C'était bien inutile, car quelqu'un s'en était chargé pour elle. Avant de quitter Rome, Ascanio Sforza avait trouvé le temps d'un entretien avec le jeune duc de Bisceglia, et comme celui-ci ne possédait pas, et de loin, le caractère viril de sa sœur, il fut pris d'une véritable panique.

Les bruits et cancanages du Vatican lui avaient, depuis son mariage, appris trop de choses sur l'espèce de malédiction attachée aux hommes qui recevaient le droit de tenir Lucrèce entre leurs bras. On lui avait parlé de Jean Sforza, chassé après avoir bu jusqu'à la

lie la coupe du ridicule, de Perrotto et de Juan Borgia, tous deux égorgés et jetés au Tibre. Si lui voulait vivre, il fallait qu'il mît très vite une appréciable distance entre lui et cette famille monstrueuse. Même sa gracieuse et douce épouse lui inspirait tout à coup une peur affreuse.

Le 2 août 1499, Alphonse d'Aragon, duc de Bisceglia, suivi d'une très petite escorte, monta à cheval dès l'aube et s'enfuit de Rome à l'ouverture des portes, vainement poursuivi, avec quelque retard, par les sbires de Sa Sainteté. Et quand Lucrèce s'éveilla tard, fatiguée par une nuit de plaisir, ce fut pour s'apercevoir que son bien-aimé l'avait abandonnée. Elle poussa de tels cris de douleur que ses femmes, un moment, craignirent pour sa raison. Puis les larmes vinrent et, avec elles, la réflexion.

Huit jours plus tard, l'atmosphère avait un peu changé, et c'était au tour du pape de connaître les affres de l'inquiétude et de l'incertitude, car il s'était aperçu très vite que la fuite d'Alphonse le mettait dans une situation impossible.

Certes, son esprit politique en était venu à juger que ce mariage de Lucrèce avec un prince napolitain, cependant si fort désiré naguère, n'avait plus d'intérêt du moment où ses regards se tournaient vers la France, mais le coup de panique d'Alphonse, plantant là sa fille sans le moindre avertissement, n'arrangeait rien. Car non seulement il y avait la menace que représentait à présent le fugitif, mais Sa Sainteté devait aussi affronter Lucrèce elle-même, Lucrèce, dont elle ne savait plus que faire.

Il y avait une semaine que la jeune femme pleurait sans désemparer et, que sachant bien la puissance de ses larmes sur son père, elle le suppliait de la laisser rejoindre Alphonse, dont elle avait assez vite reçu des nouvelles : il était réfugié sur les terres du prince Colonna, vieil ami de sa famille, à Gennazzano, où il

se sentait en sûreté. De là, il envoyait à Lucrèce lettre sur lettre pour la pousser à quitter Rome et à venir le rejoindre.

« Si tu m'aimes autant que tu le dis, tu dois prendre soin de ta vie et de celle de ton enfant. Or l'une et l'autre seront en péril ; si tu veux vraiment demeurer mon épouse bien-aimée… »

Lucrèce, en effet, était enceinte de six mois et naturellement, elle brûlait de rejoindre le séduisant garçon qui était son amant plus encore que son époux et d'aller vivre son amour sous le chaud soleil de Naples, au bord d'une mer bleue comme ses rêves.

Mais ce départ, Alexandre VI n'en voulait à aucun prix. Laisser sa chère fille vivre à Naples, c'eût été donner à l'ennemi un otage beaucoup trop précieux. Non seulement il n'accordait pas la permission demandée mais encore Lucrèce avait reçu l'interdiction formelle de quitter Rome.

— Si seulement elle voulait bien cesser de pleurer, confia-t-il un matin, après la messe, à son maître des cérémonies, le digne Johannès Burchardt, un Alsacien pompeux, mais dont il appréciait l'esprit d'observation. La voir pleurer est pour nous un spectacle intolérable, mais il est impossible de lui céder sur un point aussi important, de la laisser aller, peut-être, à sa perte… Non, cent fois non, elle n'ira pas à Naples !

Le pape allait et venait à travers son appartement, déchaînant autour de sa massive personne une sorte de courant d'air. Burchardt toussota pour se donner le courage d'interrompre cette promenade furieuse.

— À mon avis, hasarda-t-il, Votre Sainteté a tort de s'alarmer. Madame Lucrèce est très jeune, très impulsive, très passionnée…

— Elle est notre fille. Cela dit tout…

— Certes, certes… Mais elle a aussi, et très vif, le souci de sa grandeur. Or, que Votre Sainteté veuille

bien considérer que, dans l'état actuel des choses, elle n'a rien d'autre à faire que pleurer tout le jour.

Le pape s'arrêta.

— Que veux-tu dire ?

— Qu'il faut l'occuper. Pourquoi ne pas lui confier le gouvernement d'une ville ? Elle veut quitter Rome ? Eh bien, faites-lui quitter Rome, mais pas pour Naples. Et qui sait ? Du moment où le duc de Bisceglia saura son épouse maîtresse d'une place forte, il se laissera peut-être séduire par l'idée de venir la rejoindre. On dit qu'il l'aime beaucoup…

Alexandre, qui n'avait écouté le préambule que d'une oreille distraite était devenu beaucoup plus attentif sur la fin de l'exposé. Quand son cérémoniaire eut fini, son visage bronzé s'était éclairé d'un large sourire.

— Sais-tu que ton idée est pleine de sagesse, mon fils ? Voilà bien la solution que nous cherchions en vain. Bien sûr, il faut laisser Lucrèce partir, mais avec une mission ; voyons donc, à présent, où nous allons envoyer notre belle éplorée…

Le lendemain, Lucrèce apprenait, non sans surprise, qu'elle était nommée gouverneur de Spolète et de Foligno, deux places fortes situées à quelque vingt-cinq lieues au nord de Rome (autrement dit vingt-cinq lieues plus loin de Naples). C'était une charge de cardinal, mais le pape n'en était plus à cela près.

Quelques jours plus tard, en très fastueux équipage, la jeune duchesse de Bisceglia quittait Rome dans une litière tendue de satin cramoisi pour gagner le siège de son nouveau gouvernement. Son frère Joffré, l'autre mal marié, l'accompagnait, aussi somptueusement équipé qu'elle-même et tout aussi triste car, décidé à en finir avec Naples, son père avait renvoyé Sancia dans sa famille. La folle et charmante Sancia s'en était allée et Joffré, le cœur aussi lourd que Lucrèce, trouvait comme elle-même une douceur à ce rapprochement.

Et ce fut en silence qu'ils cheminèrent vers les douces collines de l'Ombrie.

L'aspect redoutable de Spolète ne déplut pas à Lucrèce lorsqu'elle la découvrit de sa litière. Elle y vit un cadre approprié à sa douleur et y prit de surcroît un plus haut sentiment de son rang et de sa responsabilité. Pourtant, la grosse forteresse carrée couronnant une colline où s'accrochait une ville ceinte de remparts ne possédait aucune des grâces auxquelles l'avaient habituée ses palais romains. Mais la vue s'y étendait au loin, jusqu'à ces horizons bleutés derrière lesquels se cachait son bien-aimé Alphonse.

Pour trouver un dérivatif à son chagrin, elle prit son rôle très au sérieux et, tandis que Joffré trompait sa mélancolie en d'interminables chasses qui emplissaient la vallée d'abois de chiens et d'appels de trompes, Lucrèce s'intéressait aux affaires des villes qu'on lui avait confiées, rendait la justice, veillait au bon état des défenses et de la garnison, modernisait les installations du logis seigneurial, passant en outre de longues heures dans son oratoire à prier Dieu de lui rendre enfin son époux.

Dieu, sans doute, l'entendit car, au soir du 19 septembre, alors qu'elle se disposait à passer à table, le galop de deux cavaliers souleva la poussière du chemin, deux cavaliers qui, pour venir de Naples, avaient contourné Rome : Alphonse et son ami Pignatelli.

Incapable de parler, à demi étranglée par la joie, Lucrèce s'abattit dans les bras de son époux retrouvé pour y sangloter éperdument de joie et de soulagement. Leur séparation n'avait duré qu'un mois mais, pour la jeune femme, il avait eu les dimensions désespérantes d'un siècle.

Les jours qui suivirent furent pleins de douceur. Les jeunes époux vécurent une seconde lune de miel dans cette Ombrie que l'automne débutant parait d'un incomparable éclat. Même les rudes murailles de Spolète y trouvaient un charme adouci. Persuadée dès

lors que plus rien ne pouvait menacer son bonheur, Lucrèce écrivit à son père quelques lettres si soumises et si tendres que le terrible pontife laissa son cœur s'amollir : il venait de recevoir des Sforza la ville de Nepi, il l'offrit à sa fille en lui donnant rendez-vous dans son nouvel État.

Lucrèce et Alphonse partirent pleins de joie, ayant tout oublié, l'un comme l'autre, de leurs angoisses et de leurs craintes. L'accueil de Sa Sainteté fut d'ailleurs entièrement rassurant. Il embrassa Lucrèce et même son gendre avec tous les signes d'une vraie tendresse.

— Le temps où votre enfant doit naître est proche, leur dit-il. Je ne veux pas qu'il naisse ailleurs qu'à Rome. Revenez avec moi et que la paix règne à jamais dans notre famille. Il faut oublier les jours d'angoisse.

Insouciants et confiants comme savent l'être les amoureux, Alphonse et Lucrèce ne demandaient qu'à le croire et à retrouver bien vite leur nid douillet, car l'idée d'un hivernage à Spolète ou à Nepi ne leur souriait aucunement.

Le 14 octobre, ils regagnèrent donc leur palais de Santa Maria in Portico où, le 1er novembre, un beau petit garçon venait au monde dans l'allégresse générale.

Le 11 novembre, dans la chapelle Sixtine, le cardinal Carafa baptisa le petit prince, qui reçut le prénom de Rodrigue, comme son grand-père, et en cadeau de bienvenue, le duché de Sermoneta.

Ce fut une superbe cérémonie, comme le pape les aimait, et Lucrèce, radieuse encore qu'un peu pâle, murmura en serrant à la dérobée la main de son époux :

— Où peut-on être mieux qu'entourés des siens ? Je crois qu'à présent, rien ni personne ne viendra nous empêcher d'être heureux.

Pauvre Lucrèce… Une semaine plus tard, César Borgia était de retour à Rome.

VII

La main de César

Le très évident et un peu insolent bonheur étalé par Lucrèce et son jeune mari Alphonse ne pouvait que porter ombrage à César quand, auréolé de son nouveau titre, de sa nouvelle puissance et de l'éclat de son mariage français, il regagna Rome. Le sombre duc de Valentinois n'aimait pas que sa sœur fût heureuse par un étranger, et surtout un Napolitain.

À l'exception de Sancia, il avait toujours haï les gens de Naples — encore Sancia s'en était-elle tirée à cause du désir violent qu'elle lui avait inspiré. Mais en France, cette haine était devenue quasi maniaque depuis que la demi-sœur d'Alphonse, Charlotte d'Aragon, avait refusé dédaigneusement de l'épouser, lui, César, en criant bien haut qu'elle ne voulait pas devenir « la Cardinale ».

Certes, il n'avait pas regretté, bien au contraire, que ce refus lui eût permis d'épouser Charlotte d'Albret, mais les blessures d'amour-propre étaient de celles que César pardonnait le moins.

Retrouver Lucrèce aussi tendrement unie à l'époux qu'il l'avait forcée d'accepter, c'était plus qu'il n'en

pouvait supporter. Et il sut tout de suite qu'Alphonse ne resterait pas longtemps l'époux de sa sœur.

Pourtant, Rome lui avait réservé un triomphe digne d'un imperator romain. Louis XII, ayant conquis Milan, avait tenu sa promesse et confié à César des troupes pour conquérir la Romagne. Il en avait fait bon usage ; Faenza, Imola, Forli, qu'avait défendue jusqu'au bout la belle Catherine Sforza, l'ancienne amie du cardinal Rodrigue Borgia, toutes ces villes étaient tombées. Devenu par sa propre grâce « duc de Romagne », le conquérant Borgia avait empli Rome des rumeurs de sa guerre quand il y était entré le 26 février 1500. Et en quel appareil !

Deux hérauts ouvraient le cortège, l'un aux couleurs de France, l'autre à celles des Borgia. Puis cent estafiers, portant sur la poitrine le nom de César brodé en grandes lettres d'argent, précédaient la cavalerie commandée par le condottiere Vitellozzo Vitelli. César venait ensuite, habillé de velours noir des pieds à la tête, avec au cou le collier de l'ordre de Saint-Michel. Son frère et le mari de Lucrèce le suivaient immédiatement au rang d'aides de camp. Ensuite, c'étaient cent valets de pied vêtus de noir, des pages, des serviteurs, des soldats encore : gigantesques Suisses bariolés et Gascons arrogants, maigres et dangereux comme des chats sauvages. Et puis encore, des gardes entourant une prisonnière altière : Catherine Sforza elle-même, droite et méprisante, le regard à la hauteur des nuages. Enfin, des coffres, des bagages, tout un train immense et interminable déroulant ses anneaux comme un serpent à travers la ville.

Rome accueillit le revenant avec un enthousiasme de commande. Jamais la vieille méfiance italienne contre l'Espagnol n'avait été aussi forte. Et puis, l'absence de César n'avait pas duré assez longtemps pour que l'on eût oublié ses violences, ses fureurs, ses haines

et ses vengeances. On applaudissait, on souriait, on acclamait, et les fleurs tombaient sous les pas de son coursier noir, mais à la dérobée, on se montrait Miguel Corella, dit Micheletto, son âme damnée, son homme de main, le maître incontesté du couteau et de la corde, plus dangereux qu'une portée de cobras. Et l'on s'interrogeait : César allait-il demeurer longtemps ou bien retournerait-il à Milan, où l'attendait Louis XII ? Descendrait-il sur Naples, dont on disait qu'il méditait la conquête ? Tournerait-il ses armes vers Camerino, vers Urbino… vers Florence peut-être ?

En fait, où que César allât, quel que fût l'horizon qui attirerait sa convoitise, ce serait de toute façon une excellente chose car, aux yeux des Romains, tout valait mieux que le garder dans la ville.

Pourtant, il resta. L'année 1500 était une année sainte, une année jubilaire, et les pèlerins qui depuis le 1er janvier affluaient de toutes parts constituaient une manne providentielle pour qui a les caisses vides. César était trop avisé pour laisser passer une telle occasion de puiser à pleines mains dans le trésor pontifical, empli à ras bord par les aumônes, les dons, les ventes d'indulgences et tout le trafic éhonté d'une Église qui avait perdu l'Esprit pour n'en garder qu'une apparence.

Jamais on n'avait vu année sainte comparable à celle-là.

« Nous autres Rhénans, écrit alors un pèlerin venu des bords du Rhin, sommes bons chrétiens, et quand on a vu la vie que mènent à Rome les prélats et les grands personnages, on peut redouter non seulement de perdre la foi mais de devenir turc et de douter de l'immortalité de l'âme… » Et en effet, les fêtes qui se déroulent au Vatican pour le retour de César n'ont rien à voir avec les réjouissances de patronage voire les pompes liturgiques : ce sont des orgies au cours desquelles le pape, certains de ses cardinaux, ses familiers et ses enfants,

servis par des femmes nues, s'adonnent à des jeux de société d'un genre tout à fait particulier.

À toutes ces festivités Lucrèce assistait avec Alphonse comme à un spectacle amusant, puis regagnait son palais, au bras de son époux, pour y retrouver la paix de leur chambre à coucher sans s'apercevoir du regard venimeux dont César enveloppait leur couple d'amoureux.

Au lendemain de ces festins, le Tibre, boueux et sinistre, crachait des corps sans vie : des prêtres, des soldats, des filles de joie qui avaient eu le malheur de déplaire à César, car c'était le sort réservé au menu fretin. Pour ceux qui méritaient une haine plus subtile, la scène se jouait sous les baldaquins de chambres princières où agonisait tel ou tel cardinal, tel ou tel seigneur qui venait d'être honoré d'une invitation à souper au Vatican.

Et Lucrèce vivait dans cette ambiance sans même s'en soucier. Ces morts qu'on lui apprenait au matin n'étaient pas plus pour elle que les faits divers de nos journaux. Elle était heureuse, sûre d'elle, sûre aussi de la protection de son père, qui semblait conquis par le charme d'Alphonse et qui étendait sur eux deux son ombre paternelle.

Et puis, César était presque aimable. N'avait-il pas autre chose à faire que s'occuper d'un jeune couple innocent ?

C'est alors que deux événements vinrent mettre en branle l'impitoyable machine à tuer que le roi de France avait parée d'une couronne ducale.

D'abord, Milan, après une tentative de reprise des Sforza, fut définitivement vaincue. Ludovic le More, prisonnier, était envoyé dans les prisons du roi Louis et ce dernier annonçait déjà son prochain départ pour la conquête de Naples.

Ensuite, le pape Alexandre fut victime d'un grave accident qui le mit à deux doigts de la mort : une che-

minée s'effondra au-dessus de son trône pontifical, tua plusieurs personnes dont trois marchands florentins qui venaient réclamer à César une créance, et envoya dans son lit Sa Sainteté, très commotionnée : sans le baldaquin du trône, il fallait réunir le conclave.

Lucrèce, en fille aimante, vint s'installer au chevet de son père pour le soigner, abandonnant Alphonse au palais de Santa Maria in Portico. Alors, César, qui ne savait encore si un nouveau pape n'allait pas le chasser de Rome et avait demandé des renforts à Milan, décida de passer à l'action : il avait momentanément les mains libres.

Au soir du 15 juillet, Alphonse de Bisceglia vint dîner au Vatican. Dîner familial, sans plus. Seuls y assistaient le pape, Lucrèce, Joffré et Sancia, revenue depuis peu auprès de son époux… et du lit de César.

La soirée était belle et chaude, mais avec les ombres de la nuit, venait une fraîcheur qui invitait au repos.

Fatigué par une journée de chasse, Alphonse prit congé de sa famille, embrassa tendrement Lucrèce qui demeurait encore chez son père, puis, accompagné de deux écuyers, se mit d'un pas nonchalant en route vers son logis.

Les trois hommes sortirent par la porte située sous la loggia des Bénédictions et s'avancèrent sur la place Saint-Pierre sans accorder d'attention aux nombreux mendiants, pèlerins et badauds qui, comme chaque soir, l'encombraient, certains s'installant même sur les marches de la basilique pour dormir plus saintement.

Or, à peine le prince et ses serviteurs avaient-ils fait quelques pas qu'un cri jaillit :

— Tue ! Tue !…

Une troupe de dormeurs s'éveilla et bondit, l'épée haute. En un clin d'œil les trois hommes furent entourés.

— Qui voulez-vous tuer ? demanda Alphonse, méprisant. Si c'est moi, je vous préviens que vous aurez du mal.

Dégainant rapidement, il tomba en garde et engagea le fer avec vigueur, courageusement secondé par ses écuyers. Mais la partie était inégale. Au bout de quelques instants, alors que les vrais pèlerins, épouvantés, appelaient à l'aide une garde qui semblait curieusement sourde, Alphonse tomba percé de plusieurs coups.

Ce que voyant, l'un des écuyers, abandonnant son adversaire, se précipita pour tirer son corps à l'abri d'une colonne tandis que le second, qui se nommait Albanese, ferraillait désespérément contre la meute pour couvrir leur retraite.

La garde apparut enfin. Les pèlerins avaient mené un tel tapage qu'il était impossible de les ignorer plus longtemps sans risquer l'émeute. Les flammes des torches balayèrent la place obscure. On emporta le blessé et, quelques instants plus tard, Lucrèce recevait, dans le salon où elle s'était attardée à bavarder avec Sancia, le corps sanglant de son époux.

Elle se jeta sur lui avec un affreux cri de douleur :

— Alfonso mio… Mon Dieu… Ils me l'ont tué.

— Il respire encore, Madame, dit le capitaine des gardes. Il n'est peut-être pas trop tard…

— Qu'on l'emporte dans ma chambre, ordonna le pape qui accourait au bruit. Que l'on appelle mon médecin. Allons… vite… faites vite !

Il était aussi épouvanté que sa fille, davantage peut-être, car cette scène lui en rappelait une autre, aussi douloureuse, qu'il avait subie au lugubre matin où lui avait été rapporté le corps sans vie de Juan, son aîné bien-aimé. Et ce fut avec une horreur désespérée qu'il entendit le moribond murmurer entre deux sanglots de sa femme :

— César… c'était lui… je l'ai reconnu…

On l'emporta avec mille soins tandis que les tapis précieux buvaient le sang dégouttant encore de ses blessures.

Quand, à l'aube, Rome apprit la nouvelle, la personnalité de l'assassin ne fit de doute pour personne… mais personne n'osa le dire. Le blessé avait été transporté dans l'une des chambres récemment achevées des appartements Borgia. Lucrèce, brûlante de fièvre mais pâle et résolue, le veillait nuit et jour, relayée uniquement par Sancia, la seule en qui elle eût confiance.

Les deux femmes dormaient sur des lits improvisés, dans la chambre même du blessé. Elles le soignaient et préparaient elles-mêmes sa nourriture sur un petit réchaud par crainte du poison.

Pourtant, elles avaient peur. Une peur atroce, mêlée de chagrin et d'horreur.

— César n'aime pas manquer son coup, disait Sancia. Il cherchera à recommencer.

— Alors il faudra qu'il me passe sur le corps car je défendrai mon époux ! affirmait Lucrèce, farouche. Mais je ne crois pas qu'il oserait l'arracher de mes bras.

Elle ignorait encore les paroles, ironiques et menaçantes tout à la fois, articulées par César en apprenant que sa victime vivait encore.

« Ce qui ne s'est pas fait à midi peut se faire le soir… »

Pourtant, il ne bougeait pas. Les jours passaient. Alphonse, lentement, très lentement, reprenait des forces. La jeunesse peut accomplir des miracles, et il fut bientôt évident pour son entourage qu'il allait guérir.

Oubliant peu à peu ses craintes, Lucrèce en venait à penser que César, peut-être pris de remords devant la douleur de sa sœur, en était venu à de meilleurs sentiments, qu'il avait renoncé… Mais vint le soir du 18 août…

Alphonse reposait sur son lit, entouré de Sancia, qui jouait de la guitare, et de Lucrèce qui, tout contre lui, chantait à mi-voix. Il avait fait très chaud toute la journée et un orage s'annonçait vers les monts Albains, où de grands éclairs blancs et silencieux rayaient la nuit.

Tout à coup, la porte de la chambre s'ouvrit, livrant passage à deux sombres silhouettes qui s'arrêtèrent un instant sur le seuil, contemplant le tableau intime.

Avec un cri d'angoisse, Sancia se levait, lâchait sa guitare. Malgré la demi-obscurité, elle avait parfaitement reconnu César et Micheletto. À son tour, Lucrèce glissait du lit.

— Que voulez-vous ? demanda-t-elle durement, s'efforçant de maîtriser la terreur que lui causait le sourire cruel de son frère.

— Sortez ! ordonna Borgia sans élever la voix.

— Il n'en est pas question ! Tu ne me feras pas sortir de cette chambre. J'y suis chez moi !

— Oh, mais si, ma chère sœur, tu sortiras ! Et toi aussi, Sancia ! Tu as entendu, Micheletto ? Ces dames doivent sortir... Je vais t'aider.

Malgré leurs cris et leur défense désespérée, les deux jeunes femmes, d'ailleurs fatiguées par leur longue claustration, furent empoignées et jetées hors de la pièce dont César referma la porte.

— Au secours ! hurlait Lucrèce, désespérée. Il veut le tuer... Il veut tuer mon époux...

Plus forte, Sancia récupérait déjà.

— Courons chez le Saint-Père ! s'écria-t-elle. Vite ! Lui seul peut le sauver.

Rassemblant leurs jupes, elles partirent en courant, revinrent très peu de temps après, escortées d'hommes d'armes et de dignitaires du Vatican précédant le pape lui-même.

Mais quand on pénétra dans la chambre, dont la porte était demeurée entrouverte, il n'y avait plus personne. La somptueuse pièce qui portait le nom de chambre des Sibylles était vide... à l'exception du cadavre d'Alphonse qui gisait en travers du lit, défiguré par l'agonie.

Miguel Corella venait de l'étrangler au moyen d'une cordelette...

Alors, Lucrèce eut un soupir et glissa, sans connaissance, sur les dalles de marbre noir, au pied même de la robe blanche d'Alexandre VI.

VIII

« Aut Caesar, aut nihil[1]... »

Le 18 août, à la nuit close, le corps d'Alphonse d'Aragon, duc de Bisceglia, était porté en terre presque secrètement : vingt serviteurs armés de torches dont les flammes éclairaient sinistrement l'obscurité, une poignée de religieux entourant François Borgia, archevêque de Cosenza. Rien d'autre : ni sœur ni épouse, car Sancia comme Lucrèce avaient été enfermées par ordre de César dans leurs appartements où elles avaient tout loisir de pleurer en écoutant tinter le glas de la petite église Santa Maria delle Febbri[2], où Alphonse allait dormir son dernier sommeil.

La douleur de Lucrèce semblait inapaisable et le pape, atterré, regardait avec angoisse cette créature inconnue, cette veuve farouche dont le visage pâle, lavé par les larmes, se montrait nu et tragique sous des voiles noirs qu'aucun bijou ne venait adoucir.

Ce fut cette femme-là que rencontra César quand,

1. « Ou César ou rien ! », devise de César Borgia.

2. Sainte-Marie-des-Fièvres, qui existait à la place actuelle de la sacristie de Saint-Pierre.

deux jours après le meurtre, il osa venir jusqu'à la chambre de Lucrèce sous la protection de cent estafiers, car la version officielle du crime voulait que le Valentinois n'eût fait que se défendre d'un complot dirigé contre sa vie. Statue de la douleur muette, celle que l'on appellerait un temps « la tragique duchesse de Bisceglia » n'offrit à son frère ni une parole, ni même un regard, et César repartit avec ses soldats sans avoir pu attirer, ne fût-ce qu'une seconde, son attention.

Furieux, il alla en rendre compte à son père, mais Alexandre VI n'avait pas la conscience assez en repos pour intervenir. Lucrèce avait eu pour lui un regard si glacial, si indifférent, lorsqu'il avait tenté de lui offrir des consolations, à vrai dire assez dérisoires, qu'il se sentait à présent mal à l'aise vis-à-vis d'elle. C'était tout juste s'il reconnaissait sa fille chérie.

Bientôt, d'ailleurs, cette attitude hostile et désespérée indisposa le pontife. Lucrèce était un vivant reproche et il n'aimait pas les reproches.

« Jadis, écrivit alors l'ambassadeur de Venise, Madame Lucrèce, qui est sage et aimable, avait les bonnes grâces du pape, mais à présent il n'aime plus autant sa fille... » Et c'était vrai : au bout de quelques jours, Alexandre ne pouvait plus endurer sa présence. Il lui accorda la « permission » de se retirer dans celle de ses terres qui lui conviendrait.

Avec une sorte de soulagement, la jeune femme saisit la balle au bond et le 30 août, escortée de trois cents cavaliers, elle quittait Rome pour sa forteresse de Nepi, en pays étrusque.

Elle était satisfaite de partir, de n'être plus obligée de voir son père, son frère, ou même Rome, qui lui faisaient horreur. Seule, la vue du petit Rodrigue, son fils, qu'elle emmenait, réussissait à l'apaiser un peu. Elle haïssait César pour tout le mal qu'il lui avait fait, elle détestait son père pour n'avoir pas su protéger

Alphonse. Il était déjà bien suffisant d'avoir à se supporter elle-même, car elle s'en voulait de sa faiblesse, de sa lâcheté de femme incapable de trouver dans sa douleur assez de force pour venger son amour, pour frapper à son tour. Elle avait choisi la fuite… et avec quel empressement !

Elle aimait Nepi, où elle avait été heureuse au bruit chantant du ruisseau de la vallée et dans les hautes pièces claires décorées de fleurs peintes à fresque. Elle y retrouvait le souvenir des heures douces vécues naguère avec son bien-aimé Alphonse et pouvait y oublier les nuits sanglantes de Rome, le vacarme étouffé des banquets et des chansons bachiques. Là, elle avait le droit d'être seulement une veuve douloureuse.

À Rome, pendant ce temps, César se préparait à dévorer l'artichaut Italie feuille à feuille. La Ville éternelle résonnait du fracas des armes et des rumeurs de guerre car, seul maître à présent de l'esprit du pontife, César allait enfin régner.

Il attirait à lui les meilleurs capitaines des meilleures maisons : Orsini et Savelli, de Rome, Baglioni, de Pérouse, Vitelli, de Cita di Castello, tous accouraient pour avoir part au butin, qui promettait d'être abondant. Certaines villes même, comme Cesena, faisaient leur soumission avant même d'avoir été attaquées.

Tout ce monde se mit en branle. On arracha Pesaro à Jean Sforza, le premier mari de Lucrèce, Faenza au jeune et charmant Astorre Manfredi, qui allait connaître une mort cruelle dans les caves du château Saint-Ange.

Chaque jour voyait l'armée de César plus forte, sa puissance plus insolente. Oubliant Charlotte, son épouse demeurée en France, il vivait ouvertement avec une belle Milanaise, Bianca Lucia Stanga, qui le suivait depuis la conquête de sa ville par les Français, mais cela ne l'empêchait pas d'enlever au passage les femmes qui avaient le malheur de lui plaire : ainsi

d'une fille d'honneur de la duchesse d'Urbino, la belle Dorotea, fiancée au capitaine vénitien Gian-Battista Carracciolo. Alors qu'elle rejoignait son fiancé pour de joyeuses noces, la jeune fille avait été enlevée par ordre de César, jetée dans son lit afin d'y subir sa loi…

Cette fois cependant, l'affaire fit du bruit. Le Sénat de Venise tonna, réclamant le châtiment du coupable. Le roi de France protesta par la voie de ses ambassadeurs, Louis de Villeneuve et Yves d'Alègre. Carracciolo menaça d'abandonner le service de Venise pour se faire justice et César, baissant pavillon, plaida non coupable, rejetant l'affaire sur l'un de ses capitaines, Diego Ramirez, que l'on fit opportunément disparaître. Déjà, sur les terres italiennes, le nom de Borgia s'inscrivait en grandes lettres de sang et d'horreur. Mais César s'entendait à choisir ses hommes et leur valeur le faisait provisoirement invincible. Il avait même attiré à lui un homme étrange, le plus grand des peintres, doublé d'un étonnant ingénieur, et qui avait servi longtemps la gloire de Ludovic le More, le puissant duc de Milan. Mais s'il observait son nouveau maître avec la patience et la curiosité d'un entomologiste en face d'un insecte rare, Léonard de Vinci ne parvenait pas à s'attacher réellement à ce conquistador à l'espagnole dont les violences le choquaient.

Un soir, l'armée arriva devant Nepi et, escaladant le sentier du château au galop de son cheval noir, César vint y frapper, demandant pour lui et les siens l'hospitalité d'une nuit. Lucrèce n'avait pas la possibilité de refuser. Il lui fallait ouvrir sa porte, quelque répugnance qu'elle en eût.

Ce fut dans la grande salle du château qu'ils se retrouvèrent face à face, le meurtrier et la veuve de l'assassiné. Le premier contact fut glacial. César retrouvait la femme aux voiles noirs qui l'avait tant exaspéré et Lucrèce, de ses grands yeux bleus délavés par les

larmes, observait son frère avec une crainte mêlée de répulsion. Était-ce bien le César d'autrefois, cet homme vêtu de noir de la tête aux pieds, masqué de noir pour cacher les boursouflures de son visage que l'on apercevait tout de même entre les bords de velours et la barbe soigneusement taillée[1] ? Il apparaissait ainsi plus sinistre encore que dans ses pires souvenirs. Pourtant, devant ce visage qui n'osait pas se montrer, la jeune femme éprouva une bizarre pitié.

Après les salutations d'usage, ils allèrent ensemble prendre place à la longue table servie comme par enchantement avec ce faste qui était le signe distinctif des Borgia. Lucrèce ne toucha qu'à peine aux plats mais César dévora un moment en silence.

Ce fut seulement quand sa faim, creusée par la chevauchée, se fut un peu apaisée qu'il entama la conversation. Le moment était venu pour lui d'aborder le but de sa visite car, en détournant son armée jusqu'à Nepi, le Valentinois avait une idée derrière la tête.

— Mes soldats vous seront reconnaissants autant que je le suis moi-même, ma sœur, de cette belle hospitalité que vous leur donnez. Vous êtes, semble-t-il, fort bien logée ici… Le château est beau, commode, bien orné, et je comprends que vous vous y plaisiez. Parce que vous vous y plaisez, n'est-ce pas ?

— Beaucoup.

— Au point… de ne pas souhaiter le quitter ?

Les doigts de Lucrèce serrèrent un peu plus fort la coupe d'or qu'elle s'apprêtait à porter à ses lèvres.

— Comment l'entendez-vous ?

— Mon Dieu… le plus simplement du monde. Vous êtes seule ici, loin de Rome à qui vous manquez. Notre

1. César était atteint de ce que les Français appelaient « le mal de Naples » et les Napolitains « le mal français » : la syphilis.

père prend chaque jour de l'âge. Il s'ennuie… et vous regrette.

— Il a tort, car je ne suis pas d'une compagnie bien récréative. Vous en savez la raison, j'imagine… mon frère.

Le mot eut du mal à passer, mais César ignora délibérément l'intention.

— Il est votre père, et il vous aime profondément, Lucrèce. Son rêve le plus cher est de vous voir heureuse.

— Heureuse ? Ne l'étais-je pas quand…

Par les trous du masque, le regard noir de César lança un éclair.

— La fille d'Alexandre ne saurait être heureuse dans un bonheur égoïste où la gloire de la famille n'a rien à voir. Et moi, César, je suis venu vous dire ceci : vous avez vingt ans, Lucrèce. Vous êtes belle, et vous avez autre chose à faire de votre vie que l'ensevelir sous des voiles de crêpe au fond d'une forteresse provinciale. Il faut revenir à Rome où l'on vous attend… et vous remarier.

La jeune veuve se releva si brusquement que son siège tomba à terre avec fracas.

— Me remarier ! Êtes-vous fou, mon frère ? Vous venez me proposer un nouvel époux si peu de temps après que mon pauvre Alphonse…

— Votre pauvre Alphonse était un jeune sot, un couard, qui avait déjà pris la fuite une fois et qui l'aurait prise à nouveau, vous plantant là sans plus de cérémonie si on lui en avait laissé le temps.

— Que ne l'avez-vous laissé fuir, alors ?

— Voulez-vous me dire quel avantage nous en aurions retiré ? Une veuve se remarie… pas une femme séparée. Or, je l'ai déjà dit, il faut vous remarier.

Lucrèce eut un petit sourire sans gaieté :

— Je jurerais que vous avez déjà un candidat… ou plusieurs… Je commence à bien vous connaître.

— Il y en a plusieurs, en effet. Le plus intéressant serait le propre cousin du roi de France, mon ami Louis de Ligny, un grand capitaine et…

— N'allez pas plus loin. D'ores et déjà, je dis : non. À aucun prix je n'habiterai la France. Je veux rester en Italie… et puis, je vous en prie, ne me parlez plus de mariage. Pas maintenant. C'est… beaucoup trop tôt.

— Comme vous voudrez. Pensez tout de même que l'hiver approche, qu'il est souvent rude par ici et que ce château, si agréable soit-il aux beaux jours, est bien moins confortable que votre palais romain. Il faut songer à votre santé… à celle de votre fils. Croyez-moi : revenez.

César repartit dès l'aube, emmenant avec lui sa troupe bruyante, après le passage de laquelle Nepi retomba dans le silence. Un silence que Lucrèce, peu à peu, trouva pesant. Après tout, cette armée d'hommes, même s'ils traînaient la mort après eux, représentait la jeunesse et la vie… et Lucrèce n'avait que vingt ans, comme César l'avait si bien fait remarquer. Elle avait trop aimé le bal, les arts, les toilettes et l'insouciance pour se condamner sans appel à la vie austère d'une veuve vouée uniquement à l'éducation d'un fils. Sans appel et surtout sans regrets…

Demeurée en face d'elle-même, Lucrèce s'aperçut que son horreur de César avait un peu fondu et, tout à coup, elle se retrouva plus Borgia que Bisceglia et puisque, après tout, plus rien ne pouvait ramener Alphonse à la vie, elle en vint à penser que le mieux était de s'en remettre au destin. Aussi, quand vinrent les premiers froids de l'automne, la fille du pape reprit-elle, non sans un secret soulagement, le chemin de Rome et de sa vie normale.

Alexandre VI retrouva sa fille avec joie. Il avait été heureux de la voir partir mais il était plus heureux encore de la voir revenir. Le langage qu'il lui tint res-

sembla beaucoup à celui de César : elle avait toute sa vie devant elle et tous les espoirs lui demeuraient permis.

Mais quand il parla d'un nouveau prétendant, en l'occurrence Francesco Orsini, duc de Gravina, Lucrèce refusa net, sans vouloir entendre la plus petite plaidoirie.

— Pourquoi refuses-tu sans savoir ? demanda le pape, surpris.

— Parce que jusqu'à présent, mes maris sont toujours trop mal tombés, mon père… Je ne veux plus me remarier.

Pourtant, un autre nom allait bientôt être prononcé, accolé à celui de Lucrèce, et cette fois, la jeune femme s'accorderait le temps de la réflexion : celui de l'héritier de Ferrare, Alphonse d'Este, fils aîné du duc Hercule, le plus beau parti d'Italie, la maison la plus puissante.

Si puissante même qu'en temps normal, la superbe famille d'Este eût accueilli avec un sourire de mépris l'idée d'une alliance avec une femme d'aussi petite maison que les Borgia et repoussé avec horreur une créature jouissant de la détestable réputation de Lucrèce.

Mais les conquêtes de César avaient bouleversé l'échiquier italien, et singulièrement la conquête de Faenza, qui en avait fait un proche voisin. En outre, les Este, traditionnellement alliés de la France, ne pouvaient demeurer insensibles au fait que le Valentinois bénéficiait d'une certaine faveur à la cour de Louis XII et que son mariage avait rehaussé l'éclat de son nom. Aussi quand, en février 1501, le cardinal de Modène, Jean-Baptiste Ferrari, écrivit au duc Hercule pour proposer discrètement la main de Lucrèce, n'essuya-t-il pas le refus indigné qui eût été normal.

Il ne souleva pas non plus l'enthousiasme. Les Este étaient alliés aussi bien à la maison d'Aragon qu'aux Sforza, et pour eux, le pape Alexandre ou le Diable, c'était à peu près la même chose. La plus acharnée était

incontestablement la marquise de Mantoue, la hautaine Isabelle d'Este, fille d'Hercule et sœur de la charmante Béatrice, défunte épouse de Ludovic le More. Arbitre des élégances et des arts dans toute l'Italie, la grande Isabelle, qui connaissait par le menu toutes les histoires les plus infamantes concernant les Borgia, frémit quand elle apprit qu'il était question de faire de Lucrèce sa belle-sœur.

Mais le duc Hercule était un sage et habile politique, ne dédaignant pas d'ailleurs les avantages matériels. Or ces damnés Borgia étaient riches, fabuleusement riches même, et le fameux César en passe de devenir l'un des princes les plus puissants d'Europe pour peu que Dieu, ou le Diable, prêtât vie encore longtemps au pape Alexandre, qui semblait d'ailleurs bâti à chaux et à sable. Les ambassadeurs de Ferrare — et plus encore ses espions — entrèrent en campagne pour démêler ce qu'il y avait de vrai dans la légende noire des Borgia et s'assurer si Lucrèce était véritablement la prostituée assoiffée de sang que l'on dépeignait si aisément.

De son côté, la jeune femme se prit à rêver de ce troisième mariage comme le navire malmené par la tempête rêve des eaux calmes d'un port sûr. Ferrare, puissante, solide, à peu près imprenable, pouvait lui être ce port. L'antique et noble maison d'Este absorberait Lucrèce Borgia, dont on oublierait avec le temps les étranges mariages. Enfin, devenue l'épouse d'Alphonse d'Este, elle échapperait à jamais à l'emprise de César. Elle cesserait d'être sa chose obéissante et soumise.

D'ailleurs, celui-ci voyait d'un bon œil ce mariage, qui consoliderait ses conquêtes romagnoles et, pour le faire aboutir plus vite, il commença à échanger civilités et présents avec les fils d'Hercule, notamment le cardinal Hippolyte, qui offrait bien des similitudes avec ce qu'il avait été lui-même au temps où il était d'Église.

Durant des mois, les tractations se poursuivirent,

lentes, acharnées. Hercule avait les dents longues et, pour mettre la main de son fils dans celle de Lucrèce, formulait de singulières exigences : dot de 200 000 ducats, exemption pour Ferrare du tribut payé à l'Église, cession de villes importantes, etc., une dot d'impératrice devant le montant de laquelle Alexandre regimbait... Pendant ce temps, Lucrèce rêvait sur le portrait de l'homme qu'on lui proposait.

Alphonse d'Este, déjà veuf d'une Sforza, avait vingt-quatre ans. Il était taillé en force, l'œil vif, le cheveu et la barbe bruns, sévère, mais plutôt séduisant. Il n'avait rien du poète, lui. C'était un homme de guerre, dont les seules passions, en dehors des femmes dont il faisait une belle consommation, étaient sa fonderie de canons et ses chevaux, car Ferrare possédait peut-être les plus fameuses écuries d'Europe. Et à considérer ce visage impassible, Lucrèce se prenait à s'inquiéter : lui plairait-elle ? On le disait surtout friand de beautés plantureuses. Elle était mince, frêle, un bibelot plutôt qu'une statue.

Enfin, le 4 septembre, le mariage fut annoncé à Rome et les fêtes se succédèrent en l'honneur des ambassadeurs ferrarais, des fêtes bien dans le ton Borgia : ainsi, le fameux « bal des châtaignes », donné au Vatican la veille de la Toussaint et au cours duquel le pape et ses invités se divertirent de façon bien spéciale. À l'issue du repas, les chandeliers des tables furent posés à terre, en quinconce, puis l'on jeta des châtaignes, qu'une cinquantaine de courtisanes dans le plus simple appareil allèrent ramasser avec leurs dents en marchant sur les mains et les pieds... Après quoi, ces dames furent livrées au plaisir des invités mâles, au vu de tous, et le pape en personne remit de riches présents à ceux qui avaient « honoré » le plus grand nombre d'entre elles... C'était, on le voit, une fête tout

à fait de circonstance chez un pape et à la veille de la Toussaint !

Le lendemain, César faisait rassembler dans la cour une troupe de condamnés et les abattait lui-même l'un après l'autre à coups de flèche, démontrant ainsi son habileté d'archer aux applaudissements de toute la cour pontificale. Fabuleusement traités, les ambassadeurs eurent le bon esprit de trouver tout cela charmant.

Enfin, le 20 décembre, Lucrèce, en robe de brocart d'or, épousait Alphonse d'Este par procuration. Une semaine plus tard, le 6 janvier, elle montait sur une mule blanche portant selle d'or et d'argent pour gagner, au milieu d'un splendide cortège, la grande cité de la vallée du Pô où l'attendait l'homme auquel elle appartenait désormais.

Il neigeait. D'une fenêtre du Vatican, le pape, les yeux noyés de larmes, regarda s'éloigner puis disparaître, dans la blancheur venue du ciel, la brillante escorte de sa fille bien-aimée. Jamais il ne la reverrait.

IX

La mort du fauve

César, « par la grâce de Dieu » duc de Romagne, de Valentinois et d'Urbino, prince d'Andria, seigneur de Piombino, gonfalonier et capitaine général de l'Église, seigneur de Citta di Castello, de Sienne et d'une foule d'autres lieux, bientôt duc de Toscane peut-être… voilà où en était arrivé le conquérant Borgia au début de l'été 1503.

Plus rien ne semblait devoir lui résister. Il avait écarté, détruit, voire assassiné, tout ce qui pouvait le gêner. À Senigallia, il avait attiré dans un piège ceux de ses condottieri qui semblaient vouloir échapper à sa férule impitoyable, et les avait fait étrangler, chaudement applaudi en cela par Machiavel, devenu son commensal et qui voyait en lui le modèle de son « Prince ».

Il était puissant, implacable, plus sanguinaire et plus avide que jamais, et lorsqu'il séjournait à Rome, le Tibre, chaque nuit, charriait trois ou quatre corps, souvent ceux d'évêques, de prélats ou de seigneurs particulièrement bien rentés et dont le Valentinois s'instituait le légataire universel toujours incontesté. Il régnait par la terreur sur la ville et même sur le pape, qui se faisait

cependant son plus fidèle serviteur, empochant joyeusement le produit de ses monstrueuses rapines.

Cela aurait pu durer encore longtemps car la santé d'Alexandre semblait indestructible. Mais ses excès le faisaient grossir de plus en plus et l'été commençant s'annonçait torride. Au début d'août, la malaria, que ramenaient chaque année les grandes chaleurs, entama ses ravages. Mais quand, le 2, mourut le cardinal de Monreale, un Borgia cependant, c'est immédiatement au poison et à César que l'on attribua cette mort opportune d'un homme riche. Elle frappa néanmoins l'imagination du pape.

— Ce mois-ci est fatal aux personnes obèses, soupira-t-il en regardant passer sous ses fenêtres un convoi mortuaire.

Il avait des idées noires et n'augurait rien de bon des événements dont l'Italie était le théâtre ; les Français redescendaient vers Naples y combattre le capitaine espagnol Gonzalve de Cordoue, et l'issue de la bataille était si incertaine que le pape ne savait plus trop à qui offrir ses faveurs et son amitié. Il était pris entre l'enclume et le marteau malgré la puissance de son César.

Aussi, pour échapper aussi bien aux idées sombres qu'à la chaleur accablante accepte-t-il, le 5 août, d'aller avec César souper dans la vigne du cardinal Adrien de Corneto, latiniste distingué possédant de fort beaux jardins. Comme d'habitude, il mange et boit énormément. César aussi et, deux jours plus tard, tous deux sont malades… patraques plus exactement, mais les sombres pressentiments assiègent Alexandre plus que jamais.

— Toutes ces maladies dans Rome et les décès quotidiens nous ont effrayé de telle sorte que nous sommes tenté de prendre davantage soin de notre santé que de coutume, dit-il à l'ambassadeur de Venise, Giustiniani.

Et un hibou mort venant s'abattre à ses pieds un instant plus tard, il pousse un long gémissement.

— Mauvais, mauvais présage, balbutie-t-il d'une voix étranglée.

Et, terrifié, il va se coucher.

Il ne se relèvera que le 11, pour l'anniversaire de son élection. Encore y préside-t-il à la messe avec une mine lugubre et si défaite qu'elle impressionne tout le monde et, le service à peine terminé, retourne-t-il dans son lit, dont cette fois il ne sortira plus. Le 18 août, à l'heure des vêpres, il expire après une pénible crise d'étouffement.

César, que l'on a soigné avec des moyens barbares (on l'a enfoui, nu, dans les entrailles d'une mule que l'on venait d'éventrer puis jeté dans un tonneau plein d'eau glacée, dont il est sorti violet et le corps tout pelé... mais vivant), va un peu mieux. Il trouve assez de force pour ordonner à Micheletto de faire fermer toutes les portes du Vatican, puis se traîne chez le cardinal-trésorier et, sous la menace de son épée, reçoit les clefs de la caisse pontificale. Après quoi l'on prépare, à l'abri du pillage, les funérailles du pape.

Elles allaient revêtir un caractère d'horreur presque démoniaque car, après une journée d'exposition, le corps d'Alexandre entra en décomposition. Il était devenu aussi noir qu'un Soudanais. Sa figure et son nez étaient boursouflés, sa bouche grande ouverte, quasi bâillonnée par la masse de la langue enflée. Quant à l'odeur, elle était si insupportable qu'à minuit, six portefaix vinrent prendre le cadavre, le bourrèrent à coups de poing dans un cercueil trop étroit, qu'ils fermèrent tant bien que mal puis emportèrent à Sainte-Marie-des-Fièvres, où ils l'abandonnèrent contre un mur sans le moindre cierge ni le plus petit bout de prière.

César, pour sa part, avait autre chose à faire : assurer sa sécurité et celle de sa fortune. Tandis que ses soldats gardaient les palais pontificaux, empêchant même la réunion du conclave que leur maître prétendait diriger, il appelait Louis XII à son secours, tout en présentant

en sous-main des offres de services à Gonzalve de Cordoue. L'idée que l'énorme puissance dont il avait joui si longtemps grâce au pape pouvait lui échapper lui était insupportable...

Pourtant, la loi de l'Église était formelle : le conclave ne se réunirait que lorsque les hommes d'armes et leur chef auraient quitté le Vatican. Enfin, le 1er septembre, on parvient à un accord : César quittera Rome et ne s'en approchera pas durant la vacance du Saint-Siège, mais en échange, sera puni de mort quiconque attentera à la vie du « puissant seigneur gonfalonier et capitaine général de l'Église ».

Et, le lendemain, de fait, César encore affaibli monte en litière tendue de drap cramoisi avec sa mère, Vannozza, qui s'effare devant ce bouleversement de ses douillettes habitudes, et son frère Joffré qui sanglote : Sancia a jugé bon de se faire enlever par Prospero Colonna et ne se soucie plus des Borgia, trop heureuse d'en avoir fini avec eux. On gagne Nepi, ce doux refuge de Lucrèce la lointaine.

Dans Rome où s'infiltrent des bandes françaises, le conclave qui se réunit le 16 septembre est plus qu'orageux. Tous les bannis d'autrefois sont revenus et la ville gronde sous les clameurs de tous ceux qui ont eu peu ou prou à se plaindre des Borgia. Et Dieu sait s'il y en a...

Finalement, comme on ne peut se mettre d'accord, on choisit, selon la coutume facile, un vieillard à moitié mort, le cardinal Piccolomini, qui prend le nom de Pie III et, bien sûr, ne régnera pas vraiment.

César s'est tout d'abord réjoui de cette élection, car il espère régner encore sur ce moribond qui lui montre de l'amitié. Mais son heure est passée. Rome est pleine de ses ennemis. Les parents des condottieri assassinés à Senigallia le chassent à mort. De son côté, Gonzalve de Cordoue fait interdire à tous les soldats et capitaines espagnols de servir sous sa bannière... Cette fois,

il faut fuir, et César demande au pape de l'autoriser à gagner son duché de Romagne. Permission qui lui est accordée, mais bien qu'il ait réussi à gagner le château Saint-Ange sous un déguisement de moine, il ne pourra en sortir et c'est dans un cachot qu'il devra attendre l'issue d'une situation qui se dégrade pour lui d'instant en instant.

Car Pie III n'en a pas pour longtemps. Après vingt-six jours de pontificat, il s'éteint à son tour comme une chandelle usée…

De tout autre envergure sera son successeur car, le 1er novembre, c'est le cardinal Julien de la Rovere qui monte sur le trône de Saint-Pierre. Le règne du redoutable Jules II, pape guerrier s'il en fut, commençait.

Mais ce violent est aussi un diplomate passablement roué et César, qui attend pratiquement le bourreau, l'expérimente : Jules II le fait extraire de son cachot, installer dans un palais confortable, le soigne, l'entoure de prévenances, l'appelle même son « fils chéri… » Mais bien sûr, il a une idée derrière la tête… et s'en explique en confidence :

« Encore que nous lui ayons promis quelque chose, nous ne comptons pas que notre promesse aille au-delà de la conservation de sa vie, de son argent et de ce qu'il a volé. Nous avons l'intention que ses États fassent retour à l'Église et nous souhaitons avoir l'honneur de recouvrer ce que nos prédécesseurs ont aliéné à tort. »

Pourtant César, oubliant à quel point il avait lui aussi pratiqué la ruse, se laissa prendre à l'apparente amitié du pape, peut-être parce que, privé du puissant soutien de son père, il éprouvait un besoin instinctif de s'en retrouver un second. Ce besoin l'aveugla au point que ce fut ce nom-là qu'il attribua à Jules II : « mon second père… »

Pauvre César ! Où était son impitoyable lucidité ? Des mois durant, Jules joua avec lui comme le chat avec la

souris, lui accordant une semi-liberté pour l'envoyer défendre sa Romagne contre Venise, mais le ramenant bientôt sous son regard et lui rognant peu à peu les ailes. Pendant ce temps, il observait le déroulement de l'affrontement franco-espagnol.

Vers la fin de 1503, alors même que César était pratiquement prisonnier au Vatican dans la tour Borgia, les troupes françaises se firent battre au Garigliano par Gonzalve de Cordoue, anéantissant définitivement les prétentions de Louis XII sur Naples. Naples, où les Espagnols étaient plus puissants que jamais.

Jules II se souvint alors que Borgia était espagnol et d'ailleurs César, qui avait écrit à Gonzalve de Cordoue pour lui demander un sauf-conduit lui permettant de le rejoindre, n'entendait pas le laisser oublier.

Une féroce négociation opposa Borgia au pape : si César voulait quitter Rome, il fallait qu'il livre les dernières places de Romagne que les troupes papales n'avaient pas encore envahies.

Il finit par s'y résigner, comptant sur l'appui espagnol, alors tout-puissant en Italie, pour reconquérir son duché. Et il put enfin quitter cette tour Borgia devenue sa prison.

Le 28 avril 1504, il arrivait à Naples, flanqué de son frère Joffré, et recevait de Gonzalve un accueil réconfortant dont il augura les plus grands espoirs pour l'avenir.

Hélas, le « Gran Capitán » espagnol s'entendait lui aussi à tenir sa parole pour chose négligeable. Alors que César, brûlant de repartir au combat, réunissait des mercenaires pour fondre sur la Romagne, Gonzalve le fit arrêter et enfermer au château d'Ischia en attendant la décision de ses maîtres, les Rois Catholiques. Les Rois Catholiques auprès desquels pleurait continuellement la duchesse de Gandia, veuve de Juan Borgia l'assassiné.

Une lettre arriva bientôt à Naples, signée de Ferdinand et Isabelle.

« Nous tenons cet homme en horreur pour la gravité de ses crimes et nous désirons qu'il nous soit envoyé sous bonne escorte... »

L'ordre étant sans appel, César fut aussitôt embarqué sur une galère en compagnie d'un seul serviteur, sous la garde de Prospere Colonna, l'un de ses pires ennemis et l'amant en titre de Sancia. Renchérissant sur sa consigne, Colonna se fit une joie de garder à vue l'homme qu'avait aimé sa belle amie, et qui par ailleurs avait tant nui à sa famille. À la fin du mois de septembre, la galère toucha terre à Valence et César dut traverser en captif la ville dont il avait été jadis le cardinal. On ne lui épargnait rien.

Sa destination était le château de Chinchilla, dans la province d'Albacete, et la tour de l'Hommage, où Colonna le remit à la garde de don Gabriele de Guzman. Lequel Guzman ne garda pas longtemps un prisonnier qui, au cours d'une promenade sur le rempart, essaya simplement de le jeter dans les fossés de la forteresse. Il se hâta d'écrire pour demander que l'on voulût bien charger quelqu'un d'autre d'une garde si dangereuse.

On fit droit à sa demande et César fut transporté dans l'énorme château fort de Medina del Campo où, le 26 novembre 1504, venait de mourir Isabelle la Catholique, laissant une situation dynastique embrouillée. Une terrifiante forteresse rouge, Medina del Campo, un décor shakespearien, où César, deux années durant, va user ses nerfs et ses forces, tandis que les héritiers d'Isabelle se disputent la Castille, menaçant l'unité toute fraîche de l'Espagne, car la nouvelle suzeraine en est Jeanne, fille d'Isabelle. Mais Jeanne, c'est la Folle, mariée au séduisant Philippe le Beau, fils de l'empereur Maximilien. Et Ferdinand, son père, qui

s'est fait donner la régence par les Cortès, conteste cette royauté que Philippe le Beau réclame au nom de sa femme incapable.

Un conflit se prépare, et César peut un moment reprendre espoir, car les deux partis tournent alors les yeux vers cet homme de guerre qui connaît si bien son métier et que gardent les pierres rouges de Medina. Mais en septembre 1506, Philippe le Beau meurt lui aussi, laissant le champ libre à Ferdinand.

Heureusement, il est absent, Ferdinand. Il a gagné Naples et les fidèles du prince défunt songent à faire évader César pour qu'il puisse apporter son épée à la malheureuse reine démente. Et c'est le comte de Benavente qui se charge de l'expédition.

Il soudoie des gardiens, fait passer des cordes à César. Le moment choisi est la nuit du 26 octobre. L'endroit : la barbacane du donjon, qui surplombe l'église d'une hauteur vertigineuse.

La corde est lancée, un serviteur de César passe le premier, mais la corde est trop courte et l'homme s'écrase au fond du fossé. César, qui descendait derrière lui à la force des poignets, s'apprête à remonter mais à cette minute, l'alerte est donnée car en tombant, l'homme a crié. Il ne reste au fugitif qu'à continuer sa descente à ses risques et périls, d'autant plus que là-haut, dans la barbacane, quelqu'un est en train de scier sa corde…

César tombe à son tour. Il se reçoit mal, et c'est un pantin désarticulé que le comte de Benavente ramasse, hisse en hâte sur un cheval et emporte dans la nuit, jusqu'à une litière d'abord puis jusqu'à sa terre de Villalón, distante d'une trentaine de lieues.

Là, durant de longues semaines, on le soigna et on le remit à peu près d'aplomb, mais il n'entendait plus servir ces souverains espagnols dont il n'avait eu que déboires. Ce qu'il voulait, c'était gagner la Navarre

où régnait son beau-frère, c'était se rapprocher de la France, qui l'avait elle aussi abandonné sans le moindre argent et en se gardant bien de lui payer la dot de Charlotte, sa femme. De là, il pourrait aussi écrire à Lucrèce, devenue duchesse de Ferrare, la charger de recouvrer certains de ses biens, les débris de sa fortune, pour lui permettre de lever une nouvelle troupe.

Et si puissante est sa volonté que lorsqu'il arrive à Pampelune, par des chemins détournés et sous un déguisement, il a recouvré presque toute sa vitalité. Il se met aussitôt à la tâche, écrivant à tous les horizons, réclamant ce qu'il croit lui appartenir encore, mais de ses grandes terres il ne reste rien. Jules II tient la Romagne et il y a beau temps que Louis XII a récupéré le duché de Valentinois. Tout ce qu'il lui reste, en dehors du peu que Lucrèce réussit à lui envoyer, c'est une charge de capitaine général au service de son beau-frère, le roi Jean.

Piètre tâche. La Navarre est pauvre, la vie y est étriquée, et César, dont toute l'existence s'est déroulée dans le luxe et le faste, ne sait pas vivre simplement. Il est la proie d'une perpétuelle fureur, il écume de rage à la pensée que son monde et son avenir se circonscrivent désormais aux horizons limités du petit royaume pyrénéen et à ses querelles qui, pour être féroces, n'en sont pas moins pour lui des histoires de clocher sans importance.

Alors qu'il avait rêvé une couronne européenne, il lui faut s'occuper d'un petit seigneur local, Louis de Beaumont, alcade de Viana, dont il refuse de rendre le château à son roi.

César est chargé de reprendre la petite ville et son château. Il va l'assiéger avec cinq ou six mille hommes et quelques pièces d'artillerie. Le temps est détestable. Les tempêtes de neige font rage et César déteste la

neige. Il est un homme du soleil, et dans ces vallées étroites, le soleil a bien souvent du mal à percer.

C'est là que, le 11 mars 1507, il va trouver la mort, criblé de coups de lances et de dagues par un groupe de soldats de Beaumont qui l'ont attiré au fond d'un ravin.

Quand Jean de Navarre découvrira enfin son corps, il s'apercevra qu'il a été dépouillé de tout, armes et vêtements, et qu'il gît nu dans la neige. Alors, on jette sur lui une couverture, on le hisse sur le dos d'un mulet, bras et jambes pendant de chaque côté, et on le ramène au camp en attendant de l'enterrer dans la cathédrale de Viana reprise.

La nouvelle de sa mort fit lever en Europe une curieuse vague de romantisme. On écrivit des poèmes à son sujet. Mais elle alla cruellement frapper deux femmes qui ne s'étaient jamais vues et qui cependant lui étaient, au monde, les plus proches.

Lorsque Charlotte d'Albret reçut le messager qui lui annonçait la mort de son époux, elle ne versa pas une larme. Elle prit seulement par la main sa fille, la petite Louise, filleule du roi, et vint avec elle s'agenouiller dans son oratoire pour y prier longuement.

Ensuite, elle fit tendre de velours et de satin noirs tous les murs de son château de la Motte-Feuilly qui avait vu son trop court bonheur, deuil fastueux convenant à une duchesse de Valentinois, une princesse royale, puis, voilant de crêpe son doux visage, s'enferma seule avec sa douleur, dans le château-tombeau, où elle mourut en 1514, après avoir confié sa fille à Louise de Savoie sa marraine, mère du roi François Ier… qui se chargea de son avenir.

Lucrèce pleura beaucoup puis se retira dans un couvent y prier pour le repos de l'âme de l'homme qui l'avait le plus fait souffrir au monde, et qu'elle avait aussi aimé de tout son cœur.

À présent, elle n'était plus Borgia et son charme lui avait conquis cette famille d'Este si hostile lors du mariage. Elle avait su se rendre agréable à son beau-père, plaire à son époux, se faire même une amie de la redoutable Isabelle, marquise de Mantoue. Elle moissonnait les cœurs, savait s'entourer d'artistes, d'érudits. Elle était Lucrèce d'Este, duchesse de Ferrare… une grande princesse de la Renaissance. Le taureau Borgia gisait foudroyé dans l'arène emplie de ses fureurs. Il n'en restait plus qu'un souvenir.

Cependant, elle n'était plus là, et son charme [illegible] pas cette [illegible] lors du mariage. Elle s'efforçait de rendre agréable à son beau-père [illegible] à son époux, se faire [illegible] Isabelle, marquise de Mantoue. Elle [illegible] les [illegible] s'était entourée d'artistes [illegible] Elle était [illegible] d'Este, duchesse de Ferrare, une grande princesse de la Renaissance. La [illegible] dans [illegible] de ses fureurs. Il n'en restait plus qu'un souvenir.

Médicis
(FLORENCE)

I

Le plus beau printemps de Florence

Jamais Florence n'avait été si jeune, si fraîche et si fleurie ! En dépit de la saison encore neuve — on était le 7 février 1469 —, la ville ressemblait à un énorme bouquet, à une fresque chatoyante grâce aux tapisseries, aux soies précieuses piquées de toutes les fleurs que l'on avait pu trouver, coulant de toutes les fenêtres comme autant de fontaines pétrifiées. Mais une fresque animée par une foule en vêtements de fête, qui mettait l'arc-en-ciel jusque dans les ruisseaux encore boueux de la dernière pluie. À travers l'air bleu, les cloches de tous les campaniles sonnaient à rompre les bras des sonneurs et, dans chaque carrefour, des musiciens ambulants, des chanteurs proclamaient à qui mieux mieux la joie de vivre, la joie d'être jeune, la joie d'aimer, qui était celle de l'honnête mais turbulente cité marchande.

C'est que Florence, ce jour-là, se voulait à l'image de ses maîtres du jour : Laurent et Julien de Médicis, âgés respectivement de vingt et de seize ans…

La fête dont chacun se promettait tant de plaisir était un grand tournoi, ordonné par Laurent déjà dit

le Magnifique malgré son jeune âge. Et à le voir chevaucher vers la place Santa Croce où allait se dérouler la joute, le peuple émerveillé se disait que le surnom n'était pas usurpé.

Sur une tunique de velours rouge et blanc dont les manches montraient des crevés de soie, le jeune homme portait une écharpe brodée de roses en perles fines, mais si adroitement disposées que certaines paraissaient encore en boutons tandis que d'autres atteignaient le plein épanouissement, où, au milieu, apparaissait, brodée de fil d'or, la devise du prince, « Le Temps revient ». Sur sa toque noire, couverte de perles, Laurent portait une aigrette de diamants et de rubis au bout de laquelle tremblait une énorme perle et, sur le bouclier d'or pendu à son bras, le plus gros diamant des collections familiales, le *Libro*, renvoyait au soleil ses rayons. Quant au cheval berbère, noir et plein de feu, qu'il montait, il caracolait sous un admirable caparaçon de velours blanc et rouge tout constellé de perles lui aussi… Et devant cette splendide image, Florence, qui se reconnaissait en elle, ne ménageait pas ses acclamations car elle s'était prise pour ce jeune homme impassible, d'une passion de femme.

Ce n'était pourtant pas à cause de sa beauté physique car, très grand, maigre, noir de cheveux et olivâtre de peau avec un long nez, une grande bouche sinueuse et des yeux noirs étincelants, Laurent était franchement laid, mais d'une laideur si puissante, si chargée d'intelligence, qu'elle dégageait un charme plus grand que la beauté dont rayonnait son jeune frère Julien, qui trottait à son côté.

Celui-là, sous les épaisses boucles noires qui encadraient son visage pur, avait une beauté de dieu grec et, tout vêtu d'argent et de perles, ressemblait à un rayon de lune. Or cette extraordinaire dissemblance des deux frères, unis au demeurant par une profonde tendresse,

ajoutait encore à leur éclat et ils aimaient jouer de ce contraste en se montrant continuellement ensemble.

Julien, visiblement, rayonnait de joie mais, en dépit de son apparence magnifique et souriante, ceux qui connaissaient bien Laurent, comme le poète Ange Politien, son meilleur ami, avaient l'impression qu'il ne jouissait pas pleinement de cette fête dont il était cependant le principal héros. N'était-il pas au sommet de la gloire ? Il avait humilié Venise et le pape, conquis Sarzana, vaincu la faction rivale des Pitti. Il allait prochainement épouser une princesse romaine, Clarissa Orsini… et pourtant, par instants, le sourire s'effaçait, le regard s'assombrissait, et Laurent semblait se laisser reprendre par quelque pensée mélancolique et secrète…

Le nuage finit par revenir si souvent que Julien s'en inquiéta :

— Qu'as-tu, mon frère ? Es-tu souffrant ?

— Mais non. Quelle idée !

— Alors… Est-ce que tu n'es pas heureux ? Il fait si beau et tous ces braves gens qui t'acclament t'adorent.

— Ils m'adorent, oui… mais moi, je dois dire adieu à l'amour. Comment pourrais-je être heureux ?

Julien se mordit les lèvres en se traitant mentalement de sot. Qu'avait-il besoin de soulever ce lièvre du bonheur ? Ne savait-il pas qu'en se mariant, Laurent allait devoir rompre avec une maîtresse bien-aimée : Lucrezia Donati, la beauté de Florence.

Et comme on arrivait justement sur la place Santa Croce, le regard du jeune frère chercha instinctivement, dans les tribunes préparées pour les nobles invités de la joute, la place privilégiée où devait se tenir Lucrezia, craignant que le chagrin l'eût retenue chez elle.

Mais elle était bien là, assise sur le trône de la reine du tournoi, qu'elle occupait pour la dernière fois. Brune, mince, ravissante, et si triste dans sa robe de brocart d'argent brodée de fines fleurs multicolores,

des perles se mêlaient à ses tresses noires et d'autres, liquides celles-là, emplissaient ses grands yeux sombres. Tout à l'heure, elle remettrait au vainqueur la couronne du triomphe… et puis elle s'en irait, elle quitterait Florence pour longtemps, pour toujours peut-être, et regagnerait les terres d'un époux qu'elle n'aimait pas afin que sa présence, sa trop belle image ne vinssent ternir l'arrivée de la fiancée romaine.

Et Lucrezia offrait un spectacle si émouvant que Julien se prit à soupirer. C'était vraiment affreusement triste, un amour en train de mourir…

Pour ne pas se laisser emporter lui aussi par l'émotion, il regarda distraitement l'assistance. Mais brusquement, son regard s'immobilisa, s'agrandit et Julien, tout à coup, se frotta les yeux comme un enfant ébloui.

C'est que, non loin de Lucrezia, il venait de découvrir tout à coup une créature de rêve, une créature comme il ne croyait pas qu'il pût en exister sur la terre.

C'était une très jeune femme… une jeune fille plutôt, et si blonde, si claire, si belle qu'elle en était lumineuse. L'or de ses lourdes tresses luttait d'éclat avec ses yeux immenses, noirs et veloutés. Son corps mince, souple et long, avait une grâce inimitable et son visage délicat, au petit nez légèrement retroussé, aux lèvres tendres, était un poème d'harmonie et de charme spirituel. Une robe d'un blanc éblouissant, tissée d'argent et d'or, l'habillait et elle appelait si bien l'attention de ses voisins qu'autour d'elle, personne ne prenait garde à ce qui se passait dans l'arène. Tout le monde observait la merveilleuse inconnue, auprès de laquelle se tenait un jeune homme à l'air bougon auquel d'ailleurs personne ne prenait garde.

Julien posa soudain sa main sur le bras de son frère.

— Regarde là-bas, souffla-t-il.

Le Magnifique suivit la direction indiquée et son regard mélancolique s'arrêta lui aussi sur la blonde apparition.

— Par la Madone ! Qui est-ce ? La connais-tu ? Moi, je ne l'ai jamais vue.

— Moi non plus. Elle ne doit pas être florentine…

Soudain, Laurent eut une exclamation de surprise car il venait de remarquer le jeune garçon maussade qui se tenait auprès de la jeune fille.

— Elle n'est pas d'ici, en effet. Ne vois-tu pas celui qui est assis auprès d'elle ? C'est Marco Vespucci. Ta beauté doit être la jeune fille qu'il est allé épouser à Gênes et qu'il nous ramène.

— Mariée ? s'exclama Julien, déjà désolé. Tu crois ? Elle paraît si jeune.

— J'en suis presque certain.

Laurent ne se trompait pas. L'apparition était bien la jeune épouse de Marco Vespucci. Elle avait seize ans. Elle se nommait Simonetta dei Cattanei et elle était née à Porto Venere, près de Gênes, d'une famille d'armateurs riches et puissants. Quant à son jeune époux, qui n'avait lui aussi que seize ans, il appartenait à l'une des plus grandes familles de Florence. C'était un garçon renfermé, n'aimant que l'or et l'étude, et qui faisait sa société préférée d'un sien cousin, Amerigo Vespucci, qui, plus tard, baptiserait le continent découvert par un autre. Et l'on regrette de constater que Marco était plus sensible aux navires des Cattanei qu'à la beauté de Simonetta.

Mais il était bien le seul dans son cas. La première apparition publique de sa jeune femme bouleversait visiblement les Florentins, si naturellement épris de beauté que plus d'un spectateur ne vit pas grand-chose du tournoi.

Il se déroulait d'ailleurs selon les prévisions des organisateurs : Laurent vainquit tous ses adversaires, ce qui permit à Julien, plus que distrait, de se désintéresser complètement de la joute, sans le moindre souci de l'honneur familial.

Mais quand l'aîné des Médicis vint s'agenouiller

devant Lucrezia pour recevoir sur son casque le laurier d'or du vainqueur, la jeune femme faillit éclater en sanglots. Elle espérait, à cette rencontre suprême, recueillir au moins un regard d'amour, un regard aussi lourd de regrets que le sien propre. Or, Laurent lui avait souri assez distraitement, tandis que ses yeux noirs se tournaient continuellement, les paupières un peu plissées à cause de sa myopie, vers la place où rayonnait Simonetta.

Un soupir échappa à la reine d'un jour. Allons ! Le temps de l'amour était bien mort et la jeune femme en venait presque à plaindre la princesse romaine qu'elle détestait tant l'instant précédent.

Le 4 juin suivant, Laurent de Médicis épousait Clarissa Orsini, au milieu de fêtes somptueuses. Mais si l'événement marqua beaucoup la vie mondaine de Florence, celle du nouvel époux ne le fut guère, car dans son journal intime, on trouve à la date de ce jour nuptial :

« Moi, Lorenzo, j'ai pris pour femme dona Clarissa, fille du seigneur Jacopo Orsini. Ou plutôt, elle me fut donnée… »

Constatation indifférente et fort peu encourageante pour une jeune femme. Laurent se mariait parce qu'il le fallait, pour la descendance et pour la gloire de sa maison. Que Clarissa fût rousse comme une flamme, belle et orgueilleuse, était de peu d'importance. Elle était princesse et digne de porter les enfants du maître de Florence (encore qu'elle n'en fût pas tellement fière, considérant le Magnifique, de son point de vue de princesse romaine d'ancienne souche, comme un vulgaire fils de marchands enrichis et parvenus). Quant à l'esprit de son époux, comme celui de Julien et comme celui de tous les hommes de Florence, il s'était tourné une fois pour toutes vers une blonde et radieuse enfant en qui semblait s'incarner tout l'éclat du printemps des collines toscanes.

Car la présence de Simonetta déterminait dans la cité du Lys rouge un curieux phénomène, comme il

ne s'en produit pas un par siècle : toute la ville, avec ensemble, était tombée amoureuse d'elle ! Il n'y avait guère d'homme qui n'en rêvât et même les femmes, chose extraordinaire, l'admiraient sans la moindre jalousie. Elle était si belle, si douce, si lumineuse, que les Florentins, superstitieux, n'étaient pas loin de la croire un ange descendu sur la terre pour la plus grande gloire de leur ville. Quant à la nature exacte des sentiments qu'elle inspirait, s'ils étaient profonds, violents parfois, ils étaient beaucoup plus proches de la vénération que du désir charnel.

Le plus atteint de tous, en dehors des Médicis, était un jeune peintre de vingt-cinq ans, Sandro Filipepi, qu'agrémentait déjà le surnom de Botticelli.

Avec son père, Marino le tanneur, et sa famille, Sandro vivait dans la partie basse de Florence, là où, entre Arno et Mugnone, couraient les canaux d'eau sale, souillée par les déjections des tanneries et des teintureries, non loin de l'église d'Ognissanti… et tout près du palais Vespucci. C'était un garçon étrange, délicat, raffiné, et quelque peu visionnaire. Ses peintures, dont raffolait Laurent de Médicis, reflétaient ses rêves. Il était l'habitué, le protégé de son palais de la Via Larga, et dès qu'il aperçut Simonetta, Sandro tomba sous un charme puissant dont il ne devait jamais se relever.

Peu à peu, l'image de la jeune femme prit l'habitude de naître sous son tendre pinceau. Et Sandro, amoureux sans même le savoir, adorait tout simplement, à deux genoux et en extase, celle que le peuple appelait l'Étoile de Gênes… Comme si elle eût été un diamant fabuleux.

Un soir, après le souper au palais Médicis, Laurent vit que Julien se disposait à sortir. Ce n'était pas un événement en soi car Julien sortait presque tous les soirs, mais il s'était vêtu avec un soin tout particulier et même une magnificence un peu inusitée. L'aîné laissa

s'éteindre la mélodie qu'il jouait distraitement sur son luth et leva sur le jeune homme un regard amusé.

— Comme te voilà beau ! Pour quelle belle t'es-tu si bien paré ? Car ce ne peut être que pour une femme.

Julien ne songea même pas à éluder la question. D'un mouvement vif, il se laissa tomber à genoux près de son frère, saisit sa main maigre et y déposa un baiser léger.

— Bien sûr… Malheureusement, la parure est insuffisante. Je ne serai jamais assez beau pour elle.

Déjà relevé, Julien ne vit pas la soudaine pâleur qui s'étendit sur le visage du Magnifique.

— Est-ce donc… elle qui t'attend ?

— Oui, Laurent. J'ai ce bonheur et je n'arrive pas à y croire encore. Elle m'aime, mon frère, elle m'aime, et cette nuit, son époux sera à Pise !

Au prix d'un cruel effort de volonté, Laurent réussit à maîtriser la douleur soudaine qui lui vrillait le cœur. Ainsi, la belle Simonetta avait choisi. Et en respectant, hélas, les lois normales de dame Nature. Au plus beau, la plus belle. À lui, le Maître, qui cachait son amour sous un extérieur impassible, ne restait que le droit d'aimer de loin… Mais il repoussa les pensées amères.

— Puisqu'elle t'attend, que fais-tu ici, à musarder ? dit-il avec un haussement d'épaules. À ta place je serais déjà sous les murs de son palais.

Julien ne se le fit pas dire deux fois et, après un salut affectueux, s'en alla en chantonnant. Laurent demeura seul, écoutant décroître le bruit pressé de ses pas.

D'un geste las, il reprit le luth un instant abandonné, caressa les cordes qui gémirent… Machinalement, les paroles d'une chanson qu'il avait composée lui montèrent aux lèvres.

« Il tempo fuggi e vola
Mia giovinezza passa… »

Jamais les échos de son palais ne lui avaient paru si vides, jamais sa puissance n'avait été si vaine, puisque ce n'était pas lui qu'aimait Simonetta.

Bientôt, le secret des jeunes amants fut celui de Polichinelle. Florence sut le nom de celui qu'aimait l'Étoile de Gênes mais cela ne détruisit pas le charme dont elle était captive. Le jeune couple devint pour tous le symbole même de la jeunesse et de l'amour. L'insignifiant époux n'eut que le droit de s'effacer et de retourner compter ses ducats. D'ailleurs, quelle pouvait être l'importance de l'époux d'un symbole ? Simonetta était devenue pour tous l'âme et la quintessence même de Florence qui, avec orgueil, se reconnaissait en elle.

Durant sept belles années, Simonetta Vespucci présida en reine incontestée à toutes les fêtes que donnaient les Médicis, aussi bien dans leur palais de la Via Larga que dans leurs somptueuses villas des collines, à Careggi ou à Fiesole. Sa gaieté, sa grâce répandaient autour d'elle une atmosphère aimable et douce.

Laurent, toujours secrètement épris mais attaché aux affaires de la ville, trouvait dans le travail un dérivatif à l'amour sans espoir. Julien, heureux, se laissait griser par son bonheur sans imaginer un seul instant que certains parmi ceux qu'il approchait journellement pouvaient nourrir au fond de leur cœur une envie amère. Ainsi de Francesco dei Pazzi, le fils d'un des plus riches banquiers de la ville.

II

La fin d'une déesse…

Le grand triomphe de Simonetta Vespucci eut lieu le 28 janvier 1475 quand, pour son anniversaire, les Médicis ordonnèrent un grand tournoi, plus fastueux que tout ce que l'on avait pu voir jusqu'à présent. Elle devait en être la reine, l'inspiratrice et la lumière et Florence, ce jour-là, eut pour elle les yeux mêmes de Julien qui, vainqueur désigné du tournoi, y participa vêtu d'une armure d'or et portant une bannière sur laquelle Botticelli avait peint Simonetta en Pallas, avec comme devise : « La Sans Pareille ».

Naturellement, le jeune homme défit tous ses adversaires. La plupart étaient des amis qui se « laissèrent faire » aimablement. Un seul lui donna du fil à retordre : le jeune Pazzi, qui s'était juré de recevoir, en ses lieu et place, le laurier d'or et le baiser des mains et de la bouche de Simonetta… Furieux, Julien l'envoya mordre la poussière et s'en alla recevoir sa double récompense tandis que les valets des Pazzi emportaient Francesco, inconscient et contusionné… sous les vivats de la foule.

Ils l'emportèrent ainsi jusqu'au palais familial où, en

guise de baume et de vulnéraire, le vieux Jacopo, son père, lui délivra une verte mercuriale.

— Qu'avais-tu besoin de te rendre ridicule aux yeux de tous alors même que les Médicis rêvent notre ruine ? Je t'avais interdit de figurer à ce tournoi ridicule où Julien étale son adultère aux yeux de tous !

— Je voulais que ce soit lui qui morde la poussière. J'en étais capable, car je sais combattre aussi bien que lui… mais tout était convenu d'avance.

— Si tu veux prendre une revanche sur ces frères maudits ce n'est pas dans un tournoi qu'il faut la chercher, ce n'est pas au milieu de leurs flatteurs et de leurs amis, c'est auprès de ceux qui les haïssent, qui complotent contre eux. Ce n'est pas sur la place Santa Croce qu'il faut aller, c'est à Prato, c'est à Volterra… c'est à Rome, où le pape Sixte IV voit d'un mauvais œil grandir leur puissance et se consommer notre esclavage.

En effet, Laurent, à mesure que coulait le temps, infléchissait lentement les institutions de la république de Florence vers une structure presque monarchique. Il était devenu l'âme, l'esprit et le bras de la ville, qu'il menât ses affaires commerciales ou conduisît une guerre avec toute l'impitoyable rigueur de son époque. Les cités satellites et rebelles de Volterra et de Prato, dont il avait réprimé les velléités d'indépendance avec une dureté proche de la cruauté, en gardaient le souvenir douloureux.

Le Conseil de la République était tout entier dans sa main car, peu à peu, il en avait évincé les membres des grandes familles comme les Guicciardini, les Ridolfi, les Nicolini et les Pazzi, pour les remplacer par des hommes de petite condition qui ne devaient qu'à lui seul leur élévation. Dans ces conditions, une colère sourde commençait à gronder dans les luxueux palais florentins, tandis que le peuple tout entier adorait à

l'égal d'un dieu celui qui savait régner sur lui tout en lui laissant l'illusion du pouvoir.

Avec les Pazzi, cette « grogne » allait devenir peu à peu de la haine, une haine soufflée en grande partie par Francesco qui, après sa défaite du tournoi, ne s'était pas tenu pour battu. Décidé à tout pour supplanter Julien, dont il enviait l'élégance, la beauté (il était lui-même vigoureux mais petit, noiraud et fort laid) et les succès féminins, il avait fait, auprès de Simonetta, une tentative à la fois brutale et stupide qui lui avait valu de se faire chasser honteusement par les gens des Médicis.

Le malheur voulut que cet événement regrettable pour sa vanité se produisît au moment même où une affaire embrouillée d'héritage opposait le vieux Jacopo à Laurent de Médicis. Débouté par les magistrats de la ville et s'estimant (peut-être avec quelque raison) lésé, Jacopo décida l'exode de sa famille, et plia bagages. Les Pazzi prirent la direction de Rome où ils étaient certains de trouver auprès du pape un accueil compréhensif et une oreille attentive.

Pourtant, le beau printemps de Florence qui les enrageait tant et que Botticelli avait si bien traduit sur la toile sous les traits de Simonetta s'en allait lentement vers son déclin.

À la suite du tournoi, la beauté et la grâce de la jeune femme parurent plus éclatantes encore qu'elles n'avaient été. Elle semblait se surpasser elle-même, comme si sa jeunesse était pressée de jeter d'un seul coup tous ses feux. Et en effet, l'hiver venu, une maladie sournoise commença de miner la plus parfaite expression de la beauté. De diaphane, Simonetta devint transparente… Elle souffrit d'abord d'un simple rhume mais qui s'éternisa, refusant de guérir. Des quintes de toux apparurent qui la laissaient pantelante, épuisée, avec de tragiques taches rouges aux pommettes, des yeux trop brillants de fièvre.

Le matin, elle allait assez bien, mais à mesure que la journée s'avançait, la fièvre s'emparait d'elle et montait, montait…

Habitué depuis des années à ne plus s'occuper de celle qui n'était sa femme que de nom, Marco Vespucci n'y prêtait qu'une attention distraite, mais au palais Médicis, l'inquiétude grandissait.

Un soir, dans les derniers jours du mois de mars 1476, Laurent, occupé à examiner les rapports de quelques-uns de ses émissaires à l'étranger, reçut la visite de Piero Vespucci, le propre frère de Marco, et lui aussi tendrement attaché à la jeune femme.

Quand il entra dans son cabinet, le Magnifique fut frappé par la pâleur du jeune homme et, jetant sa plume, se leva pour venir à sa rencontre, les mains amicalement tendues.

— Mon ami ! Quelles nouvelles apportes-tu ? À ta mine, j'ai grand peur qu'elles soient mauvaises.

— Elles le sont, sois-en certain. Le mal qui ronge Simonetta va sans cesse empirant. Elle paraît si fragile qu'un simple souffle devrait pouvoir la renverser. Et depuis trois jours, elle ne se lève plus.

— Pourquoi n'es-tu pas venu plus tôt ? Que disent les médecins ?

Piero haussa les épaules avec agacement.

— Ils ne le savent pas eux-mêmes. Les uns disent que ce n'est pas grave, les autres qu'elle est perdue. Marco refuse de s'en occuper et de quitter ses livres.

— Pourquoi changerait-il ? Mais Julien ? pourquoi Julien ne dit-il rien, ne fait-il rien ?

— Parce qu'il ne peut rien faire. Il n'ose pénétrer chez nous à cause de Marco, et passe ses nuits à errer autour de notre maison, drapé dans un grand manteau noir, un chien sur les talons.

— Et il passe ses jours dans les églises à prier pour sa bien-aimée. Pauvre Julien. Comme il paie cher son

merveilleux bonheur ! Mais revenons à Simonetta : il faut qu'elle quitte Florence, l'emmener près de la mer, qui est la grande purificatrice. Les fièvres ne résistent pas à son air vivifiant.

— Julien ne la laissera pas s'éloigner de lui.

— Je lui parlerai. Vous possédez un domaine près de la mer, il me semble ?

— Non. Nous l'avons vendu l'an dernier. Marco disait que nous n'en avions pas besoin.

— Alors, prenez notre villa de Piombino. La maison est belle, le jardin magnifique et l'air excellent. Il y a dix ans, Julien y a guéri d'une blessure reçue dans une joute.

Deux jours plus tard, Simonetta quittait en litière le palais Vespucci. Toute la ville était dans la rue et, sur le seuil, deux hommes pleuraient dans les bras l'un de l'autre : Julien, qui n'avait pas eu le droit d'accompagner sa bien-aimée (et Dieu seul savait combien de paroles Laurent avait dû user pour l'empêcher de commettre une folie), et Botticelli, qui avait déjà ébauché sa *Naissance de Vénus* et voyait s'éloigner à la fois son modèle et son amour secret.

— Nous ne la reverrons plus, sanglotait-il en regardant s'éloigner le petit cortège. C'est fini ! Elle ne reviendra plus.

À Piombino, Simonetta sembla retrouver un peu de forces. Sa mère, prévenue, était accourue de Gênes, et le 18 avril, Piero pouvait écrire aux Médicis :

« Il y a un peu d'amélioration. Nous attendons maître Stefano et tout autre médecin avec diligence et nous ferons aussi vite que possible pour activer la guérison. »

Alors, Laurent oublia sa légendaire prudence et qu'il s'était imposé de taire à jamais un amour jugé par lui interdit. Mais cet amour, à présent que Simonetta était en péril, l'étouffait et s'il pleurait moins que son frère,

il souffrait peut-être davantage. Des affaires l'appelant à Pise, il partit sous ce prétexte mais dans le seul but de se rapprocher de la chère malade.

Deux jours après, d'ailleurs, une nouvelle lettre de Piero le rejoignait, apportant l'espoir.

« La santé de Simonetta, par l'aide de Dieu et grâce à l'habileté de maître Stefano, s'est considérablement améliorée. Il y a moins de fièvre et moins de faiblesse, moins de difficulté à respirer et elle mange et dort mieux. Selon les médecins, sa maladie sera de longue durée, car il n'y a que peu de remèdes, sinon les bons soins. Et voyant que ce progrès vous est dû, nous tous et sa mère, qui se trouve à Piombino, nous vous envoyons avec ferveur nos remerciements… »

Dans les églises de Florence, la foule priait jour et nuit, se relayant sans fin pour obtenir du Ciel la guérison de son étoile génoise. Jamais les marchands de cierges n'avaient fait de telles affaires.

Quant aux habitants de Piombino, ils vivaient suspendus au souffle pénible de cette jeune femme parvenue si rapidement au stade le plus avancé de la phtisie. Mais hélas, le mieux qui avait mis tant de joie au cœur de ses proches n'était que le dernier éclat de vie qui précède la fin. Ni les larmes de sa mère ni les soins de tous ceux qui l'aimaient ne purent quoi que ce soit contre la maladie. Le 26 avril, avec le soleil couchant, s'envolait l'âme légère du beau Printemps de Florence.

Simonetta mourut sans secousse, doucement, glissant dans la mort comme au fil de l'eau. Et Piero, désespéré car il avait aimé, lui aussi, au-delà de son rôle fraternel, écrivait une dernière lettre qui rejoignit à Florence le maître obligé d'y revenir sans avoir pu gagner Piombino.

« L'âme bénie de Simonetta s'en est allée en paradis. En vérité, on peut dire que cela fut un second triomphe de la Mort, car si vous l'aviez vue comme elle gisait

morte, vous l'auriez trouvée aussi belle et aussi gracieuse que vivante. *Requiescat in pace*… »

Le parchemin craqua au bout des doigts de Laurent. Lentement, il le laissa retomber sur la table et regarda son ami Politien qui, un peu plus loin, jetait des morceaux de fruits à un lévrier.

— Simonetta est morte, dit-il seulement mais d'une voix si éteinte que le poète, surpris, releva la tête et pâlit.

— Morte ?… déjà ?… Ce n'est pas possible.

— Et pourtant, cela est.

Il n'ajouta rien et, quittant la pièce, se dirigea vers le jardin de Careggi dont les fontaines scintillaient sous la lune tels des panaches de perles… des perles comme Simonetta aimait tant à en porter.

Il fit quelques pas sur le sable d'une allée. Politien à son tour quitta la villa et suivit son ami. Il le vit arrêté au coin d'un massif de roses, la tête levée vers le ciel criblé d'étoiles. Et comme il s'approchait, tout à coup, le Magnifique leva une main, désignant la voûte céleste :

— Regarde cette étoile. Jamais encore je ne l'avais vue. Vois comme elle brille, et comme auprès d'elle les autres étoiles paraissent ternes et faibles… En vérité, je crois que c'est l'âme de Simonetta. Ou bien elle s'est changée en cette étoile nouvelle ou bien elle s'y est jointe pour lui donner plus de lumière.

Politien, à son tour, garda le silence. Dans le ton de son ami, il découvrait à présent une souffrance dont il n'avait jamais soupçonné la profondeur. Il avait deviné que Laurent aimait secrètement la belle Génoise, mais il avait aimé tant de femmes ! Comment supposer qu'il pût éprouver pour une seule un tel chagrin ? Est-ce que ce n'était pas une larme qui coulait lentement sur sa joue maigre ?

Incapable de trouver un seul mot qui ne fût dérisoire, le poète, à court d'inspiration, ne put que se taire…

On ramena à Florence le corps sans vie de Simonetta et la cité lui organisa des funérailles dignes d'une princesse de légende, car elle avait été sa plus belle fleur.

Le long cortège parcourut toute la ville. Portée sur les épaules de dix hommes, couronnée de fleurs et le visage découvert, Simonetta, dans une robe féerique, n'avait rien perdu de sa beauté. Elle était seulement aussi blanche que l'albâtre, mais avec ses beaux cheveux répandus autour d'elle et jusque sur les soieries précieuses de sa couche, elle semblait dormir.

Elle était même plus belle que jamais, car la mort avait effacé les traces de la maladie pour ne restituer qu'une image affinée, idéalisée.

Derrière elle, les deux frères, tout de noir vêtus, Julien se soutenant à peine, et Laurent pareil à un automate, menaient le deuil avec, alentour, une foule énorme, compacte et silencieuse, qui pleurait d'un cœur unanime.

Le soir venu, on déposa la jeune morte dans l'église d'Ognissanti, proche du palais Vespucci, où elle allait dormir son dernier sommeil. Mais quand la foule se fut retirée et que le sacristain voulut fermer l'église, il s'aperçut qu'il y avait encore quelqu'un. Un jeune homme tout vêtu de noir était resté là et, à genoux sur la dalle qui dérobait le divin visage, il sanglotait éperdument, balbutiant à travers ses larmes :

— Je le savais… je le savais, moi, qu'elle ne reviendrait plus…

C'était Sandro Botticelli…

III

Meurtre dans la cathédrale

Ce soir-là, à Rome, il faisait un temps épouvantable. C'était la semaine sainte de l'année 1478 mais, en dépit de l'approche de Pâques, les églises ne faisaient pas recette. Le mauvais temps d'abord, qui poussait les Romains à rester chez eux, et puis le fait que la Ville éternelle, sur laquelle régnait depuis sept ans le pape Sixte IV, était tout ce que l'on voulait sauf sûre dès que le jour baissait. Dans cet immense coupe-gorge délabré et crasseux les factions rivales des Orsini et des Colonna s'en donnaient à cœur joie sans que la police pontificale tentât quoi que ce soit pour les ramener à la raison.

Néanmoins, dans un petit cabinet bien clos, niché au cœur d'un superbe palais de la place Saint-Apollinaire, quatre hommes tenaient un conciliabule tellement passionné qu'ils ne prêtaient attention ni aux rafales de pluie ni aux hurlements qui s'élevaient de temps en temps de la nuit criminelle.

Bien différents, ces quatre hommes… Le premier était le maître du logis, le seigneur Jérôme Riario, gros garçon brutal, ancien gratte-papier à la douane de Savone mais neveu de Sa Sainteté Sixte IV et devenu du coup l'un

des plus fastueux seigneurs de Rome. Un seigneur mal décrassé peut-être mais marié à une bâtarde princière, l'intrépide Catherine Sforza, et tellement cousu d'or qu'il n'était personne à Rome qui ne se déclarât son ami.

Le second était notre ancienne connaissance Francesco dei Pazzi, devenu banquier du Vatican, ce qui lui permettait de monter encore de juteuses affaires malgré sa banque florentine aux trois quarts ruinée par les Médicis. Celui-là suait tellement la haine que son maigre visage en était à présent jaune de fiel et sa conversation se bornait à une idée fixe : abattre, d'une façon ou d'une autre, les Médicis exécrés. Une idée que partageait amplement Riario depuis que, ayant acquis par la grâce de son oncle la ville romagnole d'Imola, il avait dû apprendre à compter avec Laurent de Médicis, ami de Venise avec laquelle il le prenait en tenaille, et couché à sa porte comme un tigre prêt à mordre. Tant que celui-là serait en vie, Riario ne pourrait espérer étendre ses possessions en Romagne.

Le troisième, Salviati, était un prêtre, et même un évêque… encore que simplement nominal. Lui aussi détestait les Médicis avec lesquels il avait eu très souvent maille à partir.

Quant au quatrième, Jean-Baptiste de Montesecco, qui se disait condottiere, il s'agissait d'un homme de main capable de n'importe quelle besogne vile ou sanglante en échange d'une poignée d'or.

Ces quatre personnages, réunis pour mettre au point l'opération au cours de laquelle les Médicis trouveraient la mort, sortaient tout droit du Vatican, où le Saint-Père les avait reçus… pour parler de la même affaire. La conversation, qui ressemblait assez à un dialogue de sourds, faisait honneur en réalité à la duplicité du Saint-Père, plus encore qu'à son sens de la diplomatie.

À Montesecco lui représentant qu'il serait bien dif-

ficile d'abattre Laurent, sans exterminer aussi Julien et peut-être quelques autres, Sixte IV avait répondu :

— J'exige qu'il n'y ait pas mort d'homme. Laurent a beau être un coquin, pour rien au monde je ne voudrais sa mort mais seulement le changement de l'État.

— On fera ce qu'on pourra pour que cela n'arrive pas, dit Riario, qui avait été à bonne école. Mais si cela arrivait, Votre Sainteté pardonnerait bien au meurtrier ?

— Tu es bête. Je te le répète, je ne veux la mort de personne. Allez et faites comme vous l'entendez, mais qu'on n'ôte la vie à personne !

— Au moins, Saint-Père, dit à son tour Salviati, laissez-nous mener la barque. Nous la dirigerons sûrement.

— Bien entendu, je vous donne toute ma confiance, mon fils, et je consens à tout ce que vous déciderez pour le plus grand bien de Florence… et de l'Église.

Ayant ainsi compris à demi-mot, les quatre conjurés étaient rentrés chez Riario pour y mettre au point les derniers détails de leur projet. Le pape avait fourni le prétexte de fêtes à Florence en nommant un autre de ses neveux, le jeune Rafael Riario, qui n'avait que dix-sept ans, cardinal-archevêque de Pérouse et en décidant qu'il partirait sur l'heure occuper son siège pontifical. Or, pour gagner Pérouse, le mieux était de passer par Florence, et les Médicis avaient fait dire qu'ils recevraient la nouvelle Éminence avec tous les honneurs dus à son rang.

À l'aube, les conjurés, moins Riario qui ne pouvait se mouiller en personne, prirent la route de Florence, ou tout au moins de Montughi, où le vieux Jacopo dei Pazzi les attendait dans sa propriété de campagne, loin des oreilles indiscrètes. Quelques détachements des troupes pontificales prirent également la route de Florence pour se tenir à proximité et être sur place afin de ramener l'ordre quand « la chose » serait faite.

Une troupe de jeunes militants pleins d'ardeur envahit bientôt la villa de Montughi. Il y avait là Napoleone

Francezi, Bernardo Bandini, Jacopo Bracciolini et quelques autres, dont le précepteur de la maison Pazzi et un autre prêtre. Si l'on y ajoute l'archevêque Salviati et le cardinal de Pérouse l'affaire prenait l'allure d'une croisade beaucoup plus que d'une chasse au fauve.

Toujours grand seigneur, Laurent avait décidé de recevoir fastueusement le jeune cardinal Riario. Il y eut des fêtes dont les conjurés pensaient pouvoir se servir pour exécuter leurs noirs desseins, mais chaque fois, l'un des frères Médicis manquait et il fallait avoir les deux ou personne.

On finit par se mettre d'accord sur la grand-messe de Pâques, autrement dit le dimanche 26 avril 1478. On abattrait les deux frères dans la cathédrale Sainte-Marie-des-Fleurs, le Dôme de Florence.

— Il serait tout de même étonnant qu'ils n'assistassent pas tous les deux à la grand-messe du saint jour de Pâques, dit Francesco dei Pazzi avec une vertueuse indignation qui eût été comique en d'autres circonstances. Là, nous les tiendrons et personne ne pourra rien pour eux, car nous veillerons à ce que l'église contienne surtout des gens à nous.

Mais le vieux Jacopo, son père, n'était pas d'accord.

— Tuer le jour de Pâques, dans une église ? Vous ne craignez pas que cela vous porte malheur ?

— Les frères Médicis, c'est l'Antéchrist en deux personnes, riposta Salviati. Dieu, au contraire, sera avec nous. Il présidera à l'exécution, car le signal de l'action sera la sonnette de l'Élévation. Ensuite, nous laverons le Duomo, nous le purifierons, et Dieu sera content…

C'était véritablement faire un arrangement avec le Ciel, mais un arrangement à sens unique, où le second partenaire n'avait pas été consulté.

On se partagea les rôles. À Montesecco, le spadassin, revenait l'honneur de tuer Laurent. Francesco et Bandini abattraient Julien, cependant que Salviati et

Bracciolini s'empareraient du palais de la Via Larga… et de tout ce qu'il contenait.

Pourtant, au matin du saint jour de Pâques, alors que les cloches de tous les campaniles déversaient sur Florence une orgie musicale, en contrepoint de l'orgie de lumière à laquelle se livrait le soleil, les conjurés éprouvèrent une première déception : Montesecco, l'âme, la cheville ouvrière de l'opération, manquait à l'appel. Il fut impossible de le retrouver.

— Il faudra le remplacer, dit Francesco. Mes deux frères, Stefano et Antonio, se chargeront du fauve. Je me demande pourtant ce qui a pu lui arriver…

Il lui était simplement arrivé que cette histoire de cathédrale ne lui plaisait pas. Il fallait, selon lui, être un prêtre comme ce Salviati à demi fou pour oser assassiner quelqu'un dans une église. Et sans en avertir personne, le spadassin avait tout doucement pris la clef des champs. Les deux prêtres de la conspiration, qui n'avaient pas de ces délicatesses, se chargèrent joyeusement de sa besogne.

Deuxième déception : Laurent de Médicis, avec une très petite escorte d'amis, arriva à l'heure dite à la messe… mais Julien n'y était pas. Est-ce qu'il allait falloir renoncer une fois encore ? Que non pas ! Il fallait abattre les Médicis ensemble et on les abattrait ce jour-là.

Francesco et Bandini, commis à son assassinat, allèrent tout bonnement le chercher en lui assurant que son frère le réclamait d'urgence.

Si Julien fut un peu surpris de voir les commissions de son frère faites par un ennemi qu'il n'avait pas vu depuis longtemps, il n'en montra rien, se contentant de déclarer sèchement qu'il était seulement un peu en retard, mais que son intention était bien d'aller ouïr la messe.

— Pardonne-moi, dit Francesco, mais j'ai voulu venir te chercher moi-même. Il faut que la brouille cesse entre nous. Celle qui nous séparait n'est plus, et

j'ai tant regretté de l'avoir importunée, même un instant. En mémoire de l'ange qui se nommait Simonetta, ne veux-tu pas me pardonner ?

Il y avait deux ans, jour pour jour, que l'Étoile de Gênes avait fermé ses yeux à la lumière du monde et son souvenir était toujours aussi vivace au cœur du jeune homme, la douleur toujours aussi aiguë. C'était parce qu'avant la messe il avait voulu prier seul, un moment, pour elle qu'il s'était mis en retard.

Julien regarda Francesco, chercha ses yeux, que l'autre ne baissa pas. Il le vit troublé, inquiet, malheureux sans doute, et le crut sincère.

— Tu as raison, dit-il. Oublions nos querelles. Simonetta la très douce nous le demande, j'en suis certain. Embrassons-nous !

Et les deux hommes s'étreignirent… ce qui permit à Pazzi de s'assurer que Julien ne portait ni armes ni cotte de mailles… Et l'on partit pour l'église où le service était commencé.

Longuement Julien pria, heureux d'avoir, à ce qu'il croyait, retrouvé un ami… Doré comme un missel, le jeune cardinal Riario officiait, si étincelant que l'on en oubliait son physique quelconque. Et puis ce fut l'Élévation. Une clochette sonna. Entre ses mains gantées, il élevait l'hostie…

L'instant le plus sacré de la messe fut le signal. Avec ensemble, Pazzi et Bandini, qui escortaient toujours Julien, tirèrent leurs dagues et frappèrent au flanc. Avec un cri, le jeune homme recula de quelques pas et s'abattit. Francesco se rua sur lui pour frapper encore et encore, si impétueusement qu'il se blessa lui-même à la jambe. Mais il ne sentit rien. Il lui semblait qu'il n'en finirait jamais de savourer sa haine et sa vengeance…

Pendant ce temps, les deux prêtres avaient attaqué Laurent mais celui-ci avait instantanément compris et, tirant son épée, entreprit de se défendre. Bandini, vite

rejoint par Pazzi, accourut à la rescousse et abattit les deux amis qui se portaient au secours de Laurent. Mais le Magnifique savait se battre. Il sauta dans le chœur et passant devant l'autel, où le joli petit cardinal doré se soutenait à peine, courut vers la sacristie, dans laquelle il s'enferma pour attendre les secours qui n'allaient pas manquer de lui venir.

En effet, une heure plus tard, il en sortait escorté de ses soldats et d'une foule d'amis. On emporta le corps de Julien et on emmena aussi le jeune Riario que l'on enferma sous bonne garde au palais. Le coup était manqué puisque le plus important des deux frères, le maître de Florence, en avait réchappé.

Une foule énorme se porta vers Laurent pour lui dire son amour, cependant que la chasse aux Pazzi commençait.

En un rien de temps, tous ou presque furent arrêtés car, croyant leur coup réussi, ils étaient entrés dans la ville afin de s'emparer des points stratégiques du pouvoir : il n'y eut qu'à les cueillir.

Et tandis que Florence offrait à Julien des funérailles aussi somptueuses que celles de Simonetta, la répression commença, terrible, impitoyable.

L'archevêque Salviati fut pendu séance tenante à une fenêtre de la Seigneurie, avec son frère et plusieurs de ses familiers. Vingt-six autres partisans des Pazzi furent massacrés par la foule, débités comme animaux de boucherie. D'autres furent pendus la tête en bas suivant la mode pittoresque de Florence. Ainsi de Francesco dei Pazzi, qui mourut d'ailleurs courageusement. En tout deux cent soixante-dix personnes furent offertes en holocauste aux mânes irrités de Julien de Médicis. Les derniers à mourir furent Montesecco, qui n'avait cependant rien fait, et le vieux Jacopo, qui s'était enfui et que l'on reprit pour le pendre à côté de son fils. Et pendant une longue semaine, Florence se

roula dans le sang et dans la vengeance. Et Botticelli, à nouveau en larmes, dessina d'un crayon impitoyable l'archevêque Salviati pendu à la fenêtre du palais…

Le nom des Pazzi fut rayé des registres de Florence. Leurs armes, devises et écussons, effacés. Ils avaient totalement cessé d'exister pour Florence et les rares qui vivaient encore durent changer de nom. Après quoi, le pape Sixte IV, furieux de voir son coup manqué, fulmina l'excommunication… contre Laurent de Médicis.

« Ô douleur ! Ô crime inouï ! Ils ont porté leurs mains homicides sur un archevêque et le jour même du Seigneur, ils l'ont pendu publiquement aux fenêtres mêmes de leur palais… »

Que l'on eût assassiné Julien en pleine messe de Pâques n'intéressait apparemment pas le Saint-Père. Il voulut aller plus loin, frappa Florence d'interdit et réussit tout juste à soulever la ville contre lui. Les Florentins molestèrent ses envoyés, traitèrent Sa Sainteté de suppôt de l'adultère et de vicaire du Diable et réclamèrent la réunion d'un concile œcuménique pour le déposer. Pendant ce temps, Laurent faisait alliance avec le roi de Naples et amenait le bouillant pontife à composition.

Mais si Laurent sortait de cette terrible aventure avec un pouvoir renforcé, beaucoup de choses avaient changé en lui avec la mort de ce jeune frère qu'il aimait si tendrement. Simonetta d'abord, Julien ensuite… le beau printemps de Florence s'était évanoui pour ne jamais revenir et le cœur du Magnifique se refermait… Il avait été plein de mansuétude envers ses ennemis, tant que la jeunesse et l'amour fleurissaient autour de lui. Il devint le maître dur, impitoyable qu'il avait tant espéré ne jamais être, mais il tenait fermement entre ses mains maigres la balance politique de l'Italie.

En revanche, pour le peuple, il demeurait le mécène généreux, adoré des artistes et des lettrés. Sa maison

restait le rendez-vous des grands esprits en même temps qu'un musée et le siège d'une académie platonicienne.

Il aimait toujours les femmes mais pas la sienne, la Romaine, la hautaine Clarissa Orsini, qui n'avait jamais su trouver le chemin de son cœur mais ne se privait pas de censurer la vie aimable de Florence.

Une dernière passion vint éclairer sa vie : celle que lui inspira Bartolomea dei Nasi, gracieuse et charmante plus que belle, mais lui-même n'était plus ce qu'il avait été : à quarante-quatre ans, il avait la silhouette voûtée d'un vieillard. Sa santé se délabrait dangereusement.

Les dernières années de sa vie furent tristes. Savonarole, le moine fanatique, faisait tonner sur Florence sa voix pleine de malédictions. Il parlait d'enfer, de flammes éternelles, maudissait les artistes, la beauté, la richesse, la joie, la musique et la danse, et Florence, versatile comme une femme, se détournait un peu du maître qu'elle avait tant aimé pour frémir sous les violences de cette nouvelle idole qui allumait des bûchers avec des chefs-d'œuvre.

Dans les premiers jours d'avril 1492, l'année où Christophe Colomb allait redécouvrir l'Amérique, Laurent tomba gravement malade dans sa villa de Careggi. Ses médecins, pour soigner son estomac délabré, lui firent avaler une potion contenant de la poudre de diamant. Curieuse idée, dont le résultat ne se fit pas attendre : le 8 avril, le Magnifique expirait, emportant avec lui la plus belle harmonie de cette Italie de la Renaissance. À Rome, Rodrigue Borgia allait devenir pape. Et Machiavel d'écrire :

« Aussitôt après le trépas de Laurent, les mauvaises semences commencèrent à pousser, lesquelles un peu plus tard, à défaut d'homme qui les pût défricher, ruinèrent et ruinent encore maintenant l'Italie… »

Este
(FERRARE)

Une Phèdre de quinze ans : Parisina

Le long bateau plat glissait lentement le long des canaux. La chaleur écrasait la plaine et faisait flamber, au loin, les tours rouges de Ferrare. L'ennui qui suintait de ce jour d'été trop chaud semblait presque palpable. Même les musiciens installés sous une tente à l'avant de la barge ne tiraient plus que des accords languissants. D'ailleurs, à quoi bon jouer ? Étendue sur la soie de ses coussins brodés, la jeune duchesse avait l'air de dormir… Il n'y avait pas un souffle d'air. La lumière intense vibrait…

Pourtant, Parisina d'Este ne dormait pas. Elle s'ennuyait tellement qu'elle n'en avait même plus envie. Les jours se succédaient, tous semblables, tous d'une désespérante monotonie. Il n'y avait aucune raison pour que cela vînt un jour à changer. L'automne viendrait, puis l'hiver, puis le printemps et à nouveau l'été, mais elle, Parisina, demeurerait à jamais prisonnière de sa grandeur, d'un rang dont déjà elle était accablée. Et elle n'avait que quinze ans !

Il y avait trois mois seulement que, par un beau jour printanier de cette année 1424, elle avait épousé le maître de Ferrare, le duc Nicolo d'Este, qui avait déjà répudié une épouse parce qu'elle ne lui avait point

donné d'enfant. Nicolo voulait un héritier légitime. C'est pourquoi, sur sa réputation de beauté, il était venu à Rimini demander au seigneur Malatesta la main de sa plus jeune fille. Ainsi, Parisina était-elle devenue duchesse de Ferrare et l'épouse d'un homme qui aurait pu largement être son père.

À dire vrai, l'âge ne faisait rien à la chose. À quarante ans, Nicolo d'Este gardait du charme, de la séduction, des yeux gais et un corps d'athlète. Il n'avait rien du barbon répugnant et très vite, Parisina s'était habituée à l'idée de l'aimer. Il lui avait enseigné l'amour et, en cette matière, ce grand coureur de jupons était un maître. Parisina avait donc aimé l'amour en même temps que le professeur.

Certes, ce printemps avait été beau, allègre, et les couleurs de l'avenir semblaient riantes à la jeune épousée. Mais… cela n'avait été qu'un printemps. Et les printemps italiens sont courts. Nicolo, vite lassé d'une jeune épouse jolie mais inexpérimentée, était retourné sans tarder à des plaisirs de plus haut goût. Durant ce mois d'août qui bientôt s'achèverait, il n'avait pas passé deux nuits avec Parisina. Et l'ennui s'était mis à ronger la jeune duchesse.

Elle tourna vers sa suivante, Bianca, des yeux lourds de larmes.

— Dis aux bateliers de revenir vers la ville… Cette promenade n'amuse personne et moi moins encore. Au palais, en revanche, il fera presque frais…

— La nuit va bientôt venir. Pourquoi ne pas aller jusqu'à l'une de vos maisons de campagne ? Vous pourriez regarder danser les paysans.

— Et moi ? avec qui danserai-je, puisque mon seigneur n'est pas auprès de moi ? Non, Bianca, j'aime mieux rentrer.

Lentement, la barge vira de bord et reprit le chemin de Ferrare. Ce fut pour y trouver un page qui portait un

message du duc. Il partait chasser chez l'un de ses vassaux, ne rentrerait pas avant huit jours. Alors, Parisina s'enferma chez elle pour pleurer tandis que, derrière sa porte close, les servantes se regardaient en hochant la tête.

— Pauvre petite duchesse, murmura Bianca. Si jeune, si jolie, et déjà délaissée.

Mais il n'y avait rien à faire à cela. Les filles de grandes maisons avaient presque toutes le même destin : un mariage sans amour et l'abandon si elles ne se hâtaient pas de procréer. De toute façon, un interminable ennui.

L'automne, dont Parisina n'attendait rien de meilleur, apporta cependant une nouveauté. Dans les premiers jours d'octobre, un petit cortège franchit les douves du château rouge aux quatre donjons. En tête, chevauchait un garçon d'une vingtaine d'années seulement, mais si beau, de si fière tournure, que la jeune duchesse demeura de longues minutes à sa fenêtre, pour le regarder… À son allure, ce ne pouvait être qu'un prince, même si l'escorte comme le bagage étaient assez modestes, et Parisina se tourna vers l'une de ses dames d'honneur, dona Marella qui, au cours d'une vie déjà longue, avait rencontré beaucoup de monde.

— Qui est-ce ? demanda-t-elle.

La dame haussa les épaules avec un mélange de dédain et d'indulgence.

— Personne qui doive retenir longtemps votre attention, Madona. Le seigneur Ugo est fort beau, j'en conviens, mais il est votre beau-fils.

— À moi ? mais comment ? le duc n'a pas d'enfants.

— Monseigneur l'a eu, jadis, d'une fille de la ville. Elle était belle, mais de petite naissance, et ne pouvait être épousée. Néanmoins, selon la coutume, le duc a

tenu à ce que son fils fût élevé à la cour, à son rang, puisque pour un garçon, seul compte le sang du père.

— Pourquoi ne l'ai-je encore jamais vu ?

— Parce qu'il était à l'université de Bologne, où il étudie pour entrer dans la Sainte Église…

Parisina eut une moue de déception.

— Un prêtre, ce beau jeune homme ? Est-ce que ce n'est pas dommage, Marella ? Le duc n'a pas d'autre fils.

— Vous êtes là pour y pourvoir, Madona. Quant au sacerdoce, le seigneur Ugo, qui est fort pieux, le désire. Pourquoi donc le duc refuserait-il de le laisser suivre sa voie ? Il sera cardinal, ce qui est fort beau.

— Pourquoi vient-il alors ?

— Simple visite à son père. Il vient d'être malade. Un peu de repos ici lui fera du bien.

Parisina ne posa pas d'autre question. Elle s'éloigna de la fenêtre, songeuse. D'ailleurs, le bel Ugo était descendu de cheval et avait pénétré dans le palais.

Le soir venu, quand son époux le lui présenta, Parisina trouva qu'il était encore plus beau vu de près. Personne n'avait de cils aussi longs sur des yeux aussi sombres. En revanche, elle fit la grimace quand le jeune homme, avec beaucoup de respect, l'appela « Mère », comme le voulait l'usage.

— Il nous restera jusqu'après la Noël, précisa le duc. J'espère, Madame, que vous aurez sa présence pour agréable.

— Il est votre fils, Monseigneur, répondit-elle, les yeux pudiquement baissés. Il ne peut que m'être cher.

Nicolo d'Este partit d'un gros rire.

— Pas trop, tout de même ! N'oubliez pas que je dois vous être plus cher que n'importe quel être humain.

Les yeux sur Ugo, elle répondit, machinalement :

— Comment pourrait-il en être autrement, Monseigneur ?

Quand on passa à table, Parisina constata que le jeune

homme, assis près d'elle, mangeait à peine. Il avait dit les grâces, avant d'entamer son repas et depuis, les yeux baissés vers son plat, il gardait un maintien convenant davantage à un moine qu'à un prince. Il répondait à peine aux tentatives de conversation de sa jeune belle-mère et quand la robe de brocart argenté de Parisina frôlait sa jambe il se reculait imperceptiblement. Son manège n'échappa pas à son père, qui lui lança soudain :

— Mange, bois et réjouis-toi, Ugo ! Que diable, tu n'es pas encore prêtre. Comporte-toi en prince, non en couventine.

Ainsi apostrophé, Ugo releva la tête. Un éclair brilla dans ses yeux. D'un geste nerveux, il saisit sa coupe d'or, la vida d'un trait, puis, la reposant avec un sourire dédaigneux :

— Si c'est là geste de prince, voilà qui est fait.

Nicolo haussa les épaules et se remit à boire pour son propre compte, mais Parisina tressaillit. Les yeux noirs d'Ugo étaient maintenant posés sur elle avec une très visible admiration. Elle lui sourit mais détourna très vite les yeux, murmurant un peu nerveusement :

— Votre père n'admet pas que l'on puisse agir autrement que lui-même. Il ne comprend pas…

— Moi, fit Ugo sans cesser de la regarder, il est ici bien d'autres choses que je ne comprends pas.

Les jours qui suivirent, Parisina ne rencontra guère Ugo. Alléguant sa santé compromise, le jeune homme quittait à peine son appartement, où son confesseur lui rendait visite chaque matin. Dans tout le palais, on commentait inlassablement la haute piété de ce trop beau garçon, si visiblement fait pour l'amour. Et les servantes ne se gênaient pas pour murmurer qu'il était bien dommage qu'aucune femme ne pût espérer faire un jour vibrer son cœur.

Or justement, il y avait au palais une femme qui,

depuis le jour de son arrivée, s'était juré de conquérir l'amour du jeune homme. Cette femme, c'était Parisina.

La vue d'Ugo lui avait fait comprendre que le sentiment qu'elle éprouvait pour le duc n'était qu'une pâle copie de l'amour. L'amour, elle savait maintenant ce que c'était. Elle l'avait su à l'instant précis où Ugo l'avait regardée. C'était une flamme brûlante, insatiable et dévorante, qui ne laissait au cœur ni trêve ni repos. D'un seul coup, tout l'univers quotidien et magnifique qui l'entourait avait pris les couleurs effacées d'un décor qui a trop servi. Seule, sur un immense désert, se détachait la figure brune d'Ugo, sa silhouette athlétique… Même ses nuits solitaires avaient cessé de lui être pénibles. Bien au contraire, c'était la présence de Nicolo qui lui était maintenant désagréable. Elle préférait cent fois demeurer seule dans son immense lit, ne fût-ce que pour pouvoir rêver à son aise à celui qu'elle aimait.

— Tôt ou tard, se promettait-elle, Ugo m'aimera, Ugo sera à moi…

Mais comment mener à bien son entreprise de séduction si elle ne parvenait jamais à le rencontrer ?

Profitant d'une des multiples absences de son époux, et du passage à Ferrare d'un célèbre chanteur vénitien, elle fit dire à Ugo qu'elle souhaiterait que pour entendre l'artiste, il quittât sa chambre et vînt souper avec elle. À sa grande surprise, il accepta.

Afin que la soirée fût plus agréable et plus intime, Parisina décida que le souper et le concert auraient lieu dans l'une des maisons de campagne du duc, proche de Ferrare. Le temps exceptionnellement doux permit de dresser la table dans la loggia ombragée d'une treille pourpre. Au-delà, c'était l'eau clapotante d'un étang, la nuit tiède, le chant du rossignol luttant de mélodie avec le chanteur vénitien. Et le charme de cette nuit marqua d'un trait de feu l'âme d'Ugo.

Assis auprès de Parisina, il ne pouvait détacher son regard de la jeune femme. Toute vêtue de soie blanche, légère et fine, largement décolletée, des perles dans ses cheveux noirs, Parisina avait tout mis en œuvre pour séduire celui qu'elle aimait. Jamais ses yeux n'avaient été si brillants, ses lèvres si fraîches. L'enchantement de la nuit rejoignait celui de la jeune femme et les vins capiteux faisaient le reste pour composer un redoutable philtre auquel le naïf jeune homme ne résista pas longtemps. Comme il demeurait silencieux, buvant cependant coupe sur coupe, Parisina se pencha vers lui :

— Mon très doux seigneur, pourquoi êtes-vous si triste ? Ce souper ne vous sied-il pas ?

— Il ne me sied que trop et j'ai honte d'y prendre tant de plaisir. Mais cette nuit merveilleuse, cette musique si douce... et vous, Madona, qui êtes si belle. Il y a des moments où j'envie si férocement mon père qu'il me semble le haïr. Il a tout, puisque vous l'aimez.

— Qui vous a dit que je l'aimais ?

— N'êtes-vous pas sa femme ?

— Être l'épouse ou être l'amante ne sont pas la même chose, Ugo. Non, je n'aime pas votre père. Je l'ai épousé parce qu'une fille n'a pas le droit de dire non lorsque son père commande. J'étais résignée... mais vous êtes venu.

— Ne dites pas cela ! C'est un crime de convoiter le bien d'autrui... surtout si c'est celui de votre père.

— Votre père fait fi de ce bien que vous jugez si précieux. Il préfère les filles de mariniers ou les chanteuses. Ugo, Ugo, c'est vous que j'attendais, c'est vous que j'aurais dû épouser. C'est à vous que je veux appartenir.

Elle se rapprochait de lui, tentante, parfumée. Ugo eut un vertige. Depuis son arrivée, l'image de Parisina hantait ses nuits. Il avait tenté de la chasser par la prière et la pénitence mais chaque soir la retrouvait plus forte et plus dangereuse. Et là, dans cette loggia,

elle donnait une réalité à ses rêves. Il n'avait qu'un geste à faire pour qu'elle fût dans ses bras… et ce geste, elle lui demandait presque de le faire. Dans une ultime défense, il secoua la tête.

— Non… Ce serait un péché !

— Le seul péché, c'est de refuser l'amour quand il se présente. Je t'aime Ugo, et je n'aime que toi.

Elle était contre lui maintenant et elle l'entourait de ses bras frais. Ugo eut un éblouissement. Presque malgré lui, il la prit dans ses bras, sentit, sous la soie vraiment très légère, un corps souple et chaud dont le contact lui fit perdre la tête. Il aurait fallu être un saint pour résister plus longtemps à cette affolante tentation, et Ugo n'était pas tout à fait un saint. D'un geste brusque, il renversa le flambeau qui seul éclairait la loggia et coucha la jeune femme sur les coussins.

Tout au long de la semaine que dura l'absence de Nicolo, Parisina et Ugo s'aimèrent avec une ardeur d'affamés. Chaque nuit, il la rejoignait, dans sa chambre d'où elle chassait suivantes et dames d'honneur, même la fidèle Bianca, pour être plus libre de profiter de son bonheur. Il n'y avait plus au monde que Ugo et elle… Qu'importait le reste ?

Le retour de Nicolo aurait normalement dû mettre un terme à leurs rencontres, mais Nicolo avait pris une nouvelle maîtresse et ne se souciait pas davantage de sa femme. Il lui rendit visite le soir de son retour parce qu'il entendait avoir d'elle un enfant, mais dès le lendemain, retourna à ses plaisirs. Aussi, les deux amants, un instant retenus, ne virent-ils bientôt plus aucune raison de demeurer plus longtemps séparés. Avec quelques précautions, tout de même, Ugo reprit le chemin de la chambre de Parisina et les ardentes nuits de l'automne recommencèrent.

Pourtant, si au palais tous ceux qui avaient deviné

quelque chose gardaient un silence prudent, d'autres étaient intrigués par les yeux brillants de Parisina, les regards tendres qu'elle posait sur Ugo. Un certain Benvenuto était de ceux-là.

Valet de confiance du duc Nicolo, il l'accompagnait dans tous ses déplacements et lui servait volontiers de confident pour ses amours, voire d'entremetteur. C'était un homme aigri, fort laid et qui, le Diable seul pouvait savoir pourquoi, détestait Parisina. L'attitude des deux jeunes gens éveilla ses soupçons. Il surprit le frôlement de leurs mains, les soupirs qu'ils échangeaient lorsqu'ils pensaient n'être pas entendus.

Une nuit, alors que le duc, harassé de fatigue après une chasse à travers la plaine, dormait comme une souche, Benvenuto quitta l'appartement de son maître, et sans bruit, gagna celui de la duchesse. Il savait déjà qu'elle avait pris l'habitude de renvoyer ses femmes chaque soir, sous prétexte que la moindre présence agaçait ses nerfs. Il put donc parvenir sans encombre jusqu'à la porte de la chambre, l'entrouvrit tout doucement…

À l'exception d'une veilleuse, la vaste pièce était plongée dans l'ombre mais il ne fallut que quelques instants à l'espion pour voir que dans le lit, il y avait deux personnes, et qu'elles ne dormaient pas.

Sans faire plus de bruit qu'à l'entrée, Benvenuto referma la porte, repartit comme il était venu, et courut réveiller son maître.

— Que veux-tu ? s'écria Nicolo de fort mauvaise humeur. N'es-tu pas fou de m'éveiller ainsi en pleine nuit ?

— Lève-toi, seigneur, et suis-moi sans faire de bruit. Il y va de ton honneur.

— Que veux-tu dire ? Que vient faire ici mon honneur ?

— Tu le verras si tu me suis. La duchesse est au lit avec le bâtard… et ni l'un ni l'autre ne pense à toi.

D'un bond, Nicolo fut à bas de son lit. Sans même prendre la peine de s'habiller, il saisit un flambeau, courut jusque chez sa femme, et enfonça la porte plutôt qu'il ne l'ouvrit. Un double cri de terreur salua son entrée.

Dans les prisons du château, Parisina et Ugo, chacun dans un cachot, attendaient leur sort. On les avait arrachés de la chambre d'amour, traînés nus jusqu'à la prison où on leur avait jeté quelques vêtements. Puis de lourdes chaînes avaient été bouclées autour de leurs chevilles et de leurs poignets. Et maintenant, ils attendaient.

Mais tandis que Ugo, dégrisé, clamait son repentir à tous les échos et implorait la clémence divine, Parisina revendiquait hautement son crime d'amour. Elle aimait Ugo et voulait que chacun le sût. Les échos de son cachot à elle ne renvoyaient que des cris d'amour. Elle ne savait ce que Nicolo ferait d'elle mais cela lui était égal. Seul comptait Ugo, et s'ils avaient le même sort, fût-il la mort, elle rendrait grâce à Dieu. Dans son exaltation, elle rêvait d'un échafaud en plein soleil, semblable à quelque autel, vers lequel ils marcheraient main dans la main, unis pour l'éternité. Quelle plus belle fin pourraient-ils souhaiter ?

Mais Nicolo d'Este ne voulait pas d'échafaud public, pas de grand soleil, pas d'exécution solennelle trop semblable à une fête. Une nuit, plusieurs hommes entrèrent dans le cachot de Parisina : l'un était le duc, puis venait un moine, enfin, traînant Ugo enchaîné, deux bourreaux fermaient la marche.

— Tu vas mourir, dit Nicolo à la jeune femme. Confesse-toi.

Elle s'agenouilla docilement ; dit ses prières puis, quand le moine lui eut donné l'absolution, l'un des bourreaux tendit à Ugo effaré une hache tandis que l'autre courbait de force Parisina, découvrant son cou mince.

— Frappe ! ordonna l'impitoyable Nicolo.

Avec un cri d'horreur, Ugo rejeta l'arme d'exécution.

— Non… non… pas moi ! Je ne suis pas un bourreau.

— Frappe, te dis-je ! Sinon, je vous traîne tous deux dans la chambre des tortures et elle périra devant toi dans les pires supplices. Vas-tu frapper ?

— Frappe, mon amour, implora Parisina. Je suis heureuse de mourir de ta main… N'aie pas peur.

Alors, avec un frisson de dégoût, Ugo reprit la lourde hache, la leva au-dessus de la jolie tête inclinée. Les yeux clos, Parisina priait de tout son cœur.

Quelques instants plus tard, le bourreau faisait tomber à son tour la tête d'Ugo.

Nicolo d'Este organisa pour les amants adultères des funérailles somptueuses. Les deux corps, revêtus de velours, de brocarts et de joyaux furent exposés dans la cour du château et tout le peuple défila devant eux. Des colliers d'or cachaient, sur les cous mutilés, le passage de la hache.

Puis, par un curieux sentiment de respect pour leur jeunesse et leur amour, il les fit enterrer tous deux dans le même tombeau, unis dans la mort comme Parisina l'avait tant souhaité.

Après quoi, la conscience satisfaite, le duc Nicolo d'Este se mit à la recherche d'une troisième épouse.

Cardinal contre bâtard

I. Angela

On était dans les premiers jours de juin de l'an 1505, et le soleil écrasait Ferrare. Dans les rues rectilignes, tirées au cordeau, de la cité des princes d'Este, la première ville d'Italie construite selon un plan moderne, une chaleur de four régnait tandis que les brumes fétides qui montaient des marais proches portaient avec elles les miasmes de la malaria. Même derrière les murs énormes du château ducal, rude forteresse médiévale quadrangulaire flanquée de tours carrées, la chaleur était suffocante.

Cependant, malgré cette chaleur ou à cause d'elle, on s'activait fort dans les appartements de la duchesse. Les servantes sortaient les toilettes, emplissaient les coffres de voyage, emballaient les objets usuels et familiers sans lesquels une grande dame de la Renaissance ne pouvait envisager de demeurer une seule journée : bijoux, instruments de musique, livres, etc. Dès que ce déménagement serait achevé, on partirait chercher la fraîcheur à Belriguardo, le domaine ombreux qui était la résidence d'été habituelle de la duchesse. Il y avait en effet urgence : enceinte de six mois, la noble dame

avait le plus grand besoin de respirer l'air pur de la campagne.

Pas très grande et de constitution fragile, mais ravissante avec l'abondante chevelure couleur d'or qui était à la fois sa parure et son supplice, celle-ci n'avait jamais aimé Ferrare où elle était arrivée trois ans plus tôt, à contrecœur, pour un mariage avec un homme qui ne la désirait pas et ne l'avait épousée que par politique et parce qu'elle était la fille de l'autoritaire et tout-puissant pape Alexandre VI.

Depuis longtemps déjà, elle avait appris qu'il n'était pas facile de s'appeler Lucrèce Borgia et gardait trop d'intelligence et de finesse pour ne pas ressentir cruellement la méfiance et la crainte que soulevaient autour d'eux son père et surtout César, son terrible frère, dont on disait qu'il avait, par jalousie et par amour pour elle, assassiné Jean, leur frère commun.

Pourtant, depuis qu'elle avait épousé Alphonse d'Este, héritier de Ferrare, Lucrèce avait réussi à vaincre bien des préjugés. Elle avait su se faire apprécier de sa belle-famille par sa douceur et sa gentillesse, de son mari par sa grâce et son charme, de ses sujets par sa générosité intarissable. Nombreux même étaient ceux qui, outre le respect et l'admiration, lui vouaient un sincère et romantique amour. Enfin, depuis six mois, depuis la mort du vieux duc Hercule Ier, elle était duchesse régnante. Rien, normalement n'aurait dû manquer à sa paix intérieure et à son bonheur relatif d'épouse par raison d'État. Et en toute honnêteté, une heure plus tôt, elle pensait encore que désormais tout irait pour le mieux dans le meilleur des mondes en ce qui la concernait. Une heure plus tôt. Juste avant qu'Angela vînt lui avouer qu'elle était enceinte, elle aussi. Angela, qui maintenant sanglotait à ses pieds sur un coussin de velours, Angela sa cousine, une Borgia

comme elle, la seule fille d'honneur de sang espagnol qu'elle ait eu le droit de conserver auprès d'elle.

Au fond, en considérant les cheveux d'or roux et la peau ambrée de cette superbe fille agenouillée devant elle, Lucrèce se disait qu'elle s'était toujours attendue, obscurément, à des ennuis de ce côté-là. À dix-huit ans, Angela ne comptait plus ses conquêtes. Avec ses larges yeux d'azur candide et son corps pulpeux, elle attirait les hommes comme le miel attire les mouches. Avec cela, tendre et violente, langoureuse et primesautière, écervelée et profondément sensuelle, Angela prenait plaisir à ces jeux dangereux et proclamait ses amours avec une inquiétante impudence, pour ne pas dire impudeur. Une créature redoutablement séduisante, tout en contrastes et qui s'entendait à déchaîner les passions.

Lucrèce n'avait pas eu besoin de chercher bien loin pour trouver le complice d'Angela.

— Naturellement, c'est don Jules ?

— C'est lui, Madona ! Je l'aime autant qu'il m'aime, et puisque je suis à lui, il me semble que le mieux serait…

— Qu'il t'épousât ? Naturellement, mais tu sais aussi bien que moi que ce n'est pas si facile… sinon tu ne pleurerais pas, n'est-il pas vrai ?

— Oui, c'est vrai, mais je ne vois pas pourquoi. Parce que le duc Alphonse pense qu'il doit entrer dans l'Église ? Eh bien il n'y entrera pas, voilà tout. Et s'il est du sang d'Este, je suis, moi, une Borgia ; ceci vaut bien cela. D'autant plus qu'il est un bâtard !

La duchesse ne répondit pas tout de suite. Accoudée à son fauteuil, le menton appuyé sur sa main couverte de bagues, elle réfléchissait. Il y avait des mois qu'elle était au courant de la romance née entre Angela et le plus jeune de ses beaux-frères, le beau don Jules, fils bâtard du défunt duc Hercule et d'Isabelle Arduino,

une belle Napolitaine qui avait été l'une des filles d'honneur de sa femme. Mais que Jules soit bâtard ne signifiait rien. Il avait été élevé à la cour, comme les princes légitimes, avec eux et par la duchesse Éléonore, et parmi ses quatre frères, aucun n'aurait eu l'idée de lui reprocher sa bâtardise. Il était un Este, un point c'est tout…

Le malheur était que le plus beau, il était aussi le moins intelligent. Vaniteux, fier de sa beauté jusqu'à en être insupportable, il n'avait ni la puissance intellectuelle et physique du duc Alphonse, son aîné, ni la valeur militaire de Ferrante, le cadet, ni la tête politique du cardinal Hippolyte, ni la gentillesse de Sigismond, le dernier. C'étaient, en général, des fauves que ces princes d'Este, mais Jules ressemblait davantage à un paon qu'à un tigre…

Au bout d'un moment, Lucrèce poussa un profond soupir :

— Je parlerai à mon seigneur, Angela mia, mais je doute qu'il accepte de changer ses plans concernant Jules. Outre qu'il ne tient aucun compte de sa naissance irrégulière, il ne souhaite pas d'autre alliance avec notre maison. Depuis la mort de mon père, depuis que César, mon frère, est captif de l'Espagne, nous avons beaucoup perdu de notre valeur et s'il n'espérait un héritier, si d'autre part… il n'était en aussi mauvais termes avec le pape Jules II, je ne suis pas certaine qu'Alphonse n'eût pas envisagé l'annulation de notre mariage.

— Allons donc ! Il vous aime…

— Il le dit, rectifia Lucrèce avec un sourire triste, mais je crains que ce sentiment ne suffise pas à le faire plier en ce qui concerne Jules. Néanmoins, je te promets d'essayer.

Un peu réconfortée, Angela se leva, s'essuya les yeux et, baisant la main de sa cousine, se disposa à quitter

la pièce. Au moment où elle allait sortir, Lucrèce la rappela.

— À propos… j'espère que personne d'autre que moi n'est au courant de ton état ?

— Personne, Madona, vous le pensez bien ! Pourquoi cette question ?

— Parce qu'il pourrait être dangereux pour toi que cela se sache avant que mon époux ait décidé ce qu'il convenait de faire. En te parlant ainsi, je pense au cardinal.

Malgré sa belle assurance habituelle, Angela rougit profondément et regarda la duchesse avec une sorte d'admiration. Ainsi, elle n'ignorait pas plus cette histoire-là que son aventure avec don Jules ? Lucrèce savait qu'Hippolyte la poursuivait d'une passion acharnée et indiscrète qui paraissait grandir avec le temps… et dont, jusque-là, elle n'avait fait que rire. Devant son silence révélateur, la duchesse hocha la tête.

— J'ai entendu dire que tu t'en amusais. Prends garde à lui, Angela ! C'est un homme dangereux, impitoyable et aussi cruel qu'il est intelligent… De plus, il est bien difficile de savoir ce qu'il pense.

C'était vrai. Personne, pas même son frère le duc ne pouvait percer les sentiments du cardinal Hippolyte. Âgé alors de vingt-six ans, il portait la pourpre depuis onze ans, ayant été fait cardinal à quinze. L'éducation ecclésiastique et humaniste, plaquée sur un fond guerrier et une nature d'un intraitable orgueil, lui avait donné un aspect élégant et froid, un sourire qui arrêtait net toute familiarité et le faisait paraître à la fois distant et redoutable. Gouverner était une nécessité de sa nature mais une nécessité dédaigneuse, qu'il masquait sous une vie désordonnée, plus souvent tournée vers les femmes, la chasse et les plaisirs que vers Dieu. Cependant il avait un sens politique qui en faisait le meilleur conseiller de son frère.

Depuis qu'il était revenu de Rome, après une obscure affaire d'amour avec Sancia d'Aragon, belle-sœur de Lucrèce, Hippolyte poursuivait Angela d'un amour obstiné, patient et tenace, qui ressemblait davantage à un affût de gibier qu'à une cour en règle. Ce qu'il éprouvait pour cette belle fille était surtout un violent désir, le cœur n'entrant jamais que très peu dans les amours du jeune prélat. Angela, jusqu'à présent, s'était plu à exciter ce désir qui l'amusait et pimentait ses amours avec le beau Jules.

Mais ce jour-là, en rencontrant Hippolyte dans la salle de l'Aurore, Angela n'eut même pas envie de sourire. Cet homme, tout à coup, lui inspirait un sentiment proche de la répulsion.

Vêtu de cuir, à son habitude quand il allait à la chasse, Hippolyte regarda la jeune fille approcher sans faire un geste, se contentant de frapper doucement ses bottes du fouet qu'il tenait à la main, mais ses yeux bruns profondément enfoncés sous l'orbite brillaient d'un feu sombre. Dans la robe de soie couleur de châtaigne que Lucrèce avait imposée comme uniforme à ses filles d'honneur pour la durée du deuil de cour, Angela éclatait comme un joyau dans son écrin. Jamais elle ne lui était apparue si belle.

Comme, après une courte révérence, elle s'apprêtait à passer son chemin, il l'arrêta.

— Un instant, Madona ! Puis-je vous demander où vous courez si vite ?

— J'ai affaire, monseigneur, pour Madame la duchesse et ne saurais m'attarder.

— Même en ma compagnie… ou surtout en ma compagnie ? demanda le cardinal avec un mince sourire.

— Éminence, je…

— Allons ! Pourquoi donc rougissez-vous ? Est-ce parce que vous mentez et savez bien que l'Église hait le

mensonge ? Que ne me dites-vous plutôt que vous cherchez don Jules ?

— Et quand cela serait ?

— Je trouverais désagréable, ma chère, que vous préfériez à ma compagnie celle de ce muguet prétentieux !

La colère commençait à monter dans le cœur d'Angela, emportant peu à peu la prudence à laquelle on venait cependant de la rappeler.

— Votre Éminence qui sait si bien les lois de la Sainte Église devrait pourtant savoir que l'une des principales ordonne d'aimer autrui comme soi-même, et singulièrement ses frères.

— Il y a frères et frères, jeta Hippolyte avec un dédaigneux haussement d'épaules. Et, en vérité, Madona, je me demande ce qui vous plaît tant en don Jules. Il est beau, certes, mais d'une beauté fade et mièvre. Il a…

— Les plus beaux yeux du monde, lança Angela, furieuse. Vous le savez comme chacun ici, monseigneur.

Avec un mauvais sourire, Hippolyte s'approcha de la jeune fille qui recula d'autant. Il s'arrêta, fronçant les sourcils avec colère.

— Vraiment ? Les plus beaux yeux du monde ? plus beaux que les miens, naturellement, mais est-ce là tout ? On ne devient pas follement amoureuse d'un homme uniquement à cause de ses yeux.

— Moi si ! s'écria la jeune fille. Pour les yeux de don Jules, je donnerais sans regret tous les cardinaux du monde !

Et cette fois, elle s'échappa en courant, laissant Hippolyte seul et furieux. Angela ne pouvait pas supposer qu'avec ces quelques mots arrachés à sa colère elle venait de déchaîner des forces dangereuses et marquer le début d'une guerre impitoyable entre les

deux frères. Le soir même, sous un vague prétexte, le cardinal faisait arrêter le chapelain de Jules, Rainaldo da Sassuolo, qu'il soupçonnait d'être son intime confident et surtout, celui de ses amours. Prudent d'ailleurs, il le fit transporter chez l'un de ses fidèles, au château de Gesso in Monte, sorte de forteresse où il était possible d'interroger quelqu'un sans que personne entendît ses cris. Et en vérité, il ne fallut pas bien longtemps à Hippolyte pour apprendre du malheureux l'état exact des relations entre Jules et Angela, c'est-à-dire que la jeune fille attendait un enfant.

Une fois en possession de cette nouvelle, le cardinal laissa tranquille son hôte involontaire et devint étrangement calme. La vengeance qu'il méditait commencerait par empêcher de toutes les façons que le duc permît à Jules d'épouser Angela.

— Les plus beaux yeux du monde, en vérité ? C'est ce que nous verrons !

La dispute entre Hippolyte et Jules s'envenima rapidement. Le beau bâtard avait vite retrouvé son chapelain et l'avait arraché à sa prison. Mais, le gagnant de vitesse, Hippolyte s'était plaint au duc de l'invasion du château d'un frère pour en arracher un prisonnier de l'Église. Et Jules avait reçu l'ordre de renvoyer Sassuolo, dans les prisons ducales cette fois, et de ne se mêler des « affaires de l'Église que lorsqu'il serait disposé à y entrer ».

Fou de rage, le jeune homme s'enferma chez lui et entreprit de bouder. Il s'ennuyait ferme à Ferrare ; Angela était partie pour Belriguardo avec la duchesse et il n'était pas question pour lui d'aller les y rejoindre. En effet, l'état de Lucrèce était soudain devenu critique et les médecins interdisaient toute distraction. La vie à Belriguardo était aussi calme que celle d'un couvent, et seules les dames avaient accès au palais estival.

Vers le début d'août, la duchesse contracta les fièvres et dut quitter Belriguardo pour Reggio. Là, le 15 septembre, elle mit au monde un enfant que l'on prénomma Alexandre en souvenir du défunt pape son grand-père. Hélas ! l'enfant était faible et il fut bientôt évident pour tous qu'il ne vivrait pas. De fait, un mois plus tard, il mourait, plongeant sa mère dans la plus profonde douleur.

Pour la distraire de ce désespoir qui mettait ses jours en danger, le duc Alphonse l'envoya passer quelques jours à Mantoue, chez sa sœur, la belle et altière Isabelle d'Este, le modèle des princesses de la Renaissance, mariée au plus fameux capitaine italien de l'époque, le marquis de Mantoue, Jean-François de Gonzague.

La cour d'Isabelle passait pour la plus brillante, la plus gaie et la plus raffinée. Lucrèce, suivie d'Angela et de toute sa maison, se mit en route pour ce lieu privilégié par la voie des eaux. Sur un grand bateau plat, on longea lentement rivières et canaux jusqu'à la cité de Virgile.

Mais tandis que la duchesse goûtait là des heures d'autant plus exquises qu'elle y ébauchait une idylle avec le vaillant Gonzague, époux d'Isabelle, Angela s'ennuyait d'autant plus ferme que son état devenait apparent et qu'aucune réponse n'avait encore été donnée par le duc au sujet de son éventuel mariage avec don Jules. Et l'inquiétude rongeait la jeune fille.

Ce fut avec soulagement qu'elle accueillit la nouvelle du retour et avec joie qu'elle retrouva Belriguardo, où l'on arriva dans la nuit du 31 octobre au 1er novembre.

Vers midi, ce 1er novembre, jour de la Toussaint, le cardinal Hippolyte, au lieu de célébrer les nombreux offices de ce jour comme son état lui en faisait un devoir, galopait à francs étriers sur la route de Belriguardo, talonné par une hâte sauvage de revoir enfin Angela et de lui apprendre une nouvelle qui le plongeait dans une joie immense.

Il avait en effet bien employé l'absence de la jeune fille et la bouderie de Jules en avançant ses propres affaires auprès du duc. De la faiblesse d'Alphonse en face de ses développements logiques, il avait obtenu que Jules entrerait en religion sans plus tarder. Il avait également obtenu la mission de s'occuper personnellement de l'avenir d'Angela.

Jamais il n'avait autant désiré la jeune fille. Tout en chevauchant sur la route poussiéreuse, il était à la fois heureux et inquiet. Heureux parce qu'il allait être le premier à la voir (il savait qu'elle n'était arrivée que depuis quelques heures) et espérait qu'avec l'absence, elle aurait un peu oublié don Jules, inquiet aussi de sentir bouillonner en lui ce sentiment sauvage qu'il ne pouvait plus contrôler. Pour Angela, il savait qu'il était prêt à tout désormais. Sur un signe d'elle, il jetterait aux orties cette simarre pourpre dont il n'avait jamais vraiment voulu, il rentrerait dans le siècle et se taillerait, pour le lui offrir, un royaume à la pointe de son épée ! Et qui pouvait dire si Angela, sachant que Jules était perdu pour elle, ne serait pas trop heureuse, cette fois, d'accepter son amour et sa protection ?

Soudain, comme le cardinal et la troupe d'estafiers qui formaient sa suite ordinaire atteignaient les grasses prairies entourant Belriguardo, ils virent un cavalier venir de leur côté, sortant de toute évidence du château.

C'était un cavalier paisible, car il ne se pressait pas, et un cavalier heureux, car il cheminait en chantant à plein gosier... d'une voix que le cardinal, soudain foudroyé, reconnut avant même d'avoir aperçu le visage insolent qui l'émettait. Seul, dans tout Ferrare, Jules possédait une voix comme celle-là. Il en était d'ailleurs assez fier.

Un nuage rouge passa dans le cerveau du cardinal. Ainsi, Jules revenait de Belriguardo ? Alors qu'en principe, personne à Ferrare, en dehors du duc Alphonse et

de lui, Hippolyte, ne savait le retour de la duchesse et de sa suite ? Il n'était pas difficile de deviner qui l'avait prévenu, quel impatient amour avait attiré le jeune homme, en pleine nuit, dans la villa princière. Sans doute sortait-il tout droit des bras de la belle Angela.

Reconnaissant le cardinal à la tête de ses hommes, Jules fronça les sourcils et retint son cheval. Hippolyte était aussi rouge que ses vêtements et ses colères étaient célèbres. Il était armé, solidement entouré, alors que son frère était seul, au retour d'une visite enivrante. Voyant la troupe foncer soudain sur lui, le bâtard eut la tentation de tourner bride et de revenir au château, mais l'orgueil le retint. Il ne voulait pas qu'Angela le vît arriver poursuivi comme un lièvre par l'homme qu'elle détestait. Il décida de payer d'audace et, quand son frère fut tout proche, arrêta son cheval pour le saluer.

Mais la fureur et la déception du cardinal lui avaient enlevé tout sens commun, toute saine réflexion. Cet insolent garçon, ce bâtard trop séduisant qui osait s'interposer entre lui et la femme qu'il aimait, Hippolyte entendait qu'il payât cette injure. Le soleil frappait en plein le beau visage à la peau dorée, faisait briller les grands yeux sombres et veloutés du jeune homme comme des diamants noirs. Et dans l'esprit enfiévré du cardinal, la phrase imprudente d'Angela revint, intolérable :

— Pour les yeux de don Jules, je donnerais tous les cardinaux du monde !

Don Jules eut à peine le temps de lever la main vers sa toque ornée de plumes blanches pour saluer son frère. Déjà, celui-ci, tous ses traits déformés par une fureur démente, le désignait d'un doigt tremblant de rage :

— Emparez-vous de ce misérable bâtard et arrachez-lui les yeux !

Les estafiers du cardinal, en hommes habitués dès

longtemps à exécuter sans broncher les pires ordres, n'hésitèrent pas une seconde. Comme la foudre ils tombèrent sur Jules avant que celui-ci ait pu réaliser ce qui lui arrivait. Ils le jetèrent à bas de son cheval et se mirent à le frapper à coups de dagues, visant les yeux.

À terre, le jeune homme hurla comme une bête et se défendit de son mieux. Mais que pouvait-il contre vingt hommes ? Bientôt l'herbe devint rouge et les cris se firent gémissements.

Fut-ce la vue de ce sang qui rendit soudain au cardinal quelque conscience de l'acte insensé qu'il avait ordonné, mais il rappela soudain ses hommes :

— En voilà assez, cria-t-il. Laissez-le !

Brusquement, Hippolyte comprenait ce qu'il venait de faire et en envisageait les conséquences ; la colère du duc, celle de sa sœur, la puissante Isabelle d'Este, qui aimait beaucoup Jules, la haine d'Angela sans doute…

Les yeux troubles, il regarda ses hommes s'écarter de leur victime, remonter en selle. Le pauvre Jules, couvert de sang, demeura couché dans l'herbe. Il semblait bien mort. Tellement même que le cardinal n'imagina même pas qu'il pouvait demeurer une étincelle de vie dans ce corps prostré. L'important était maintenant que l'on ne sût pas qui avait fait le coup.

— Rentrons à Ferrare, ordonna-t-il en faisant tourner son cheval. Et le premier qui osera dire que nous sommes venus ici ce matin sera pendu !

Au galop, la troupe s'éloigna. Hippolyte s'en alla chasser pour donner le change, certain que la mort de Jules serait attribuée à quelque bandit de grand chemin. Mais Jules n'était pas tout à fait mort.

II. Pas de pitié pour les maladroits !

Le soleil était haut dans le ciel. L'heure de midi était venue et le paysan qui, sa fourche à l'épaule, se hâtait de rentrer chez lui pour se rafraîchir et faire une sieste bien gagnée, était décidé à ne point se laisser arrêter en chemin. Pourtant, comme il passait le long d'un fourré, il entendit des plaintes qui semblaient venir de tout près. C'était un homme pieux et craignant Dieu : il alla voir et poussa un cri d'horreur. Là, dans l'herbe souillée de sang, un homme gisait. Son visage semblait n'être plus qu'une bouillie horrible, mais il vivait encore et même, quand le paysan se pencha pour s'en assurer, il leva vers lui une main qui suppliait mais sans articuler une parole.

Un instant, le paysan demeura perplexe. Le blessé n'avait pas été victime de brigands. Il avait de belles armes, de riches vêtements et à sa ceinture, la bourse était toujours attachée. C'était sans doute quelque seigneur, appartenant à la cour de la duchesse qui séjournait à Belriguardo. Le mieux était d'aller prévenir.

— Espérez un peu, messire, murmura le brave homme. Je vais courir jusqu'au château pour chercher du secours. Vous êtes trop grand et trop lourd pour moi et vous ne sauriez marcher.

De la main, Jules d'Este fit signe qu'il avait compris et l'homme, après un dernier regard épouvanté, prit sa course vers la grande villa ducale où il donna l'alerte. Un moment plus tard, une troupe de serviteurs, que la duchesse Lucrèce avait envoyés avec une civière, rejoignirent, guidés par le paysan, le blessé qui gémissait toujours. Avec d'infinies précautions, on le déposa sur la civière et on le rapporta au château. Dans la cour, la duchesse et ses femmes attendaient, anxieuses.

Mais à peine Angela Borgia eut-elle jeté un regard sur le corps étendu qu'elle poussa un grand cri et s'affala sur le sable, sans connaissance. Le beau garçon qu'elle avait tant aimé n'avait plus figure humaine. Il fallut, elle aussi, la porter à l'intérieur. Quant à Lucrèce, elle était horrifiée et pleine d'angoisse en songeant aux réactions de son époux devant l'agression sauvage dont avait été victime son jeune frère. Agression dont l'auteur, à ses yeux, ne faisait aucun doute.

— Je t'avais bien dit de te méfier du cardinal, dit-elle tristement à Angela quand la jeune fille reprit connaissance. Je crains que le malheureux don Jules ait payé le prix de tes moqueries.

Pendant plusieurs jours, les quelque trois cents chambres et les merveilleux jardins de Belriguardo retentirent des lamentations des femmes de la duchesse et des sanglots désespérés d'Angela qui refusait toute consolation. En grande hâte, le duc Alphonse, prévenu, avait envoyé de Ferrare les meilleurs médecins et il en était même venu un d'une grande réputation, dépêché de Mantoue par la marquise. Isabelle d'Este avait toujours eu pour son jeune frère bâtard, dont elle aimait la beauté et le charme, des tendresses de mère. Cette affreuse nouvelle l'avait à la fois bouleversée et révoltée. Elle avait immédiatement écrit au duc Alphonse une lettre vengeresse et indignée dans laquelle elle vouait à tous les diables le cardinal Hippolyte. En

conclusion, elle incitait son frère aîné à la plus grande sévérité.

« Un si grand forfait ne saurait demeurer impuni sans que la terre ne crie vers le Ciel. Et que le coupable soit un serviteur de Dieu ne fait qu'accroître sa honte. Il vous appartient, mon seigneur et frère, d'user envers lui de la plus extrême rigueur, car c'est votre propre sang qu'il a osé faire couler… »

Cette lettre plongea Alphonse d'Este dans une grande perplexité. Il était sincèrement navré de ce qui était arrivé à Jules et en éprouvait une profonde indignation. Mais d'autre part, il avait peine à frapper Hippolyte, son meilleur et son plus fidèle conseiller. Par ailleurs, tous deux étaient fils légitimes du duc Hercule et d'Éléonore d'Aragon, alors que Jules était de naissance irrégulière. Enfin, il lui répugnait de donner satisfaction au pape Jules II, son ennemi, qui, de Rome, profitant de l'occasion, fulminait contre Hippolyte et réclamait sa tête pour la seule raison qu'il ne pouvait le souffrir.

Voulant se donner le temps de réfléchir, le duc commença par faire emmener le blessé à Ferrare afin de l'avoir sous la main et d'essayer de modifier autant que faire se pourrait ses sentiments envers le cardinal. Le 6 novembre, le pauvre Jules parvenait au château, installé aussi confortablement que possible et les soins redoublèrent. Ils ne l'empêchèrent d'ailleurs nullement d'endurer un véritable martyre.

Avec une patience et une sollicitude assez éloignées de ses habitudes, Alphonse d'Este entoura personnellement le blessé d'attentions. Il s'installait de longues heures à son chevet, écoutant ses plaintes, veillant à ce qu'il ne manquât de rien, pressant les médecins pour obtenir la moindre lueur d'espoir.

Les souffrances du blessé diminuèrent. Vint enfin le jour où Alphonse put affirmer à son jeune frère qu'il ne serait pas aveugle.

— Les médecins jurent que l'un de vos yeux sera sauvé. Vous ne verrez que d'un œil, mais vous verrez clair.

— Si vous saviez combien cela m'est égal, répondit Jules amèrement. J'aimerais cent fois mieux être mort, et mon seul regret est que ces misérables ne m'aient pas tué tout à fait.

Le duc posa une main apaisante sur l'énorme paquet de pansements qui entourait la tête du blessé et murmura :

— La vie est douce chose, mon frère, et la lumière est un si grand bien qu'avoir l'assurance de la retrouver doit vous apaiser quelque peu.

— La lumière ne montrera que mieux quel objet d'horreur je suis devenu. Pensez-vous, mon frère, que ce soit là une vie digne d'être vécue ?

— Vous étiez destiné à l'Église, Jules, vous l'êtes toujours. Dieu ne regarde que la beauté des âmes.

— Dites cela au cardinal Hippolyte, monseigneur, vous le ferez bien rire. Et penser que tandis que je suis ici à souffrir comme une bête, à me désespérer, lui est libre, heureux. Alors que je voudrais le voir mort, je voudrais qu'il endure tout ce que j'ai enduré, je voudrais…

Il s'énervait. Le duc prit sa main et la serra. Elle était brûlante.

— Calmez-vous, je vous en conjure ! Vous vous faites mal sans rien arranger. Jules, je donnerais des années de vie pour vous ramener à votre état d'autrefois et vous savez combien la justice m'est chère, mais le cas du cardinal nous pose un grave problème de gouvernement. Nous sommes princes et n'avons que trop d'ennemis. Et je voulais vous demander si, au nom de notre père, au nom de la grandeur et de la prospérité de Ferrare… il ne vous est pas possible d'envisager… le pardon.

Le blessé bondit comme si on l'avait piqué avec une épingle longue. Le paquet de pansements se tourna vers le duc Alphonse et il en sortit un cri de fureur.

— Pardonner ? à qui ? À ce misérable qui a fait de moi un monstre ?

— Qui vous a dit que vous serez un monstre, une fois ôtées ces bandelettes ?

— Moi ! Je l'ai senti. Il m'a suffi, lorsque l'on change ces pansements, de passer mes doigts sur mon visage. Je suis défiguré, monseigneur, et vous le savez fort bien. Non, je ne puis pardonner. Je veux même qu'on le punisse avec une exemplaire sévérité.

— Vous êtes encore trop malade pour juger sainement des choses, Jules. Et je ne vous cache pas que punir publiquement le cardinal risque de me mettre dans un cruel embarras. Outre qu'il est pour Ferrare un conseiller plein de sagesse, une querelle aussi grave dans notre famille ne peut qu'encourager ceux qui nous guettent de toutes parts. Il y a le pape, qui conquiert en ce moment la Romagne et regarde bien souvent de notre côté d'un œil luisant de convoitise. Il y a Venise, notre redoutable voisine, qui de tout temps, a convoité nos États…

— Il y a la France, qui est avec vous, pour vous, et avec qui vous entretenez les meilleures relations depuis que le roi Louis XII a conquis le Milanais.

— En effet, mais le gouverneur de Milan, Monsieur de La Palice, a tout juste assez de troupes pour maintenir l'ordre chez lui. En cas d'attaque, et d'attaque sur plusieurs fronts, il ne pourrait se porter à notre secours. C'est pourquoi, Jules, j'ai voulu vous demander de réfléchir à ce mot de pardon qui vous fait horreur pour le moment. En acceptant, au moins des lèvres sinon du cœur, de renoncer à la vengeance qui vous est due, vous rendrez à votre patrie un immense service… et vous aurez à jamais droit à ma reconnaissance !

Longtemps encore, Alphonse d'Este parla, lui qui

parlait si peu d'ordinaire, plaidant sa cause, promettant de l'or, des terres, essayant désespérément d'extirper la haine et la rancune du cœur du blessé. Cela, c'était impossible. Mais Jules aimait son frère aîné et il consentit à réfléchir.

Deux jours plus tard, il finit par lui dire qu'il renonçait à sa vengeance. Soulagé, le duc respira. Mais il lui restait à répondre à une question difficile.

— Depuis que je suis ici, fit le blessé, je n'ai reçu aucune nouvelle de dona Angela ? Est-elle donc encore à Belriguardo avec la duchesse ?

— Elle y est toujours, en effet. Votre malheur, vous le devinez, lui a porté un coup très rude et dans son état, les médecins ont jugé qu'il valait mieux pour elle demeurer encore éloignée à la campagne. Quand elle sera tout à fait bien, elle reviendra. Mais je sais qu'elle fait demander très souvent de vos nouvelles.

Pour toute réponse, Jules se contenta de soupirer. Des nouvelles ? Des nouvelles sans réponse, alors ? Pourquoi donc Angela ne lui écrivait-elle pas ? N'importe quel familier aurait pu lui lire ses lettres. Elle était devenue bien prudente tout à coup. Pourtant, nul n'ignorait plus à la cour de Ferrare que l'enfant qu'elle portait était son enfant à lui…

Cependant, le duc n'avait pas osé avouer à son jeune frère que l'affreuse mutilation du beau visage qu'elle aimait tant avait emporté d'un seul coup tout ce grand amour qu'Angela avait voué à Jules. C'était de beauté physique, plus encore que de rang ou de fortune, qu'était éprise la coquette fille. La face sanglante et hachée qu'elle avait un instant contemplée l'avait d'abord jetée dans l'épouvante, mais elle éprouvait désormais un insurmontable dégoût à l'idée de revoir son amant. C'était elle, maintenant, qui repoussait de toutes ses forces l'idée d'un mariage avec Jules, mariage que, pour apaiser son frère, Alphonse eût accordé sans hésiter.

De plus, il y avait l'enfant, dont la naissance était proche. Certes, il était facile de s'en débarrasser dès son entrée dans le monde en le confiant à de braves gens que l'on paierait grassement, mais il n'en serait pas moins là, et Angela commençait à s'inquiéter pour son avenir. Cette maternité ne lui ferait aucun bien et la rendrait plus difficile à caser. Or, Angela souhaitait éperdument se marier et atteindre la stabilité et la respectabilité.

Le mois de décembre était à peine entamé qu'elle promettait sa main à un puissant baron de la montagne, Alexandre Pio de Carpi, seigneur de Sassuolo, dans l'Apennin modénais. Ce n'était pas un homme excessivement beau et ses yeux n'avaient pas de quoi faire rêver une fille exaltée, mais il était riche, puissant, et de taille à garder son bien contre toute attaque. En somme, le mari idéal, d'autant qu'il était follement, éperdument, épris de la trop jolie future mère.

Bientôt Angela, tandis que Jules sur son lit de souffrances attendait en vain une lettre qui ne viendrait jamais, fut tout entière aux préparatifs de son mariage.

Alphonse d'Este avait décidé que la réconciliation de ses frères aurait lieu à Ferrare, la veille de Noël, afin que cette fête de tendresse ajoute sa douceur et sa joie à son projet de rapprochement. Il avait espéré qu'Hippolyte saurait se montrer convenablement repentant.

Mais le cardinal, revenu vingt-quatre heures plus tôt, s'était réinstallé dans son appartement sans montrer la moindre repentance. Il était toujours aussi dur, aussi arrogant et plusieurs dans l'entourage du duc fronçaient les sourcils devant une telle dureté de cœur. Certains allaient même jusqu'à prédire qu'il n'en sortirait rien de bon. Déjà, il avait été difficile d'obtenir de don Jules ce pénible pardon et la moindre des choses eût été qu'Hippolyte en montrât au moins quelque reconnaissance.

Celui qui se montra le plus indigné de cette attitude fut le second des frères d'Este, don Ferrante. Il aimait sincèrement Jules. Ils avaient été de tout temps inséparables. Et Ferrante plaignait Jules autant qu'il en voulait à Hippolyte.

— Notre frère, disait-il avec rage, paraît servir un tout autre maître que Dieu ! Il serait temps pour lui d'apprendre l'humilité et l'amour de son prochain.

Mais apparemment c'étaient là deux sentiments aussi éloignés du cardinal que la lune et les étoiles le sont de la terre.

Quand vint la veillée de Noël, la grande salle du château de Ferrare s'illumina d'une forêt de torches portées par des valets. Les flammes dansaient et communiquaient une vie nouvelle aux personnages des tapisseries. Annoncé par une sonnerie de trompettes, Jules fit son entrée au bras de Ferrante. Un profond silence l'accueillit, car le duc avait menacé des pires châtiments quiconque se permettrait une seule exclamation ou manifesterait le moindre mouvement de répulsion devant le jeune homme. Car malheureusement, il était affreux à voir.

L'œil droit n'avait plus de paupière et le gauche, démesurément enflé, formait une hideuse protubérance. Tout le visage couturé, boursouflé, était strié de profondes lignes rouges où il était impossible de reconnaître le moindre trait. Le nez était réduit à la moitié de ce qu'il était auparavant.

En voyant s'avancer vers lui ce visage si atrocement mutilé, le duc ne put retenir ses larmes. Ce fut en pleurant qu'il alla au-devant de son frère et l'embrassa, tandis que toute la cour luttait de son mieux contre l'émotion.

Seul au milieu de tous ces gens sur le point d'éclater en sanglots, le cardinal ne montra aucune émotion. Il était parfaitement à son aise, parfaitement détaché,

comme si tout cela ne le concernait pas et comme si cet effrayant travail n'était pas le sien. Il se contenta de bredouiller une assez confuse harangue au cours de laquelle, fort platement, il déclara regretter « un mouvement de colère peut-être excessif »... Et rien de plus.

Cela fait, les deux frères s'embrassèrent. Ou plutôt, en firent le simulacre. Quand les bras du cardinal se refermèrent sur lui, Jules frémit des pieds à la tête. Il avait espéré un regret sincère, un mouvement de l'âme, qui n'eût peut-être rien arrangé, mais lui eût fait moins mal. Or, l'attitude désinvolte d'Hippolyte proclamait trop clairement qu'il ne regrettait aucunement son geste, bien au contraire. Dans son regard, le malheureux croyait lire une sauvage satisfaction à constater qu'il ne rencontrerait plus jamais, sur le chemin de ses amours, le trop beau visage d'antan.

Le comportement d'Hippolyte fut le coup de vent qui souffla sur la braise mal éteinte. La haine de Jules pour le cardinal se réveilla d'un coup tandis que le duc, insoucieux de ce qui se passait en lui, ordonnait de grandes fêtes pour célébrer le retour de la paix au sein de sa famille. Les fêtes étaient en vérité la dernière chose que souhaitait le blessé. En un mot comme en cent, le duc commettait là une énorme sottise... Quel homme défiguré au point d'être devenu un objet d'horreur souhaiterait se montrer sous les lumières d'un bal ?

Tandis que le château retentissait des chansons, des danses et des rires, Jules, involontaire héros de ces réjouissances, demeura enfermé chez lui, enfoui dans un fauteuil au coin de la cheminée, remuant de sombres pensées. Malgré l'épaisseur des murailles, les échos des fêtes montaient jusqu'à lui, attisant sa douleur et sa colère.

Voici peu de temps, il était encore l'ornement des bals. Il pouvait s'y mêler avec l'ardeur et la gaieté de son âge. Maintenant, il n'osait même plus se montrer.

Malgré les ordres du duc, qui avait fait ôter les

glaces de ses appartements, le malheureux avait réussi à s'en procurer une, qui l'avait renseigné sur l'horreur qu'il pouvait inspirer. Il avait espéré qu'un masque vénitien pourrait le rendre supportable, mais les ravages étaient tels qu'il eût fallu couvrir tout le visage. Et Jules ne voulait pas voir les yeux se détourner de lui, les femmes pâlir à son approche.

Ces fêtes, bien sûr, attisaient sa haine contre Hippolyte, car il savait que le galant cardinal ne manquait pas de s'y montrer et d'en prendre sa large part. Et Jules affirmait qu'il pouvait reconnaître son rire parmi ceux des autres danseurs.

— Je le reconnais à ma haine, affirmait-il à son frère Ferrante qui ne le quittait guère.

Le jeune homme était devenu son confident et son soutien. L'amnistie totale, et tout de même trop facile, dont avait bénéficié Hippolyte, avait ulcéré Ferrante. Il y voyait un déni de justice, une injure sanglante faite à son frère, et pour marquer sa réprobation, il s'abstenait également de paraître à ces fêtes. Il demeurait auprès du blessé, bavardant avec lui, remâchant avec lui leurs rancunes dans le silence de l'appartement désert. Leurs griefs, chaque jour, se firent plus grands, leur besoin de vengeance plus impérieux.

Un jour, naquit entre eux l'idée de détrôner Alphonse, de tuer Hippolyte et de régner à leur place sur Ferrare. Un tyran peut se permettre d'être affreux ; la crainte remplace l'amour et d'amour, Jules ne voulait plus depuis qu'il avait appris la désertion d'Angela.

Peu à peu, la conspiration prit forme. Des complices vinrent se joindre aux deux frères, entre autres le comte Boschetti et un chanteur, prêtre d'ailleurs, qui avait pour nom Jean de Gascogne. Le plan consistait à empoisonner Hippolyte, et à poignarder Alphonse au cours d'un de ces fameux bals. Après quoi, Ferrante

serait proclamé duc de Ferrare et Jules prendrait auprès de lui la place du cardinal.

L'entreprise était assez bien montée et eût pu réussir. Malheureusement, durant une absence du duc, le cardinal eut la charge du gouvernement et sa police à lui était remarquablement faite. Il eut vite fait de réunir dans sa main tous les fils du complot. Quand Alphonse revint, il lui exposa l'affaire.

Jules et Jean de Gascogne parvinrent à s'enfuir et gagnèrent Mantoue, mais Ferrante voulut faire front. Il se rendit auprès de son frère, s'agenouilla devant lui et demanda son pardon.

Hélas, le rapport qu'avait fait le cardinal avait mis le duc dans l'une de ces folles fureurs qui lui faisaient perdre tout contrôle de lui-même. À peine eut-il vu son jeune frère agenouillé devant lui que, descendant de son siège ducal comme un fou, il tira sa dague et, l'en frappant au visage, lui creva un œil.

— Comme cela, cria-t-il, tu seras semblable à ton complice !

Après quoi, il fit enchaîner Ferrante dans les prisons souterraines du château. Puis, il s'occupa des autres. Sous la menace, les Gonzague durent renvoyer Jules, mais Jean de Gascogne réussit encore à s'enfuir et à gagner Rome, où il escomptait la protection du terrible Jules II. La vengeance d'Alphonse d'Este déroula ses horreurs : le comte Boschetti et les autres conjurés furent mis en quartiers et l'on attacha des morceaux de leurs corps aux portes du château. Ferrante et Jules furent condamnés à avoir la tête tranchée.

Mais au moment où les deux borgnes, enchaînés, furent amenés au pied de l'échafaud dressé dans la cour, le duc leur annonça dédaigneusement qu'il leur faisait grâce et commuait leur peine en détention à vie. On les enferma dans la tour des Lions, dans une chambre que l'on avait presque totalement murée à cet effet.

Ils devaient y demeurer de longues années. Ferrante y mourut, en 1540, après trente-quatre ans de captivité, à l'âge de soixante-trois ans. Jules y demeura cinquante-trois ans, jusqu'à ce qu'en 1559, le duc Alphonse II le libérât. Quant à Jean de Gascogne, que le pape dut livrer, en prenant soin toutefois de préciser qu'il ne devait pas être touché à un cheveu de sa tête, il fut enfermé dans une cage que l'on hissa à hauteur du couronnement de la tour des Lions. Là, mourant de faim et de soif, il s'étrangla le septième jour. Alphonse d'Este avait tenu parole : on n'avait pas touché à un cheveu de sa tête.

Enfin, Angela Borgia, cause de cette tragédie familiale, vécut à peu près heureuse dans sa montagne, sans même se soucier de l'homme qui avait à cause d'elle connu un sort pire que la mort. Elle avait un mari, des enfants… le reste n'était plus qu'une vieille histoire.

La duchesse parpaillote : Renée de France

— Alors, ma sœur ? quelle réponse devons-nous donner au duc de Ferrare ? Êtes-vous disposée à épouser notre jeune hôte, le prince Hercule ?

Assis dans l'embrasure d'une fenêtre donnant sur l'étang des carpes, à Fontainebleau, le roi François Ier regardait sa jeune belle-sœur avec un mélange d'amusement, d'affection et d'irritation. Cette jeune fille de dix-huit ans, plus charmante que vraiment jolie, s'intéressait selon lui un peu trop à la théologie et aux lettres les plus sérieuses, et pas assez à ce qui, d'après le roi, devait être la grande affaire d'une fille de son âge : l'amour. Il est vrai que, jusqu'à présent, Renée n'avait pas eu beaucoup de chance.

Seconde fille de Louis XII et d'Anne de Bretagne, elle avait perdu sa mère, la pieuse, sévère et intransigeante duchesse en sabots, à trois ans et demi, et vu, six mois après, son père reconvoler avec une donzelle de seize ans, Mary d'Angleterre, d'un tempérament tellement au-dessus de son âge que, six autres mois plus tard, le bon Louis XII en était mort.

Orpheline, Renée avait vécu dans l'ombre de la reine

Claude, sa sœur aînée, créature douce, bonne comme la prune à laquelle on avait donné son nom, mais plutôt effacée, et la mère de François Ier, Madame Louise de Savoie, créature beaucoup moins douce, qui s'était chargée de son éducation. Or, si François Ier aimait et admirait profondément sa mère, il admettait volontiers qu'elle pouvait être assez redoutable, surtout pour une enfant timide comme Renée. Il est vrai que Renée avait aussi pu vivre dans l'orbite de la sœur chérie de François, Marguerite d'Angoulême, princesse lettrée et raffinée s'il en était, mais que l'enfant n'aimait pas beaucoup parce que sa mère, Anne de Bretagne, avait franchement détesté Louise de Savoie et sa fille.

Oui, Renée avait été élevée sévèrement, et son précepteur, Lefebvre d'Étaples, n'avait rien d'un joyeux luron. Il avait tenu la petite princesse rigoureusement à l'écart des fêtes de la cour la plus brillante d'Europe, et même lui en avait inculqué une certaine aversion, lui montrant messire Satan embusqué sous tant de sourires, de fleurs et de musique. Devenue jeune fille, Renée avait vu mourir sa sœur Claude avant de pâtir, comme tout le monde en France, de la captivité du roi après le désastre de Pavie. Certes, la cour n'avait plus rien de gai, à ce moment, et Madame Louise, régente du royaume, veillait de près à ce que chacun partageât sa douleur et son angoisse.

— Alors, ma mie ? répéta François. Que dirons-nous ?

La jeune princesse baissa la tête et détourna les yeux pour cacher une subite rougeur qui eut le don de mettre en joie le roi-chevalier.

— Nous dirons oui, Sire… s'il plaît à Votre Majesté.

— Il plaît, Renée, il plaît même beaucoup ! J'espère qu'il en est de même pour vous ?

Pour toute réponse, la jeune princesse rougit plus fort, tandis que son beau-frère l'embrassait en riant et en

disant qu'il allait annoncer la bonne nouvelle à la cour. C'était vrai : Hercule d'Este, fils aîné du duc Alphonse de Ferrare et de sa défunte épouse Lucrèce Borgia, était un très beau garçon, âgé tout juste de vingt ans, fort cultivé, chose qui avait de l'importance aux yeux de Renée, très ami des arts (ce qui en avait moins, car elle était seulement sensible aux lettres) et excellent cavalier. Tout de suite, quand il était arrivé quelques jours plus tôt, le 22 mai 1528, elle l'avait trouvé charmant mais s'était bien gardée de fonder quelque espoir là-dessus. Tant de fois, on l'avait fiancée sans résultat ! Au duc de Savoie, au margrave de Brandebourg, au roi Henri VIII d'Angleterre et même à l'empereur Charles Quint ! Souvent, en évoquant tant de déceptions, Renée se prenait à soupirer mais, depuis qu'elle avait aperçu Hercule d'Este, elle en était venue à penser que c'était à tout prendre une bonne chose qu'aucun de ces mariages n'eût réussi.

Un mois plus tard, le 29 juin, dans la Sainte-Chapelle de Paris, le cardinal-chancelier Duprat célébrait le mariage de Renée de France et d'Hercule d'Este. Vêtue d'une lourde et somptueuse robe de pourpre et d'hermine, la fiancée rayonnait d'une beauté toute nouvelle.

— Je crois que nous avons enfin là un couple heureux, confia le roi au connétable de Montmorency. Ferrare possédera là une bonne souveraine quand le duc Alphonse aura quitté ce monde, et j'espère qu'en échange, la grâce et la légèreté de ces terres italiennes agiront sur notre trop sage princesse. Ces Este sont des artistes-nés.

— Sans doute, Sire, sans doute. Mais dans ce cas, pourquoi avoir permis à Madame Renée d'emmener avec elle Mme de Soubise, qui fut sa gouvernante et la vieille amie de sa mère, ainsi que les Pons, ses fille et gendre ?

Le roi haussa ses larges épaules.

— Le moyen de les lui refuser ? Renée m'a instam-

ment prié de permettre leur départ et le jeune Hercule ne s'y est point opposé.

— Parce qu'il ne les connaît point. Je gage, Sire, qu'il ne tardera guère à s'en repentir. Mme de Soubise est encore plus sévère et intransigeante que ne l'était la feue reine Anne.

— Et ce n'est pas peu dire, fit le roi en riant. Mais l'amour opère bien des miracles, mon compère. Et Madame Renée est amoureuse.

C'était vrai. Renée était vraiment amoureuse et Hercule le lui rendait. Tous deux firent à travers la France un long et fastueux voyage de noces au milieu de villes en fête et de paysages ensoleillés. Le 12 novembre seulement ils entrèrent à Modène, première ville du duché, et le 1er décembre ils gagnèrent enfin Ferrare.

C'était alors, avec ses rues neuves tirées au cordeau et ses palais magnifiques, l'une des plus belles et certainement la plus moderne des villes d'Italie. Ingénieurs (leur fonderie de canons était célèbre) et artistes, les princes d'Este l'avaient voulu ainsi et leur cour était à juste titre réputée brillante. La teinte rose des briques dont était bâtie la ville contrastait heureusement avec la tristesse de la plaine du Pô, d'une lugubre grisaille en ce début de décembre. Renée pensa qu'elle aimerait Ferrare, mais en apercevant l'austère et médiéval palais du duc, avec ses tours carrées, ses douves et ses créneaux, l'enfant du doux Val de Loire eut un mouvement de recul. Allait-on l'enfermer dans cette forteresse ?

— Nous n'y vivons que l'hiver, la rassura tendrement Hercule. Dès les beaux jours, nous avons Belriguardo et bien d'autres agréables villas que vous aimerez.

Au château, Renée vit enfin son beau-père, le duc Alphonse, bel homme lui aussi et qui se consolait de son veuvage avec de belles créatures, son frère, le cardinal Hippolyte et sa sœur, la célèbre marquise de

Mantoue, Isabelle d'Este. Mais la sympathie de la princesse française alla seulement à son beau-père. Isabelle avait une façon protectrice de la regarder qui ne lui plaisait pas et le beau cardinal Hippolyte lui déplaisait encore davantage. Pour la piété austère, déjà teintée de protestantisme, de la jeune femme, ce cardinal mondain, parfumé et grand amateur de femmes ne pouvait qu'être un objet de scandale. En outre, de déplaisantes histoires couraient sur son compte…

Elle en éprouva une impression si pénible que même la beauté intérieure du palais, la perfection achevée de sa collection d'œuvres d'art, et son luxe extrême ne parvinrent pas à l'effacer.

— Je ne sais pas pourquoi, mais ici, j'étouffe, confia-t-elle à Mme de Soubise.

La dame d'honneur haussa ses maigres épaules :

— Bah, c'est tout simple, Madame : sous leurs dehors raffinés, ces Este ne sont que des barbares et je ne comprends pas le roi…

— Il suffit, coupa la princesse avec une ferme douceur. Le roi n'a fait qu'exaucer le désir de mon cœur.

Mais Mme de Soubise n'avait pas l'intention de s'en tenir là. Quelques jours plus tard, elle rapportait à la jeune femme une horrible histoire : dans la tour des Lions, la maîtresse tour du château, vivaient à peu près emmurés, condamnés à la détention perpétuelle après avoir été éborgnés par les ordres du duc Alphonse, ses deux frères : Ferrante et Jules.

— On prétend qu'ils ont conspiré contre le duc. Mais il paraît aussi qu'il y aurait eu, à l'origine, une histoire de femme…

Renée de France refusa de croire ce qu'elle considéra de prime abord comme une affreuse calomnie. Hélas, elle dut bientôt se rendre à l'évidence et ce fut Hercule lui-même qui la renseigna.

— En effet, mon père retient prisonnier ses frères,

ou plutôt son frère Ferrante et son demi-frère Jules, mais c'est avec justice, car ils avaient vilainement conspiré contre lui.

— Contre lui, ou contre le cardinal Hippolyte ? demanda Renée qui avait eu d'autres renseignements par sa dame d'honneur. On dit que celui-ci et don Jules se sont disputé l'amour d'une belle cousine de votre mère, dona Angela Borgia ?

— La raison importe peu, coupa Hercule avec raideur. Seul demeure le complot contre la vie du duc. Ils ont mérité leur sort… et si vous avez de la pitié de reste, Madame, veuillez la reporter sur quelque objet de plus d'intérêt.

Ce fut là leur première querelle, mais Renée prit peu à peu en grippe le grand château rose qui lui semblait maintenant pétri de sang. Est-ce que l'un des premiers princes d'Este n'y avait pas fait décapiter sa femme et son propre fils, coupables d'adultère ? Non, jamais elle n'aimerait cette maison et elle commençait à regarder avec méfiance ces Italiens dont la grâce semblait cacher tant d'horreur.

Elle montra son désaccord en refusant d'apprendre l'italien. Elle pensait que le latin et le français étaient amplement suffisants et espérait garder ainsi une sorte de barrière entre elle et ces gens inquiétants. Cela ne fit que la priver de belles joies littéraires dans une cour où le grand homme était l'Arioste. Mais seuls les écrits qui touchaient à la religion intéressaient réellement la jeune femme, et elle réunit autour d'elle tous ceux qui lui semblaient les plus aptes à contenter ce penchant. Néanmoins, charmée par la grâce des villas d'été de Belriguardo et de Schifanoia, elle y donna des fêtes et tint son rang avec grâce.

Elle devait également tenir son rang en donnant à son mari cinq enfants : Anne (1531), Alphonse, le futur héritier de Ferrare (1533), Lucrèce (1535), Léonore (1537) et Luigi (1538).

Mais en 1534, le duc Alphonse mourut et la vie, peu à peu, se fit singulièrement difficile pour la nouvelle duchesse de Ferrare.

Devenue duchesse régnante, Renée s'aperçut qu'en perdant un beau-père qui l'aimait beaucoup, elle avait aussi perdu son meilleur appui. L'amour d'Hercule s'était mué en une tendresse certaine mais assez calme et, comme son père, comme tous les princes d'Este, il avait commencé à s'intéresser aux autres femmes. La duchesse en profita pour attirer à sa cour le plus de Français possible, surtout ceux de la nouvelle religion que les édits du royaume pourchassaient et qui préféraient mettre quelques frontières entre eux et les gardes du roi. Parmi eux, le poète Clément Marot, qui sentait largement le fagot, d'autant plus qu'il profita de son séjour à Ferrare pour s'occuper activement des demoiselles d'honneur de la duchesse.

Autre sujet de discorde : Mme de Soubise. Hercule en eut bientôt assez de cette dame revêche qui semblait avoir pris à tâche de faire tout au monde pour que son ménage allât de travers. La dame ayant poussé l'impudence jusqu'à conseiller à Renée un voyage en France sans l'aveu de son mari, la colère d'Hercule éclata :

— Demain, cette femme devra avoir quitté Ferrare.

Les larmes, les prières de Renée n'y purent rien. Le duc tint bon et Mme de Soubise, pâle de fureur, dut laisser sa jeune maîtresse. Elle gardait tout de même un sujet de consolation : sa fille, Mme de Pons, et surtout son gendre restaient. Or, M. de Pons semblait plaire beaucoup à la duchesse, qui l'appelait volontiers pour lui demander conseil.

Le calme revint pour un temps, mais ne dura pas. L'affaire du « petit chantre » n'allait rien arranger, bien au contraire.

Voici les faits : le vendredi saint, 14 avril 1536, au

moment de l'adoration de la Croix, en pleine cathédrale, un jeune chantre de la maison de la duchesse, un Français nommé Jehannet, sortit de l'église en courant et en proférant d'affreuses injures. Le scandale fut minime, personne n'ayant paru remarquer l'incident mais le soir même, Jehannet fut arrêté.

Alors l'antagonisme larvé qui commençait à se manifester entre le duc et sa femme prit les formes d'un duel. Renée multipliait les démarches pour obtenir la libération de son chantre et Hercule, furieux, répliquait en faisant arrêter d'autres serviteurs de sa femme.

— Il apparaît clairement que ma maison est de plus en plus infectée d'hérésie, confiait-il à l'un de ses conseillers. Je ferai en sorte de demeurer le maître chez moi ! Je suis bon fils de l'Église catholique et j'entends le rester.

L'affaire se termina sans vainqueur. Le 14 juillet, Jehannet s'évadait sans que personne sût dire comment.

Mais le malheur voulut qu'au milieu de ces difficultés, la duchesse accueillît à Ferrare Calvin, venu secrètement sous le pseudonyme de Charles d'Épeuveille. Le chef de l'Église de Genève eut de nombreux entretiens secrets avec Renée et devint en quelque sorte son directeur de conscience. Le terrain s'avérait dangereux. Renée n'était plus seulement une souveraine trop française qui refusait d'apprendre l'italien, elle visait maintenant à faire de ses États le centre d'un mouvement subversif destiné à implanter le calvinisme en Italie, menaçant le Saint-Siège jusqu'aux portes de son territoire.

Irrité par la présence de Calvin qu'il n'ignorait pas, Hercule prit ombrage de l'étroite intimité qui semblait unir sa femme à M. de Pons et saisit le premier prétexte pour dépêcher celui-ci en France, avec une mission assez importante pour durer longtemps. Renée, désolée du départ de son ami, se mit à lui écrire lettre sur lettre, et le malheur voulut que plusieurs d'entre elles tombassent sous les yeux du cabinet noir du duc. Sans

faire d'éclat, il envoya sa femme « se reposer » dans le lointain château de Consandolo, exil à peine déguisé sous les formes du protocole tandis que Mme de Pons devait s'enfuir précipitamment. Mais la correspondance avec Calvin demeura, étroite, intime.

Hercule d'Este n'était pas méchant. Il gardait de plus à sa femme une certaine tendresse, et s'il la tenait éloignée de lui, c'était dans l'espoir qu'elle en viendrait enfin à composition. Mais Renée préférait ses convictions à la vie de famille même, et ce fut le duc qui céda. Comme le pape Paul III annonçait sa visite, il rappela Renée auprès de lui.

Le vieux pontife et la duchesse parurent s'entendre à merveille. Paul III était plein d'indulgence et de mansuétude. Il affecta de voir dans la déviation religieuse de la duchesse une sorte de maladie infantile, et pour la mettre à l'abri d'elle-même comme des sévérités maritales, lui délivra une sorte de bref de tolérance, en souhaitant seulement qu'elle y mît quelque discrétion.

Mais comme sa Bretonne de mère, Renée de France était obstinée, attachée à ses idées comme à ses objectifs, et y mettait de l'entêtement. Elle profita du bref papal pour avancer les affaires des réformés et continua, plus librement que jamais, ses relations avec Calvin.

Elle avait compté sans l'âge de Paul III. Le vieux pontife mourut et fut remplacé par Jules III, beaucoup moins accommodant. Il y avait bien trop longtemps qu'il entendait parler de la duchesse de Ferrare et du foyer de révolte qu'elle entretenait dans cet État. On disait même qu'elle n'accomplissait plus du tout ses devoirs religieux. Il était temps de sévir. Il écrivit au duc Hercule et celui-ci fit sans tarder connaître à sa femme la volonté du pape.

— Elle est, Madame, qu'aux Pâques prochaines, vous accomplissiez publiquement vos devoirs religieux.

On ne vous voit plus jamais au tribunal de la Pénitence, pas plus qu'à la Table sainte !

— Et l'on ne m'y verra plus ! Je n'accomplirai pas ce que vous appelez mes devoirs, et qui sont pour moi choses sans signification désormais.

Hercule, épouvanté, tenta vainement de mettre sa femme en garde contre une révolte aussi ouverte. Avec obstination, Renée refusa de céder.

— Alors, soupira Hercule, vous m'obligez à employer les grands moyens.

— Lesquels ? La tour des Lions ?

Un seul prisonnier demeurait encore dans la tour. Ferrante y était mort quelques années auparavant. Seul Jules y restait encore, fantôme aveugle et désormais privé de réaction. Hercule détourna les yeux.

— Une autre tour, Madame, où vous aurez vos aises. Mais vous ne reverrez vos enfants que lorsque vous serez enfin venue à composition.

— Alors, j'y mourrai moi aussi.

On enferma la duchesse, mais le pape entendait briser cette révolte et ne s'en contenta pas. Il ordonna que Renée, duchesse de Ferrare, fût traduite devant le tribunal de l'Inquisition. Elle risquait le bûcher, ni plus, ni moins.

Ce que fut ce procès, on l'ignore encore, toutes les pièces en ayant disparu. On sait seulement que la duchesse fut condamnée, le 7 septembre 1554, à la prison perpétuelle. Mais cette fois, à une véritable prison.

Tirée de son confortable appartement, Renée fut conduite dans l'un des cachots de la forteresse. Elle allait y rester... huit jours.

Au bout de ce laps de temps, elle cessa brusquement de résister sans que l'on en sût la raison. Peut-être pensa-t-elle que son incarcération ne servirait en rien la cause protestante et qu'elle pourrait lui être infiniment plus utile libre que prisonnière. Peut-être aussi était-elle lasse d'une lutte stérile qui l'avait éloignée de ses

enfants. Son fils, Alphonse, ne l'aimait guère, et ne s'en cachait pas. Sa fille aînée, Anne, l'une des plus jolies femmes de son temps, avait épousé, en 1548, le duc François de Guise, qui était à la tête du parti catholique en France, et vivait désormais dans ce royaume dont sa mère avait si souvent la nostalgie. Renée aspira peut-être au calme, au repos. Elle capitula.

Hercule, d'ailleurs, toujours indulgent, se contenta d'une abjuration de pure forme et réintégra aussitôt sa femme dans ses prérogatives entières. Elle reprit sa place.

Si elle ne changea pas d'opinion, du moins devint-elle plus prudente et préféra-t-elle se cacher. Elle se résigna à être la « correcte souveraine d'un État catholique ». Le temps du scandale était passé.

Vint celui du veuvage. En 1559, Hercule d'Este s'éteignit. Il avait été un bon mari, malgré tout, et n'avait montré de sévérité que contraint et forcé. Alphonse, son fils, sous le nom d'Alphonse II, montait sur le trône. Son premier soin fut de délivrer le sempiternel prisonnier de la tour des Lions. Il était là depuis cinquante-trois ans… mais fut si heureux de recouvrer la liberté qu'il en profita jusqu'en 1581. Hélas, avec sa mère, l'accord n'était pas possible.

Alphonse II, catholique convaincu, ne pardonnait pas à la duchesse le doute qu'elle avait fait planer si longtemps sur ses convictions, pas plus que d'avoir en quelque sorte implanté la Réforme à Ferrare. Renée comprit que sa présence n'était plus guère souhaitée. D'ailleurs, depuis si longtemps elle désirait revoir la France… et sa fille Anne.

Le 2 septembre 1560, elle quittait Ferrare pour n'y plus revenir. La cour l'accompagna jusqu'à Modène puis, avec ses gens, elle continua sa route jusqu'à son domaine de Montargis et décida de s'y installer. Le château était délabré et avait beaucoup souffert. La duchesse se consacra à cette restauration puis, libre

enfin de ses actes comme de ses pensées, reprit avec bonheur ses relations avec la Réforme.

Mais bien des choses avaient changé en France. Le roi François était mort, et aussi son fils Henri II. Maintenant, c'était le débile François II qui régnait, en titre seulement, la réalité du pouvoir appartenant beaucoup plus à ce chef d'État en jupons qu'était sa mère, Catherine de Médicis. En France, les guerres de Religion faisaient rage. Force fut à la nouvelle dame de Montargis d'en tenir compte. Non sans douleur.

En 1562, une émeute éclata dans sa ville. Malgré l'interdiction de Renée, un groupe de bourgeois en armes occupa l'église et s'y opposa à l'entrée des protestants. De l'église, l'agitation gagna la ville, jusqu'au moment où les gentilshommes de la duchesse ramenèrent les assiégés au château.

Avec acharnement, aidée de son ami et voisin l'amiral de Coligny, Renée tenta de défendre les réformés, souvent au péril de sa vie. Elle ne dut qu'à l'affection de son petit-fils, le duc Henri de Guise, d'être épargnée lors de la terrible nuit de la Saint-Barthélemy. Prudent, le Balafré avait fait garder militairement la maison de sa grand-mère. D'ailleurs, la fin approchait.

Dans les derniers jours du mois de février 1575, la duchesse eut un accès de fièvre. On lui fit une saignée, mais elle était si faible que l'on craignit pour sa vie. Pourtant, elle demeura ainsi, faible et sans forces, jusqu'au 10 juin, où elle fut prise d'une terrible crise d'entérite, fatale cette fois. Le 15 juin mourait à Montargis Renée de France, duchesse de Ferrare et de Montargis, une femme secrète, étrange, sur les convictions religieuses de laquelle la lumière n'a jamais encore pu être faite.

enfin de ses actes comme de ses pensées, garda avec bonheur ses relations avec la Réforme.

Mais bien des choses avaient changé en France. Le roi François était mort, et aussi son fils Henri II. Maintenant, c'était le débile François II qui régnait en titre seulement, la réalité du pouvoir appartenant beaucoup plus à ce chef d'État en jupons qu'était sa mère Catherine de Médicis. En France, les guerres de Religion faisaient rage. Force fut à la nouvelle dame de Montargis d'en tenir compte. Non sans dommage.

En 1562, une émeute éclata dans sa ville. Malgré l'intervention de Renée, un groupe de seigneurs en armes occupa l'église et s'y opposa à l'entrée des protestants. De l'église, l'émeute gagna la ville, jusqu'au moment où les gentilshommes de la duchesse ramenèrent les assiégés au château.

Avec acharnement, aidée de son ami et voisin l'amiral de Coligny, Renée tenta de défendre les réformés souvent au péril de sa vie. Elle ne dut qu'à l'affection de son petit-fils le duc Henri de Guise d'être épargnée lors de la terrible nuit de la Saint-Barthélemy. Prudent, le Balafré avait fait garder militairement la maison de sa grand-mère. D'ailleurs, la fin approchait.

Dans les derniers jours du mois de février 1575, la duchesse eut un accès de fièvre. On lui fit une saignée mais elle était si faible que l'on craignit pour sa vie. Pourtant, elle [illegible], faible et sans forces, jusqu'au 10 juin où elle fut prise d'une terrible crise d'angine, fatale cette fois. Le 15 juin mourait à Montargis Renée de France, duchesse de Ferrare et de Montargis, une femme secrète et attachante sur les convictions religieuses de laquelle la lumière n'a jamais encore été faite.

Capello

(VENISE)

La sorcière de Venise
(1563)

À l'aube du 29 novembre 1563, une barque plate glissait sur l'eau noire de la lagune en direction de Fusina. Trois personnes l'occupaient : le batelier qui, du bout de sa longue perche rythmiquement balancée et plantée dans la vase du fond, faisait avancer la barque, et deux jeunes gens, un garçon d'environ dix-huit ans et une très jeune fille. Serrés l'un contre l'autre, ils se tournaient fréquemment vers le levant où le jour commençait à découper la silhouette des dômes et des campaniles de Venise. La ville à contre-jour se dessinait à l'encre de Chine sur les moirures de l'eau morte, mais les yeux inquiets des deux passagers disaient assez leur peur. On les sentait aux aguets, cherchant à saisir, malgré la distance, les échos du tocsin signalant leur fuite. Seul, le batelier, insoucieux d'un danger qu'il ne soupçonnait pas, chantait. Il avait pris les jeunes voyageurs dans sa barge à la sortie du Grand Canal. On lui avait remis une belle somme en or pour les conduire jusqu'à Fusina, et il était si joyeux en pensant à l'aisance que lui procurerait cet or.

Quant aux deux fugitifs, si la peur les tenaillait tellement, c'est parce qu'ils n'ignoraient pas le sort qui

les attendait au cas où ils seraient repris : ce serait la mort sans phrases ! En effet, si le jeune homme n'était qu'un modeste commis florentin employé à la banque Salviati, se nommant simplement Pietro Buonaventuri, la jeune fille appartenait à l'une des plus riches et des plus nobles familles patriciennes de Venise. Elle s'appelait Bianca Capello, de la lignée des Grimani-Capello. Elle avait à peine seize ans. C'était la plus ravissante fille de Venise, et ses parents la destinaient au fils du doge, Girolamo Priuli…

Mais sur la trame brillante de cette destinée, l'amour avait tiré une flèche… La belle Bianca s'était éprise du garçon de banque, de ce Pietro d'origine plus que modeste, mais beau comme un dieu grec. De sa fenêtre, dans le palais paternel de San Appolinare, elle avait pu le voir, chaque jour, entrer et sortir de sa banque, et s'était éprise de lui sans même s'en rendre compte. De son côté, Pietro n'avait pas été sans remarquer cette jolie créature et il en était tombé amoureux. Peut-être à cet amour joignait-il un habile calcul ? Quelle épouse inespérée que cette patricienne pour un Buonaventuri !

Très conscient de l'effet produit sur Bianca, Pietro lui avait fait la cour, obtenu ses faveurs au point qu'assez vite un fruit bientôt visible s'était annoncé. Il fallait prendre une décision : rester, c'était l'arrestation, la mort pour le séducteur comme pour sa complice ; s'enfuir, c'était aussi la mort pour rapt. Mieux valait fuir… Au moins cela laissait une chance d'en sortir vivants.

Grâce à l'or de Bianca et à celui que Pietro avait, sans trop de scrupules, soustrait à sa banque, ils avaient soudoyé des gondoliers qui, dans la nuit, avaient arrêté leur silencieux esquif sous la fenêtre de Bianca puis fait force rames… jusqu'à la sortie du Grand Canal où la barge attendait. Maintenant, les deux amants étaient lancés dans une aventure sans retour. Ils n'avaient plus le droit, ni la possibilité, de revenir sur leurs pas.

C'était à cela qu'ils songeaient en regardant le soleil se lever peu à peu derrière les dômes dorés de San Marco. Mais déjà, la lagune devenait canal et la barque s'engageait entre les grandes herbes et les roseaux. Venise s'effaça de leur vue. Alors seulement, Bianca sourit à Pietro.

— Nous sommes libres, mon Pietro… nous avons réussi.

— C'est vrai, fit le jeune homme en écho… nous avons réussi !

C'était une constatation étonnée, comme s'il n'arrivait pas encore à y croire. Pourtant, ils étaient déjà trop loin pour que l'on pût les rattraper. À Padoue, ils trouvèrent des chevaux et prirent au galop la route de Florence, patrie de Pietro. Là, dans la capitale du grand-duché de Toscane, rien ni personne ne pourrait les atteindre… Ils se laissèrent emporter par la griserie et par la joie d'être jeunes et de s'aimer…

À Venise cependant, le drame éclatait joint à un affreux scandale. La famille de Bianca, découvrant sa fuite, faisait un bruit terrible. Tous les sbires du Conseil des Dix furent mis sur la piste des fugitifs dont, en attendant, la tête fut solennellement mise à prix du haut du pont du Rialto.

Les policiers ne purent retrouver la trace des jeunes gens, car l'eau ne garde point d'empreinte. Mais on découvrit tout de même les deux gondoliers qui avaient aidé Pietro à enlever Bianca. Ils furent arrêtés, mis à la torture avec leurs femmes et en moururent bientôt, faute de pouvoir donner des indications suffisantes. De même, l'oncle de Pietro, le vieux Buonaventuri, chez qui le séducteur avait pris pension à Venise, fut incarcéré, interrogé avec tout ce que ce mot comportait de cruauté. À son tour, le vieillard mourut de ses blessures, enchaîné au mur de sa prison.

Mais tout cela, Pietro et Bianca l'ignoraient ou ne

voulaient pas le savoir. On était au cœur de l'hiver et, comme des oiseaux frileux, ils cachaient leur amour dans la vieille maison des parents de Pietro, sur la place San Marco, à Florence, en face du célèbre couvent qui avait vu Fra Angelico et Savonarole…

Évidemment, la maison du notaire Buonaventuri n'avait rien de comparable avec le palais Capello, et Bianca y connut son premier désenchantement. C'était une étroite bâtisse à deux fenêtres de façade, sombre et maussade, dans laquelle la seule distraction était de regarder passer les gens sur la place et d'entendre les cloches du couvent sonner l'office. Pietro, par crainte des sbires de Venise dont il connaissait la remarquable activité policière, y enferma Bianca purement et simplement. Elle n'eut droit qu'à une seule sortie, un soir de neige, à la nuit close. Pietro lui fit traverser la place et la conduisit à la chapelle de San Marco où un prêtre bénit rapidement leur union, consacrant ainsi religieusement une situation par trop irrégulière. Mais le danger était toujours présent. Un soir, Pietro rentra chez lui dans un état de surexcitation totale.

— Ton père ne désarme pas, lança-t-il à Bianca, sans même prendre le temps de l'embrasser. Il a promis une prime de deux mille ducats d'or à quiconque vengerait son honneur… autrement dit, lui apporterait ta tête et la mienne !

— Qu'est-ce que cela peut faire ? fit Bianca avec insouciance. Ne sommes-nous pas sur le territoire de Florence ? N'es-tu pas sujet du grand-duc Cosme Ier ? Alors ?

Pour seule réponse, Pietro prit sa femme par la main et l'entraîna vers la fenêtre de leur chambre qui donnait sur la place. Auparavant il avait eu la précaution de souffler les chandelles.

— Regarde ! ordonna-t-il. Ne vois-tu rien ?

Les yeux du jeune homme mirent quelques instants à s'habituer à l'obscurité. Mais le sol couvert de neige facilitait les choses en créant un fond clair sur lequel se détachaient les passants.

— Regarde, reprit Pietro. Ne vois-tu pas une ombre dans ce renfoncement, là, auprès de l'entrée du cabaret ? Et en face sous le porche du couvent, ne vois-tu rien ?

Bianca écarquilla les yeux et finit, en effet, par distinguer des formes vagues, des manteaux noirs que le vent faisait flotter hors des coins sombres où se tapissaient les hommes. Effrayée soudain, elle se rejeta en arrière et regarda Pietro avec de grands yeux vides :

— Qui sont ces gens ?

— Qui veux-tu que ce soit, sinon les sbires de Venise ? Le Conseil des Dix ne lâche jamais sa proie, Bianca. Si nous ne trouvons pas une puissante protection pour nous abriter, tôt ou tard ils nous prendront. Une nuit comme celle-ci, la maison sera attaquée, ou bien on me poignardera au coin d'une ruelle, on t'enlèvera quand tu reviendras de la messe. Je ne veux pas connaître les prisons de Venise ni le pont des Soupirs[1] !

— Moi non plus, affirma Bianca. Mais que faire ?

— J'ai un plan. Il est hardi, mais s'il réussit…

La vieille Marietta Buonaventuri, mère de Pietro, était entrée pendant ce dialogue. Elle et son mari ne vivaient plus depuis que les ombres suspectes avaient commencé de rôder sur la place. La présence de cette belle-fille, quelque peu compromettante, leur portait ombrage, et ce mariage avec une patricienne n'était, à tout prendre pas vraiment avantageux.

— Que veux-tu faire ? demanda-t-elle à son fils. Vas-tu la ramener à Venise ?

Pietro haussa les épaules. Il appuya sur sa mère un

1. Reliant le palais des Doges aux prisons, il était, à Venise, le chemin des condamnés.

regard significatif si intentionnel qu'elle fronça les sourcils.

— Je vais, dit-il en détachant bien ses mots, demander la protection du prince François de Médicis, fils du grand-duc Cosme. Je lui présenterai quel péril j'ai fait courir à Bianca… à la plus belle fille de la noblesse vénitienne. Je lui dépeindrai la nécessité où elle est réduite de se cacher indignement… enfin la situation où nous nous trouvons tous deux…

À mesure qu'il parlait, le visage renfrogné de Marietta s'éclairait peu à peu. Elle devinait le calcul, à vrai dire assez infâme, auquel se livrait Pietro. Le prince François passait pour être grand amateur de jolies femmes. Très curieux d'en rencontrer de nouvelles, de découvrir des beautés inconnues, il suffirait sans doute de mentionner, même incidemment, devant lui, l'éclat de la jeune Vénitienne pour qu'il cherchât au moins à la voir. Si elle lui plaisait, non seulement sa protection serait acquise au couple… mais on obtiendrait peut-être un peu plus. Bianca était assez belle pour séduire même un prince aussi difficile que celui-là…

Après avoir réfléchi un instant sous le regard de son fils, la vieille femme sourit largement.

— Mais c'est l'évidence ! s'écria-t-elle. Voilà la solution. Le prince est si bon, si accessible. Jamais il n'a refusé une audience à un citoyen de Florence. Va, mon fils, va trouver le prince !…

Sans méfiance, Bianca joignit ses encouragements à ceux de sa belle-mère. À son insu, peut-être, l'idée de rencontrer l'un de ces Médicis fastueux lui souriait. Elle ne s'avouait pas encore combien sa vie de bourgeoise lui pesait, combien elle trouvait Marietta commune, son époux rustaud. Il n'était jusqu'à Pietro, malgré son profil de médaille antique, qui n'eût quelque peu perdu de son charme à l'usage de la vie quotidienne.

Comme il n'y avait plus de temps à perdre, dès le lendemain, Pietro Buonaventuri s'acheminait vers le palais Pitti où résidaient les Médicis, de l'autre côté de l'Arno, et implorait humblement une audience au prince héritier…

À vingt-trois ans, François de Médicis était un étrange personnage. Extrêmement séduisant, il tenait de sa mère, Eléonore de Tolède, un physique élégant, un visage régulier et de fort beaux yeux. Mais du redoutable Cosme Ier, son père, il avait le caractère difficile, une cruauté profonde qui pouvait aller jusqu'à la franche sauvagerie, un orgueil intraitable et un goût prononcé pour les femmes. Par contre, le grand-duc ne lui avait pas transmis son sens politique, ses qualités d'administrateur d'État, son intelligence froide et lucide. La superbe façade du prince cachait une moralité plus que douteuse.

Pourtant, si étrange que cela puisse paraître, François était un homme de science. Il passait des journées et même des nuits dans son laboratoire, se passionnant pour les sciences naturelles et la chimie qui lui faisaient tenter de nombreuses expériences. Savant d'ailleurs, il découvrit un procédé pour fondre le cristal de roche et retrouva le secret de la fabrication de l'ancienne porcelaine chinoise. C'était, en outre, un esthète, passionné de pierres rares et d'objets d'art, comme tout bon Médicis.

François reçut Pietro Buonaventuri d'autant plus volontiers qu'il avait déjà entendu parler de son aventure par l'envoyé de Florence à Venise, qui avait vainement tenté de sauver l'oncle de Pietro, le malheureux Buonaventuri, mort des suites de la torture malgré sa qualité de citoyen florentin. Il accueillit donc le jeune homme avec un empressement nuancé de curiosité. Les rares personnes qui avaient pu entrevoir la recluse de la

piazza San Marco en disaient des merveilles. Le prince héritier promit sa protection, fit veiller par ses propres gardes à la sécurité de la maison Buonaventuri et ne cacha pas son désir de rencontrer une jeune personne aussi intéressante.

— Ma femme ne sort guère de chez elle, Monseigneur, fit Pietro incliné très bas. Mais elle prend volontiers le frais à sa fenêtre quand le temps est beau… D'ailleurs elle attend un enfant.

François comprit à demi-mot. On le vit passer et repasser à cheval sous les fenêtres de la belle. Ces fenêtres finirent par s'ouvrir sous la main complaisante de la vieille Marietta. Et François put voir celle qui l'intriguait tant. Depuis quelques jours, elle était mère d'une petite fille.

Il ne fut pas déçu. Et même, la beauté de la jeune femme l'éblouit à tel point qu'il demeura un instant sans voix, la tête levée vers cette extraordinaire apparition, oubliant de guider son cheval. C'est que Bianca possédait réellement un éclat peu commun. La couleur blond fauve foncé, nuancée de roux, de sa chevelure, ce magnifique et si rare blond vénitien mettait en valeur un teint transparent, des yeux sombres, profonds et lumineux en même temps, une pureté de traits plus que classique. Le prince en tomba amoureux au premier regard et d'un si violent amour qu'il n'eut de cesse de se faire présenter sa belle Vénitienne.

Une grande dame, la marquise de Mondragone, se chargea de l'agréable commission. Elle entra en relation avec Bianca, l'attira chez elle, où, comme par hasard, François venait assez souvent. L'étoupe et la flamme étant ainsi mis en présence, il suffisait de souffler légèrement.

— Savez-vous, ma chère, que le prince François est follement épris de vous ? dit un matin la marquise à Bianca.

La jeune femme rougit, se troubla infiniment trop pour que l'officieuse dame n'en tirât pas les plus heureuses conclusions. Bianca, cependant, balbutiait :

— Vous me flattez, Madona… Mes mérites sont trop minces pour attirer les regards d'un si grand prince.

— Que voilà de l'hypocrisie, s'écria la marquise en riant. Vous n'en pensez pas un mot, Bianca ! Et j'irai même jusqu'à insinuer que la vue du prince ne vous laisse pas insensible. Ai-je raison ?

Pour éviter de répondre, la jeune femme détourna les yeux, le visage brusquement empourpré. Elle éprouvait une gêne à avouer l'impression que lui avait produite la vue de François. Dans cet homme jeune, courtois et galant, elle retrouvait enfin l'atmosphère à laquelle, jeune fille, elle était habituée dans le palais de ses parents. Il n'était pas comme Pietro un rustre avide. Il était de la même race qu'elle : un seigneur !

Comme la marquise de Mondragone paraissait attendre une réponse, Bianca se contenta de murmurer :

— C'est toujours avec un très vif plaisir que je rencontre Son Altesse, chère amie.

— À la bonne heure, fit celle-ci en riant. Vous ne vous compromettez guère… et j'espérais mieux.

Mais Mme de Mondragone avait vu juste : François était follement épris de Bianca et Bianca le lui rendait sans peine. La passion fit le reste. Une nuit, le prince se glissa dans la maison des Buonaventuri dont la porte avait été laissée ouverte comme par hasard. Pietro était absent : une affaire du côté de Pontasieve qui devait le retenir un jour ou deux… Et cette nuit-là, dans la maison de Pietro, Bianca devint la maîtresse de François avec la bénédiction de son époux et de ses beaux-parents par-dessus le marché.

La liaison des deux amants n'allait guère tarder à devenir publique. François, fier de sa maîtresse, l'étala

avec une insolence qui n'eut d'égale que la servile complaisance du mari. Pietro, en effet, couvert d'or et de bénéfices par le prince, se montrait plus que discret. Et tout eût été pour le mieux dans le meilleur des mondes, si le duc Cosme ne se fût inquiété de l'état des choses. Pour rejoindre Bianca dans la maison de la piazza San Marco que les Buonaventuri lui ouvraient avec une extrême libéralité, François devait traverser quasiment toute la ville qui, de nuit, était aussi peu sûre que possible. Mécontent, Cosme Ier fit déposer chez son fils, avec l'ordre de venir lui parler, la lettre suivante :

« Les promenades solitaires et nocturnes par les rues de Florence ne sont bonnes ni pour l'honneur ni pour la sûreté, surtout lorsque l'on fait de ces promenades une habitude de chaque nuit. Et je ne puis vous dire quels sont les mauvais résultats qu'une pareille conduite peut produire... »

Cosme savait de quoi il parlait. Lui-même avait installé dans sa ville de Careggi sa maîtresse, Camilla Martelli, une belle Florentine avec laquelle il vivait depuis la mort d'Éléonore de Tolède, survenue en 1562. François soupira et s'en alla voir son père.

— Outre le danger que vous courez, lui dit Cosme en se promenant avec lui sur la terrasse de la grande villa d'où l'on apercevait le merveilleux paysage florentin piqué de cyprès noirs et d'oliviers argentés, vous troublez mes plans. Vous n'ignorez pas les démarches que je fais en ce moment auprès de l'empereur Maximilien pour obtenir la main de l'archiduchesse Jeanne d'Autriche que je voudrais vous voir épouser.

— Que me parlez-vous d'une autre femme, mon père ? C'est Bianca que j'aime, c'est elle que je veux !

— Votre Bianca est mariée et de plus, elle n'est pas princesse. Gardez-la comme maîtresse autant que vous voudrez, mais épousez l'archiduchesse ! Il vous faut une descendance digne de nous, digne de la Toscane.

Je ne vous demande que de mettre un brin de discrétion dans vos amours. Tout Florence en jase et les échos vont loin. Au moins, jusqu'à ce mariage auquel je tiens, tâchez de faire montre de prudence.

Malgré son amour, François pouvait entendre la voix de la raison. Et puisque son père ne cherchait pas à lui arracher celle qu'il aimait, il ne voyait aucun inconvénient à obéir. Docilement, mais non sans avoir juré à Bianca un éternel amour, il partit pour l'Autriche et s'en alla épouser Jeanne, qui était trop insignifiante pour lui faire oublier sa belle maîtresse. Elle était jeune bien sûr, mais noiraude et maigrichonne, avec guère de grâce et encore moins de charme. Seulement de l'allure, ce qui pour Cosme Ier était le principal. Une princesse devait avoir l'air d'une princesse, même si elle était laide !

Quand il eut triomphalement ramené au palais Pitti son épouse autrichienne, François pensa qu'il en avait assez fait pour la Toscane et retourna avec enthousiasme à ses amours. D'ailleurs Jeanne attendait déjà un enfant…

Dès lors, une pluie d'honneurs et de prébendes s'abattit sur l'ancien commis de la banque des Salviati. Nommé gentilhomme de la garde-robe, tandis que Bianca devenait dame d'honneur de la princesse Jeanne, Pietro reçut une telle foule d'avantages financiers qu'un surnom lui fut bientôt administré par la langue acérée, mais non dépourvue d'esprit, des gens de Florence. On ne l'appela plus que Pietro Cornes d'Or…

Cependant, pour éviter à François les randonnées au bout de la ville, le couple avait reçu de sa munificence un petit palais via Magio, sur la rive droite de l'Arno, tout près du palais Pitti. Un couloir souterrain reliait la demeure de Bianca à celle de son amant et facilitait leurs amours qui, à mesure que le temps passait, semblaient devenir toujours plus passionnées et plus

ardentes. Il est vrai que jamais la jeune femme n'avait été plus belle. Sa beauté s'épanouissait dans une telle harmonie que le prince commanda son portrait au Bronzino, le plus célèbre peintre de Florence à cette époque.

Malheureusement pour lui, Pietro Buonaventuri appartenait à cette catégorie d'individus qui en veulent toujours plus. Parvenu à un rang et à une fortune que, même dans ses rêves les plus fous, il n'avait jamais espérés, il n'en fut pas plus heureux pour autant. Il menait fort joyeuse vie, avec une bande de mauvais garçons de son acabit, agaçant Florence de ses aventures et de l'écho de ses débauches. Mais lorsqu'il rentrait chez lui, c'était pour éclater en récriminations. Il n'était jamais satisfait, il réclamait toujours plus d'or, toujours plus de titres. Son outrecuidance, non plus, ne connaissait pas de limites. Elle le poussa même à employer vis-à-vis du prince un ton insolent et revendicatif qui finit par indisposer celui-ci.

— Cet homme devient insolent, fit-il un soir. En vérité, on croirait que tout lui est dû ! Je m'attends à ce qu'un jour il me vienne demander de lui céder mon droit à l'héritage sur la Toscane...

Naturellement, cette boutade fut entendue de plusieurs gentilshommes et, entre autres, d'un certain Roberto de Ricci, qui avait récemment eu maille à partir avec Pietro à cause d'une belle fille. Ricci n'hésita pas. Il alla froidement proposer à François de le débarrasser de Pietro, demandant seulement que l'impunité lui fût assurée.

— Faites comme il vous plaira, répondit le prince. Je ne sais rien, je ne vois et ne verrai rien...

C'était, dans le style de Pilate, un blanc-seing comme un autre. Ricci s'en contenta.

Dans la nuit du 24 au 25 août, Pietro Buonaventuri revenait par les rues après une soirée de fête au palais Strozzi. Il avait beaucoup bu et ne se sentait pas solide sur ses jambes. La nuit d'été était sans lune, mais le mari de Bianca pouvait se diriger presque automatiquement. Il avait si souvent parcouru ce même chemin dans des circonstances analogues.

Il venait de franchir l'Arno au pont Santa Trinita et apercevait déjà, dans l'ombre, la forme trapue de son palais, sa porte en ogive et ses larges fenêtres grillagées de fer. Soudain, une troupe d'hommes bondit sur lui, la dague haute, en criant : « Tue-le. » Avant que le malheureux n'ait pu seulement se reconnaître, il s'écroulait à terre, la gorge traversée de plusieurs coups de dague.

Leur coup fait, les hommes de Roberto Ricci s'enfuirent, laissant sur place le cadavre. Au soleil levant, un maraîcher du Val di Pesa, qui apportait ses légumes au Vieux Marché, le découvrit et donna l'alerte. On ramena Pietro à son domicile, où sa femme, apparemment éplorée, et les servantes le lavèrent, le vêtirent et l'exposèrent sur un lit de parade.

Après quoi, Bianca, de noir vêtue, tenant par la main sa petite fille, s'en alla au palais Pitti implorer justice contre les assassins de son époux. Le grand-duc Cosme la releva avec bonté, l'assura que tout serait fait pour lui donner pleine et entière satisfaction… et classa l'affaire. D'ailleurs, ayant donné à la cour ce superbe exemple de vertu conjugale, Bianca n'eut pas le mauvais goût de revenir à la charge. Elle se hâta d'oublier Pietro pour se consacrer entièrement à ses ambitions.

Un projet d'envergure lui était venu, né de l'amour sans cesse grandissant que lui portait François : celui de se faire épouser et d'être un jour grande-duchesse de Toscane. Pietro était mort et la santé de l'archiduchesse Jeanne n'était pas des meilleures. Cela laissait place à bien des perspectives.

De son côté, Jeanne d'Autriche ne voyait pas sans colère ni indignation l'influence que Bianca avait sur son mari. François ne cachait aucunement ses amours, et l'archiduchesse, sans cesse humiliée, réduite à l'état de mère poule par des maternités successives, sentait la haine et la rancœur gonfler son âme contre la Vénitienne qu'on lui avait donnée comme dame d'honneur. Celle-ci le lui rendait au centuple et ne perdait pas une occasion de desservir la princesse auprès de son époux.

Ponctuellement, depuis le mariage, Jeanne avait donné sept enfants à son mari : un garçon, Filippo, qui, de petite santé, ne vécut pas vieux, et six filles dont l'une, Marie, devait, en épousant Henri IV, devenir reine de France.

Ces nombreuses grossesses avaient épuisé le corps débile de la princesse dont, en outre, le moral n'était pas des meilleurs. Elle cherchait dans la religion la consolation de ses misères, mais sans parvenir à en effacer l'amertume. Délaissée, bafouée, écrasée par le luxe insolent de sa rivale, Jeanne, au surplus, ne se sentait plus en sécurité derrière les murs cyclopéens du palais Pitti. La mort de Cosme 1er lui avait ôté son meilleur défenseur et d'être devenue grande-duchesse ne la rassurait pas. Un fait significatif devait renforcer ses craintes : les deux sœurs de François, Lucrèce, duchesse de Ferrare, et Isabelle, duchesse de Bracciano, avaient toutes deux été assassinées par leurs maris, l'une par le poison, l'autre étranglée. Et comme Jeanne déplorait le sort tragique de ces belles jeunes femmes et faisait prier pour elles, François, hors de lui, s'était écrié un soir :

— Si vous pleurez encore ces deux sottes-là, je vous enverrai les rejoindre, et un peu vite !

Comment ne pas être terrifiée devant une telle menace ? Certes Jeanne craignait pour sa vie et non sans raison. Elle sentait Bianca à l'affût derrière chacun de ses gestes, épiant, attendant son occasion…

Au début de l'année 1578, comme elle attendait son huitième enfant, elle se sentit à ce point lasse et malade qu'elle ne pouvait plus se déplacer sans aide : il fallait la porter d'une pièce à l'autre, ou au jardin pour respirer un peu d'air. Or, un matin où elle se rendait sous les ombrages de la colline de Boboli où s'adosse le palais, les gens chargés de porter l'espèce de chaise dans laquelle elle se faisait véhiculer la lâchèrent si malencontreusement, en plein escalier, que la malheureuse Jeanne dévala en roulant tous les degrés de marbre. On la ramassa à moitié morte. Quelques heures plus tard, elle faisait une fausse couche et expirait dans d'affreuses souffrances.

Ces porteurs maladroits avaient été introduits, peu de temps auparavant, dans le service de la princesse par les soins de Bianca elle-même.

Le chemin était libre, désormais, entre l'ambitieuse et la couronne grand-ducale. Débarrassé d'un père gênant et de sa femme, François, désormais seul maître de la Toscane, proclamait son intention d'épouser sa maîtresse. Les choses s'aplanissaient devant Bianca grisée de joie et d'orgueil. Est-ce que la Sérénissime République de Venise, sa patrie, qui l'avait reniée, pourchassée, méprisée hautement, ne venait pas d'effectuer pour elle un de ces retournements spectaculaires dont les politiciens de Saint-Marc étaient coutumiers ? Elle avait adopté la fille séduite en la proclamant sa « fille très particulière », ce qui lui donnait rang de princesse. Quant au père, ce Bartolomeo Capello si cruellement offensé jadis, il venait de faire le voyage de Florence tout exprès pour embrasser son enfant et assister, si faire se pouvait, à son couronnement. Le glorieux chemin du trône s'ouvrait devant la Vénitienne.

Pourtant, au milieu de cette euphorie, quelques ennemis, noirs présages de drame, se préparaient à jouer les trouble-fête. Le premier était le propre frère

de François, le cardinal Ferdinand de Médicis. Quand il avait appris le futur mariage, il avait explosé de fureur :

— Il faut que vous soyez fou, mon frère, pour donner comme maîtresse à Florence la suivante de votre femme, une catin poissée de sang dont la ville entière connaît les exploits…

— Je ne suis pas fou et vous ordonne de vous taire ! Ou bien vous vous inclinerez devant la nouvelle grande-duchesse ou bien vous partirez, mon frère ! avait riposté François hors de lui.

— Inutile de me le conseiller ! Mes équipages sont prêts et je regagne Rome. J'ai trop le respect de ma robe cardinalice et celui du souvenir de ma mère pour assister à une telle comédie. L'adoption de Venise ne change rien. Même couvert d'or, un mulet ne devient pas pur-sang. Ni Florence ni l'Autriche n'accepteront ce mariage.

Et il était parti avec un dernier haussement d'épaules, à la vue de quoi François avait cru étouffer de fureur parce qu'il sentait que le cardinal n'avait pas tort. Mais peut-on lutter contre un tel entraînement de passion ? François était envoûté par Bianca. Et c'était ce dont se rendait parfaitement compte l'autre ennemi de la future princesse, un ennemi singulièrement puissant et redoutable : le peuple de Florence dans son intégralité, ainsi que l'avait prédit le cardinal.

Dire que les Florentins n'aimaient pas Bianca serait faible. On la haïssait, pour son orgueil et son avidité, avec une extraordinaire violence. On l'exécrait tellement qu'il n'arrivait rien de mauvais dans la ville sans que la responsabilité n'en fût attribuée à celle que Florence appelait la *Strega* (la Sorcière).

Malgré les menaces et les arrestations, la maîtresse du prince ne pouvait sortir en ville sans recevoir des pierres. Le débordement haineux était tel que François

en tomba malade et dut aller passer quelques jours à l'île d'Elbe pour se remettre. Il savait qu'il aurait dû renoncer au mariage, mais il n'était pas capable de résister à Bianca. Et elle voulait être grande-duchesse ! Le 12 octobre 1579, les cloches du Dôme carillonnèrent à la volée pour le couronnement de la nouvelle souveraine. Les canons tonnaient, les cloches de la cité sonnaient, le peuple emplissait les rues. Mais son immense voix se taisait et la police s'efforçait d'effacer à la hâte les graffitis injurieux, orduriers même, qui couvraient les murs de la ville sur le passage du cortège et jusque sur les marches de la cathédrale…

Devant cette énorme et muette réprobation, le grand-duc pensa qu'il valait mieux délaisser un moment le palais Pitti.

François et Bianca s'installèrent dans l'une des magnifiques villas médicéennes qui, avec leurs merveilleux jardins, ponctuent la campagne toscane. Ils délaissaient Florence, son peuple au bord de la révolte et ses ruelles dangereuses pour vivre agréablement au grand soleil, en pleine nature. Mais pris entre ses études de chimie et sa passion pour Bianca, François négligeait totalement les affaires de l'État. Le mécontentement grandit encore, attisé par les agents du cardinal Ferdinand qui travaillaient sans peine une terre toute préparée.

Bianca, plus avisée que son époux, se rendit compte de cet état de fait. La réprobation était publique. L'archevêque même se déchaînait en chaire contre « la Sorcière » et fulminait contre le duc indigne. Ce n'était pas ainsi, presque cachée, qu'elle voulait régner. Pour tenter de parer au danger qu'elle sentait s'amplifier, elle écrivit elle-même à Ferdinand, plaidant pour un rapprochement entre les deux frères. Le grand-duc, disait-elle, se consolait mal d'être brouillé avec les siens.

Lorsque la lettre de Bianca parvint à Rome, le cardinal la reçut avec un sourire de triomphe. La Sorcière

prenait peur, et c'était une chose excellente. Il ordonna que l'on préparât ses bagages et partit pour Florence…

Le somptueux automne toscan déployait ses splendeurs sur les jardins de la villa Poggio-a-Caiano, dans la banlieue de Florence. C'était l'automne de 1587 et François ainsi que Bianca en goûtaient les douceurs dans cette belle demeure jadis achetée par Laurent le Magnifique et aménagée par l'architecte Sangallo. Tout semblait s'arranger, soudain, par une espèce de miracle.

Ferdinand était arrivé et des visites courtoises avaient été échangées. Le 12 octobre, une grande partie de chasse réunit cette étrange famille. On courut le cerf et le lièvre à travers la campagne toscane, puis on se retrouva chez le cardinal pour un fastueux banquet. En rentrant, les deux époux s'attardèrent auprès d'un petit lac de leur propriété pour jouir d'une nuit splendide… et le lendemain, tous deux devaient garder le lit, pris d'une fièvre violente.

Chez François, cette fièvre s'aggrava bien vite du fait qu'il se soigna lui-même avec des médicaments de son cru, qui avaient tout au moins le mérite de l'originalité : le bouc, le hérisson et le crocodile s'y mélangeaient aux pierres précieuses et aux perles pilées. À ce régime, le prince ne tarda pas à entrer en agonie.

De son côté, Bianca se sentait décliner. Par une étrange prescience, elle avait toujours prophétisé qu'entre la mort de son époux et la sienne propre il ne s'écoulerait que quelques heures. Quand elle comprit que le temps, désormais, lui était compté, elle fit appeler son confesseur et lui dit :

« Faites mes adieux à Monseigneur François et dites-lui que je lui ai toujours été très fidèle et très aimante ; dites-lui que ma maladie n'est devenue si grande qu'à cause de la sienne et demandez-lui pardon si je l'ai offensé en quelque chose… »

Mais François était déjà mort et ne put recevoir cet ultime message. Peu après, Bianca Capello, à son tour, fermait les yeux pour toujours, tuée par une nuit humide ou par un festin mal digéré. Le mystère, si mystère il y a, n'a jamais été éclairci. Mais les sénateurs de Venise n'eurent qu'une seule voix pour déclarer : « Notre fille a été empoisonnée par le cardinal ! »

Autour des deux cadavres, une joie insultante éclata dans tout Florence. On illumina. Le cardinal, jetant sa soutane aux orties, accepta la couronne grand-ducale. Mais, s'il fit faire à son frère des funérailles grandioses, il refusa la sépulture chrétienne à Bianca, et c'est dans un terrain vague que fut enterrée clandestinement « la Sorcière »…

Mais François était déjà mort lui-même [illegible] recevoir
en [illegible] message [illegible] après. Bianca Capello à son
tour [illegible] les yeux pour toujours, [illegible] par une [illegible]
[illegible] festin mal digéré [illegible]
[illegible] n'a jamais été [illegible]. Mais les [illegible]
[illegible] de Venise n'eurent qu'une seule voix pour [illegible]
[illegible] Bianca à été empoisonnée par [illegible]. Il y
[illegible] deux cadavres [illegible]
dans tout Florence. [illegible]
[illegible] aux ordres, [illegible] la couronne [illegible]
Mais [illegible] des [illegible]
[illegible]
[illegible] que [illegible]
la [illegible]

Sforza

(MILAN et FORLI)

La bonne étoile de Ludovic le More : Béatrice d'Este

L'automne enveloppait Ferrare de sa chaleur adoucie, de ses teintes flamboyantes et d'une vie nouvelle, succédant aux torpeurs accablantes de l'été. La vigne mûrissait, accrochée à ses hauts espaliers, dans l'immense plaine du Pô dont le cours retrouvait vigueur et couleur. C'était un bel automne que celui de cette année 1489 et pour les gens de Ferrare, tout était pour le mieux dans le meilleur des mondes. Ne possédaient-ils pas l'une des plus grandes villes d'Italie, la plus moderne en tout cas ? Le duc Hercule Ier d'Este régnait avec sagesse et il était des marchands qui se reconnaissaient moins avisés que lui tandis que les hommes de guerre admettaient en lui un seigneur.

Au premier étage de ce château, dans une grande salle peinte à fresque, une très jeune fille, presque une fillette encore, assise très droite sur un escabeau d'ébène recouvert de velours pourpre, posait pour un sculpteur, mais posait sans joie aucune. C'était tellement ennuyeux de rester ainsi immobile ! Son corps lui semblait empli de fourmis et il avait fallu toute l'autorité de la duchesse sa mère pour que la jeune Béatrice

d'Este consentît à cette corvée, obligatoire puisque le buste que l'on exécutait était destiné à un homme sur le point de demander sa main.

Cela, d'ailleurs, n'arrangeait rien. Béatrice n'avait aucune envie de se marier. Elle aimait la vie libre, les chevaux, la chasse, les courses folles à travers la campagne et aussi tout ce qui composait la vie d'une princesse de la Renaissance : l'étude des sciences, les arts, la peinture, la musique, la danse (dont elle raffolait). Où voulez-vous caser un mari dans tout cela ?

La mauvaise humeur de la jeune fille ne faisait pas davantage l'affaire du sculpteur, un maître cependant, le célèbre Cristoforo Romano, envoyé de Milan par le duc de Bari, oncle du duc régnant. Ou bien la jeune princesse bougeait trop ou bien elle se figeait avec une raideur désespérante, empêchant ainsi l'artiste de rendre fidèlement ce qui faisait son plus grand charme : cette extraordinaire vitalité qui émanait d'elle, cette joie de vivre, ce charme qu'irradiait toute sa personne. Le marbre ne reflétait que ses traits : ceux d'une gamine aux joues rondes, aux lèvres fortes et au petit nez pointu avec des épaules étroites et une poitrine plate. Une seule chose demeurait : l'étonnante majesté naturelle de cette enfant capable d'en imposer aux hommes les plus assurés.

Mais Cristoforo se tourmentait. Monseigneur Ludovic, dont le goût pour les jolies femmes était célèbre, n'apprécierait guère en cette petite princesse que l'alliance, haute et profitable. Et il avait hâte d'en finir : le silence obstiné que gardait cette petite fille au regard accusateur était extrêmement pénible.

Soudain, elle parla, mais d'un ton si pointu que Cristoforo n'en fut pas autrement réconforté.

— Quel âge a mon futur époux ? demanda-t-elle brusquement.

— Euh !... trente-sept ans, Madona. Mais il est un fort bel homme, très séduisant, très galant, très...

— Il est vieux ! coupa Béatrice. J'espère bien que mon buste ne lui plaira pas.

Elle n'ajouta plus un mot. Cristoforo essuya la sueur qui coulait de son front à sa manche de velours et, avec un soupir, se remit au travail. Achever ce calvaire au plus vite et rentrer à Milan de toute la vitesse de son cheval…

C'étaient l'ambition et la nécessité politique qui avaient conduit Ludovic Sforza, surnommé le More, à cause à la fois de sa peau un peu brune et de ses armoiries qui représentaient un mûrier (*moro*), à demander la main de Béatrice d'Este. Sa situation avait grand besoin d'être renforcée s'il voulait atteindre un jour cet objectif que toute sa vie il s'était fixé : monter sur le trône de Milan, régner enfin, lui, le dernier des fils du grand Francesco Sforza.

Après la mort de son frère, Galeas, assassiné à Milan en 1476, il s'était associé pour la régence à sa belle-sœur Bona de Savoie, sœur de la reine de France[1], mais il voulait le pouvoir avec trop d'âpreté pour qu'une femme fût longtemps gênante. Une histoire d'amour lui avait permis d'éliminer la trop peu méfiante Bona et depuis, il avait exercé seul la régence durant la minorité de son neveu, le jeune duc Jean-Galeas, de santé faible et d'esprit infiniment moins robuste et moins retors que son superbe oncle. Car, avec son visage brun aux yeux vifs, au grand nez majestueux, avec sa haute taille et sa fière prestance, c'était un bel homme que Ludovic, et son charme agissait autant sur les Milanaises que sa poigne sur leurs époux.

Les choses auraient pu durer ainsi encore longtemps mais en janvier 1489, le jeune Jean-Galeas épousait Isabelle d'Aragon, petite-fille du roi de Naples. C'était

1. Charlotte de Savoie, deuxième épouse de Louis XI.

une jolie fille, longue et souple, au visage de chat sous de magnifiques cheveux blond foncé, aux yeux graves qui eussent peut-être séduit le duc de Bari. Mais quand ces yeux-là rencontrèrent les siens, le régent eut la sensation pénible que cette jeune fille ne serait jamais son amie. Elle était d'emblée, et il le sentit parfaitement, son ennemie. Il la devinait avide de pouvoir, énergique. S'il n'y prenait garde, cette Isabelle était capable de secouer l'indolent Jean-Galeas et de l'obliger à prendre ce pouvoir auquel son oncle tenait tant.

Or, il lui fallait une épouse pour lui-même et justement, quelques années plus tôt, des projets de mariage s'étaient ébauchés avec la petite Béatrice d'Este. Il était temps, pensa Ludovic de les mettre à exécution.

Le buste que rapporta Cristoforo Romano ne souleva, comme l'avait prévu le sculpteur, qu'un enthousiasme très restreint chez le sensuel duc de Bari.

— Ainsi, c'est là ma fiancée ? dit-il en contemplant l'œuvre de son envoyé. Et c'est un portrait fidèle que tu m'as fait là ?

— Fidèle quant aux traits, Votre Grâce, mais mon ciseau a été impuissant à rendre le charme et la vivacité qui émanent de la princesse. Elle semble faite de vif-argent et cependant sa dignité est sans exemple. En vérité, nul ne saurait lui résister. Il faut la voir, seigneur, le marbre est trop froid, trop conventionnel, pour cette flamme sans cesse en mouvement.

— Peste, quel enthousiasme ! Tu me montres là une gentille gamine et tu en parles comme d'une sylphide.

— Voyez-la, Monseigneur, je crois que vous serez conquis.

Ludovic le More eut une moue dubitative. Depuis bientôt dix ans, il était amoureux de l'éblouissante Cecilia Gallerani, la plus belle fille de Milan, la plus savante aussi. Une âme de poète dans un corps de nymphe ! Elle l'avait envoûté, réduit à l'esclavage. Pour célébrer sa

beauté, il avait emprunté au maître de Florence, Laurent le Magnifique, l'un des admirables peintres dont sa ville était si riche.

Le Magnifique lui avait envoyé un personnage à peu près inconnu mais qui se doublait d'un habile ingénieur et qui savait faire toutes choses. C'était un homme grand et majestueux, d'une extraordinaire beauté et dont le regard semblait toujours aller au-delà des choses humaines. Il s'appelait Léonard de Vinci.

Le nouveau venu fit de Cecilia un admirable portrait (*La dame à l'hermine*) et devint le meilleur ami de son maître.

Épouser Béatrice, cela voulait dire se séparer de Cecilia, du moins en apparence, car le duc ne se sentait pas le courage de renoncer définitivement à elle. À son ami Sanseverino qui lui posait la question, il répondit après mûre réflexion :

— Je vais la marier, mais à quelqu'un dont je n'aurai rien à redouter. Le vieux comte Bergamini fera l'affaire, moyennant une belle somme en or, car il saura fermer les yeux. J'espère qu'ainsi la susceptibilité de dona Béatrice sera mise à l'abri. Tu penses bien que je ne vais pas me priver de ma merveilleuse Cecilia pour une gamine aux grosses joues.

Le 21 janvier 1490, Béatrice d'Este faisait à Milan sa joyeuse entrée au milieu d'un faste inimaginable qui fit pincer les lèvres de la duchesse Isabelle. En vérité, on n'en avait pas déployé autant pour elle-même… Cela démontrait clairement que Ludovic se prenait réellement pour le maître de Milan.

C'était d'ailleurs bien ainsi qu'il l'entendait, mais à sa grande surprise, le régent s'éprit sur-le-champ de la « gamine aux grosses joues ».

« Cristoforo n'a pas menti, songeait-il en la regardant

marcher à ses côtés dans sa robe d'or et d'hermine. La pierre froide est incapable de rendre l'intensité de vie qui se dégage de cette enfant hardie et joyeuse. »

Elle était bien, en effet, une flamme sans cesse en mouvement. Il émanait d'elle, de ses vifs yeux noirs surtout, un charme irrésistible. Elle avait une manière à elle de regarder, avec un sourire mi-timide mi-moqueur, son imposant époux, éblouissant d'or et de pourpre, qui le confondait et lui donnait envie de la battre et de l'embrasser tout à la fois.

Ils découvrirent instantanément qu'ils s'entendaient à merveille. Ils aimaient à un degré égal le faste, le pouvoir… et l'amour. Et si « Bice », comme il l'avait tendrement surnommée, n'avait pas la beauté célèbre de sa sœur Isabelle, marquise de Mantoue, renommée dans l'Europe entière, elle avait un appétit de vivre qui la rendait éblouissante alors que l'énergie débordait de son petit corps mince et vigoureux. La cour entière, comme son mari (que de son côté elle avait rebaptisé « Vico »), en raffola, et elle sut gagner l'amitié du grand peintre au regard de rêve.

Mais si elle était pleine de qualités séduisantes, Béatrice était aussi affreusement jalouse et « Vico » n'allait pas tarder à s'en apercevoir… au cours d'une scène demeurée mémorable.

— Cette Cecilia est ta maîtresse ! cria Béatrice en frappant du pied. Ne le nie pas, je le sais. Comme je sais que l'enfant qu'elle vient de mettre au monde est le tien.

Elle était rouge de fureur et la résille d'or ponctuée de rubis censée retenir ses épais cheveux glissait dangereusement de côté. Ludovic s'efforça, en contrepartie, de demeurer calme.

— Quelle idée folle, Bice, mon cœur. La comtesse Bergamini est en puissance d'époux et le comte…

— … n'est qu'un vieux débris, comme tout Milan le sait. Ne t'abaisse donc pas à mentir. Cela m'offense plus encore. Je n'ai d'ailleurs aucunement l'intention de faire scandale, mais tu devras choisir : ce sera elle ou moi. Si tu gardes cette femme, je retourne à Ferrare et je demande au Saint-Père d'annuler notre mariage.

— Tu ne feras pas cela ! Tu sais très bien que je t'aime… que je tiens à toi.

— Alors, prouve-le-moi en ne mettant plus les pieds au palais Bergamini.

Avec un soupir étouffé, Ludovic promit. Bon gré, mal gré, il lui fallut bien s'exécuter. Bice, il le savait, était tout à fait capable de mettre sa menace à exécution. Or, il tenait réellement à elle et ne voulait pas la perdre, surtout depuis qu'il la savait enceinte. Si c'était un fils, il pourrait plus aisément lutter contre le couple ducal qui en avait un depuis quelques mois.

Bientôt, il le savait, il faudrait se battre ouvertement pour Milan, car les relations se tendaient entre les deux ménages, et Béatrice y était pour beaucoup.

Ayant vécu à Naples dans son jeune âge (sa mère était aussi une Aragon), elle connaissait Isabelle depuis longtemps, mais à présent qu'elles vivaient côte à côte, Béatrice avait de plus en plus de peine à supporter Isabelle, et vice versa. L'orgueil de Béatrice souffrait de ne pas être la première dans Milan et Isabelle jalousait le luxe dans lequel vivait Béatrice, qui dépassait de beaucoup son propre train de vie, assez modeste. En effet, s'il couvrait son épouse d'or et de pierreries, Ludovic se montrait d'une étrange ladrerie lorsqu'il s'agissait du couple ducal. Et c'était lui qui tenait les cordons de la bourse.

Il lui avait assigné, comme résidence, le château de Pavie, à quelques lieues de Milan, alors que lui et Béatrice occupaient le grand château Sforza au cœur de la cité. Le jeune duc, en ce qui le concernait, ne s'en

plaignait pas. Délivré des soucis du pouvoir, il pouvait tout à son aise chasser et courir les filles, mais la fierté d'Isabelle souffrait. De violentes altercations l'opposèrent à Ludovic, qu'elle accusait de vouloir déposséder son neveu. Elles n'obtinrent d'autres résultats que de bonnes paroles et des protestations de dévouement.

En désespoir de cause, la duchesse porta ses plaintes à Naples, où régnait Ferrante, son grand-père, une sorte de fauve couronné. Or, Ferrante n'était pas homme à endurer longtemps une offense faite à l'un des siens, et le duc de Bari ne tarda pas à apprendre qu'une guerre allait lui tomber d'un jour à l'autre sur le dos. Comme il détestait la guerre, il lui parut expédient de procurer à Ferrante une occupation assez sérieuse pour le détourner de ces projets.

Sur ses ordres, son ambassadeur en France alla rappeler au jeune roi Charles VIII les droits que ses ancêtres lui avaient légués sur le trône de Naples. Charles ne rêvait que romans de chevalerie, gloires et fumées italiennes. Il mordit à l'hameçon, prépara son armée. Ludovic se frotta les mains et se crut sauvé. Néanmoins, Béatrice sut lui faire admettre que, tant qu'elle serait duchesse en titre de Milan, Isabelle serait dangereuse. Ne valait-il pas mieux en faire une veuve ?

— Galeas est malade, faible de constitution, suggéra la jeune femme. Il faudrait si peu de chose… et je sais que tu possèdes ce peu de chose.

— J'ai horreur de faire couler le sang, coupa Ludovic.

— Qui parle de faire couler le sang ? Il est des moyens plus simples, moins voyants. Ne te semble-t-il pas qu'il est ridicule que, possédant la réalité du pouvoir, tu n'en aies pas également le titre ?

La première fois que Béatrice avait abordé le sujet, le duc de Bari avait repoussé l'allusion, mais à mesure que le temps coulait, il faiblissait, faiblissait… tellement qu'en octobre 1494, le jeune duc Jean-Galeas

mourait au château de Pavie. Il avait bu un verre de sirop que lui avait offert Ambrogio da Rosate, l'astrologue favori de Ludovic.

Isabelle, éperdue, alla se jeter aux pieds du roi Charles VIII, dont les troupes foulaient le sol italien, mais sans rien en obtenir. Il marchait sur Rome, où son approche frappait de terreur le pape Alexandre VI Borgia et ne voulait pas perdre de temps à Milan… à Milan où les fêtes du couronnement de Ludovic et de Béatrice atteignaient un éclat sans pareil. Comme l'avait espéré la jeune femme, le Conseil de la ville avait préféré leur remettre la couronne plutôt que vivre encore l'interminable minorité d'un duc enfant avec une femme pour régente.

Béatrice attendait son deuxième enfant et cette attente était pénible. La duchesse maigrissait, devenait irascible. À mesure que son corps se déformait, son visage jaunissait, se creusait. Malgré les avis de ses médecins alarmés, elle refusait de renoncer à ses chasses, à ses randonnées à cheval. Elle avait toujours été une intrépide cavalière et montait infiniment mieux que son époux. Celui-ci, malgré son inquiétude, n'osait lui interdire ce dangereux plaisir qu'elle revendiquait avec hauteur.

L'amour du duc pour sa femme était toujours aussi grand, mais commençait à manquer d'aliments substantiels. Il avait toujours aimé les femmes belles, sereines, rieuses et douces. Durant cette attente, Béatrice était tout juste le contraire.

Il remarqua alors l'une des demoiselles d'honneur de sa femme, dont la beauté parfaite rappelait un peu celle de Cecilia. Elle se nommait Lucrezia Crivelli et Ludovic se mit à lui faire une cour discrète mais pressante.

Tant qu'il n'en fut qu'aux travaux d'approche, Béatrice ne se douta de rien. Cette Lucrezia était sa favorite, et

elle la réclamait toujours auprès d'elle. Mais la belle enfant brûlait d'accepter les hommages du puissant duc de Milan, assortis d'un joli petit palais sur la place du Dôme, et ne se montra pas longtemps cruelle. Naturellement, ces deux désirs ne pouvaient que se rencontrer.

Le 2 janvier 1497, une couche de neige épaisse couvrait Milan. Il faisait très froid et la duchesse Béatrice, plus lasse et plus faible que jamais, avait l'impression qu'elle ne se réchaufferait jamais. Depuis le matin, elle arpentait sa chambre nerveusement, enveloppée d'une robe de drap vert entièrement fourrée de zibeline qui jaunissait encore son teint plombé et la faisait paraître aussi large que haute. D'un œil sombre, au début de l'après-midi, elle avait vu son mari quitter le château à cheval, suivi d'un seul écuyer, et sa naine Prisca, qui l'observait, avait vu Béatrice mordre ses lèvres de rage. Une demi-heure plus tard, la duchesse commandait sa litière et une forte escorte, sans consentir à s'expliquer. À l'unique dame d'honneur qu'elle emmenait, elle dit seulement :

— Nous allons place du Dôme. Je veux rendre visite à Lucrezia, que l'on dit si souffrante…

En effet, peu de temps après, la litière s'arrêtait devant le petit palais et Béatrice appelait le capitaine qui commandait son escorte :

— Entourez cette maison avec vos hommes et ne laissez sortir personne, ordonna-t-elle. Pas même le duc s'il se présentait. Vous m'en répondez sur votre tête !

Laissant l'homme pétrifié, Béatrice pénétra dans l'élégante demeure, appuyée sur sa dame d'honneur. Lucrezia accourut et la reçut sur le palier du grand escalier, mais en constatant qu'elle était plus blanche que sa robe, Béatrice eut un petit sourire cruel.

— On m'a dit que tu étais malade et je suis venue aux nouvelles. Mais tu sembles en parfait état. Néanmoins, puisque je suis ici, fais-moi donc visiter ta nouvelle demeure. Tu es bien logée, il me semble.

Bon gré mal gré, il fallut bien que Lucrezia, plus morte que vive, précédât sa maîtresse. Son domestique lui avait dit que la maison était cernée et Ludovic était dans sa chambre. En désespoir de cause, elle l'avait poussé derrière un rideau, dans sa garde-robe, et il n'était guère encourageant de savoir qu'il avait presque aussi peur qu'elle.

Lentement, sans lui faire grâce de rien, la duchesse visita chaque pièce, commentant chaque objet, chaque peinture, mais ce fut dans la chambre qu'elle s'attarda le plus longtemps. Sa main, gantée de peau souple, poussa négligemment une porte peinte.

— Ta garde-robe, j'imagine ? Montre-moi tes robes. Tu sais combien j'adore les chiffons.

Lucrezia, flageolante, dut s'appuyer au mur pour ne pas tomber en voyant la dame d'honneur ouvrir les coffres, sortir les robes. La duchesse cherchait quelqu'un, elle en était sûre et malheureusement, son visage décoloré avait dû la renseigner amplement. Bientôt, Béatrice aperçut, sous un rideau, le bout d'une botte en maroquin vert… et ce fut elle qui dut se raidir.

Au prix d'un violent effort sur elle-même, elle parvint à retenir le geste qui la poussait à écarter ce rideau, à découvrir le coupable. Mais son orgueil la sauva.

Une Este ne pouvait s'abaisser à une réaction de petite-bourgeoise. D'un geste nerveux, elle rejeta l'étoffe qu'elle examinait.

— Rien de fort beau… Celui qui t'entretient est bien ladre, ma fille ! C'est misérable ici.

Puis, sans un regard à la malheureuse Lucrezia, elle saisit le bras de sa suivante et sortit. Malgré ses fourrures, elle tremblait comme une feuille. Mais elle refusa de rentrer au château. Elle voulait chercher l'apaisement dans la prière et se fit conduire à Sainte-Marie-des-Grâces.

Elle aimait cette église que venait de construire

Bramante et pria longtemps dans le sanctuaire. Avant de partir, elle gagna le réfectoire du couvent. Sur un vaste échafaudage, Léonard de Vinci travaillait à une grande fresque représentant la dernière Cène.

— Ne bougez pas, messer Leonarde ! lui dit-elle gentiment tandis qu'il dégringolait et venait s'agenouiller devant elle. Je passais. Laissez-moi seulement admirer. C'est magnifique… vraiment très beau. Comme j'aimerais être sûre d'en voir la fin, ajouta-t-elle, prise d'un brusque pressentiment.

Le peintre allait parler, protester, mais elle lui ferma la bouche d'un geste triste.

— Non, ne dites rien. Je crois que je suis malade, mon ami, très malade… et que je ne durerai guère. Dieu vous garde.

Et elle s'éloigna, petite silhouette emmitouflée, pitoyable malgré ses joyaux, que Léonard regarda disparaître, péniblement impressionné par ce regard désespéré qu'elle avait eu, par ce masque tragique sur son jeune visage. Se pouvait-il que la mort eût déjà marqué cette créature qui incarnait la vie même ?

Il y avait bal, ce soir-là au château, et les danses avaient commencé. Lentes, graves, elles semblaient faites pour les robes fantastiques et somptueuses des dames. Elles s'approchaient de leurs cavaliers puis s'en séparaient avec solennité, saluaient gracieusement pour revenir encore reprendre les mains offertes. La musique était douce, tendre et presque mélancolique, propice aux rapprochements amoureux, et ce soir, elle faisait mal aux nerfs de Béatrice, qui l'avait tant aimée.

Pour paraître à cette fête, elle avait rassemblé tout ce qui lui restait de forces. Parée comme une madone, ruisselant d'or et de pierreries qui faisaient plus tragique encore son petit visage peint et maquillé, elle était apparue, droite, la tête haute, comme une idole impas-

sible, si hautaine et si lointaine que Ludovic n'avait pas osé rencontrer son regard. Presque timidement, il était venu lui offrir la main pour la conduire au trône ducal, mais il n'avait pas osé s'y asseoir auprès d'elle. Elle savait tout de lui à présent et une gêne affreuse le paralysait, jointe à l'inquiétude d'avoir trouvé glacée la main qu'il avait prise.

— Bice, implora-t-il, tu es bien pâle… Tu ne devrais pas être ici…

Elle n'avait pas répondu, s'était détournée pour sourire aux stupides compliments, aux fadaises de ses courtisans. Jamais elle n'avait senti son cœur si lourd, si oppressé. Il lui semblait que ses forces coulaient de ses membres comme de l'eau. Mais sa nature la poussait à combattre encore, contre elle-même, contre le sort, contre la mort même s'il le fallait, tant qu'il lui resterait un souffle. Avec un regard de défi à son époux, elle annonça :

— Je veux danser.

— Bice ! Ce n'est pas sérieux ?

Sans répondre, elle appela du geste l'un de ses fidèles, Gaspare Visconti, lui tendit la main pour qu'il l'aidât à descendre du trône.

Lentement, au milieu d'un silence profond, elle s'avança, vision éblouissante dans ce décor de fête. La musique reprit, très doucement, comme si elle hésitait. Béatrice sourit à son cavalier, fit quelques pas, tourna légèrement, se plia pour une révérence. Mais les caissons bleu et or du plafond se mirent soudain à tournoyer. Le sol parut se dérober, les murs s'abattre comme si un tremblement de terre avait soudain secoué le palais. Avec un cri plaintif, Béatrice d'Este glissa sur le sol, sans connaissance… Le bal était fini.

À peine eut-on rapporté la duchesse dans son lit que les douleurs de l'enfantement commencèrent, prématurées mais si violentes qu'elles achevèrent l'œuvre de

mort. Bien avant le lever du sombre jour d'hiver, la jeune duchesse de Milan avait cessé de vivre.

Le vendredi suivant, son corps léger, délivré de l'enfant mort-né, était conduit à Sainte-Marie-des-Grâces par un cortège si long que son commencement entrait déjà dans l'église alors que sa fin n'avait pas encore quitté le château des Sforza. Ludovic le More le suivit, tête nue, vêtu de noir, le désespoir au cœur. Pis encore : un noir pressentiment l'assaillait dont il ne pouvait se défaire : celui que Béatrice, avec elle, avait emporté sa chance. Elle avait été une étoile joyeuse dans sa vie, une étoile qui ne se rallumerait plus… son étoile ! Que serait maintenant le destin de l'homme qui avait usurpé le trône de Milan ?

Les voix profondes des moines entonnèrent les cantiques de la mort. L'époux de Béatrice ferma les yeux et frissonna…

Trois ans plus tard, sa défaite à Novare en faisait le prisonnier de Louis XII, et tandis que le Milanais tombait aux mains des Français, Ludovic allait vivre ses dernières années derrière les murs formidables du donjon de Loches. Il n'en sortit en 1508 que pour mourir de joie d'avoir retrouvé le soleil et l'air libre.

La dame de Forli

I. Échec à César !

Vêtu d'un grand manteau noir qui recouvrait presque totalement son armure et s'étalait sur la croupe luisante du cheval, une plume blanche agrafée d'un beau diamant à son bonnet de velours noir, César Borgia chevauchait d'un air sombre. Le dos rond, le regard lointain, il cachait sous un masque son visage couvert de pustules par le violent accès de la syphilis qui le rongeait. Quand il était aux prises avec le mal, César cachait sa figure, devenue repoussante, même à ses plus intimes familiers.

Précédé de ses sonneurs de trompettes, il traversa Forli sous la bise aigre de ce 1er janvier 1500, franchit la porte de Ravaldino et s'approcha de la forteresse silencieuse, retranchée derrière son large fossé plein d'eau, murée dans une défense hautaine. Derrière les créneaux, on apercevait la silhouette grise des hommes d'armes qui veillaient, en apparence indifférents à la masse compacte des troupes et des tentes qui investissaient leur dernier refuge.

Le XVe siècle venait de se terminer et ce froid matin d'hiver marquait la naissance d'un nouveau siècle, dans

les Romagnes dévastées par la guerre qui offrait un aspect bien sombre. Chacun se terrait chez soi, autant pour se protéger de la neige et du gel que de cette armée de quatorze mille hommes qui avait ravagé les campagnes et campait maintenant sous Forli. Une belle armée en vérité, forte et magnifique, l'armée de César Borgia ; fils du pape Alexandre VI et duc de Valentinois par la grâce de Louis XII, roi de France, et aussi par l'effet de son mariage avec la belle Charlotte d'Albret.

Avec cette armée, César voulait se tailler un royaume dans la mosaïque d'États indépendants dont se composait alors l'Italie, qu'il déclarait vouloir « manger feuille à feuille comme un artichaut ». Et comme entrée en matière, il avait jeté son dévolu sur les Romagnes. Le roi Louis XII ayant conquis le Milanais avec la bénédiction du pape, César avait entraîné ses alliés français, peu enthousiastes mais liés par leur alliance, à l'attaque de ces Romagnes, authentique verrou soudé entre le territoire de Florence et les États de Venise.

Il avait cru venir aisément à bout du premier État romagnol parce qu'il appartenait à une femme. Mais depuis trois semaines qu'il avait pénétré sur ses terres, Catherine Sforza, comtesse d'Imola et de Forli, lui avait démontré que toutes les femmes n'étaient pas de faibles créatures faciles à vaincre.

Néanmoins, par crainte des rigueurs d'un siège, Imola avait ouvert ses portes au Borgia et Forli elle-même, la capitale comtale, travaillée par les couards de son Conseil communal, l'avait reçu sans coup férir, mais la victoire n'était pas acquise pour autant car, enfermée dans la forteresse de Ravaldino commandant la cité, Catherine, bien pourvue d'armes, d'hommes et de vivres, narguait Borgia et menaçait sa capitale traîtresse qui, sans Ravaldino, n'était guère plus qu'une coquille vide. Les canons de la comtesse tiraient aussi bien sur les assiégeants que sur la ville et, sur le donjon

de la citadelle, sa bannière où se tordait la vipère des Sforza toisait insolemment le taureau Borgia.

Ce n'était vraiment pas une femme ordinaire que la dame de Forli ! Fille bâtarde mais légitimée de Galeazzo-Maria Sforza, duc de Milan, et de Lucrezia Landriani, une belle Milanaise, elle avait été élevée en véritable princesse par l'épouse légitime du duc, Bona de Savoie, sœur de la reine de France.

Elle avait appris les lettres, le grec, le latin, les sciences et les arts. À onze ans, pour des raisons politiques et malgré les larmes de la duchesse Bona, on l'avait mariée à un très déplaisant mais très puissant personnage, Girolamo Riario, neveu favori du pape Sixte IV, qui devait tout à son oncle et rien à sa fort mince naissance. C'était, selon les uns, un ancien épicier, selon les autres, un ex-douanier de Savone.

Mais comme tous les parvenus, il n'en était que plus arrogant, et sitôt le mariage célébré, il avait exigé, en dépit du jeune âge de la fiancée, d'exercer aussitôt ses droits conjugaux. Catherine, traitée comme une esclave par ce gros homme beaucoup plus vieux qu'elle, était sortie de l'expérience meurtrie, déçue mais fermement décidée à tirer de sa triste situation le plus grand parti possible : elle ne serait pas heureuse, soit. Mais du moins serait-elle puissante et riche !

Et de fait, pendant dix années, elle avait été la véritable reine de Rome, faisant de son palais de Saint-Apollinaire le rendez-vous de toutes les élégances, de toutes les noblesses et de tous les arts. Des enfants étaient nés, qui n'empêchaient pas Riario de courir les filles. Mais Catherine s'en moquait : elle régnait.

À vingt ans, sa beauté était célèbre dans toute la péninsule. Elle y ajoutait une vitalité débordante, une intelligence aiguë, une profonde culture et un orgueil quasi démesuré qui ne permettait à personne, et à l'époux moins encore qu'à quiconque, d'oublier ses

origines princières. Ses toilettes étaient luxueuses, ses bijoux royaux, et sa maison capable de faire envie à une impératrice.

Malheureusement, toute cette fortune tenait à une chose bien fragile : la vie d'un vieillard. Or, le 12 août 1484, Sixte IV mourait dans une Rome écrasée de chaleur et en proie à la mort noire que ramenait chaque été la pestilence des marais voisins. La ville fermentait, bouillonnait comme un chaudron de sorcière, et tandis que les factions nobles, déchaînées, se livraient à de sanglants règlements de comptes, le peuple s'abandonnait au pillage des riches demeures des parents du défunt. Celui des Riario, bien sûr, venait en tête. C'était d'ailleurs une sorte de coutume, et les Romains se payaient ainsi, avec l'enthousiasme que l'on devine, des exactions subies durant le règne.

Prudemment, Girolamo Riario choisit de se terrer au milieu de l'armée pontificale, dont il était gonfalonier, et se retira au Ponte Molle, c'est-à-dire aux portes mêmes de Rome, attendant dans l'angoisse la nomination du nouveau pape dont dépendrait son sort.

Tandis qu'il se contentait de trembler sans songer un seul instant à utiliser sa puissance militaire, sa femme faisait face aux événements avec un courage magnifique. Enfermée dans le château Saint-Ange avec une poignée de soldats, une cuirasse lacée sur sa robe de drap brun et sur son corps déformé par une grossesse presque à terme, Catherine tenait Rome sous la menace de ses canons, bien décidée à ne sortir qu'après avoir obtenu du nouveau pontife une sérieuse contrepartie.

Une escarcelle pleine d'or à la ceinture, une hachette tordue à la main, elle imposa la terreur à la ville ainsi qu'au Sacré Collège, qui la savait capable de tout. Et son attitude énergique en imposa si bien que, lorsqu'elle consentit enfin à rendre la forteresse au nouveau pape, Innocent VIII, elle conservait ses biens et ses États

de Romagne, jadis donnés par Sixte IV à son neveu bien-aimé. Ce fut donc en toute tranquillité et avec les honneurs de la guerre que, escortée de son époux et de ses enfants, elle gagna Forli et s'y installa pour y vivre comme n'importe quelle autre souveraine.

Malheureusement, à peine installé à Forli, le peu intéressant Girolamo se hâta d'y reprendre ses détestables habitudes et ne mit guère de temps à se faire exécrer. Tant et si bien qu'en 1488, il était proprement assassiné. Toutefois, aux yeux de sa femme, il n'en était pas moins le légitime seigneur, victime d'une poignée de croquants, et non seulement elle porta son deuil mais encore elle vengea sa mort avec un certain nombre de potences qui ne tardèrent pas à recevoir leur charge sinistre. Après quoi, la conscience tranquille, elle s'occupa d'elle-même et s'offrit un amant.

Elle s'était éprise, assez follement comme les femmes qui n'ont pas trouvé à épancher un cœur trop brûlant, d'une espèce de capitaine d'aventures, un certain Giacomo Feo, superbe garçon mais bête à pleurer et d'une prétention sans limite qui, jointe à une cruauté native, en faisait un être assez odieux.

Il l'était même tellement qu'en 1495, une conspiration menée par le propre fils de la comtesse, Ottaviano, régla le sort du beau capitaine, dont entre-temps Catherine avait fait son époux, car c'était une femme qui avait des principes et ne pouvait aimer que dans la légalité.

Cette fois, la vengeance fut atroce, parce que le cœur de la veuve était cruellement touché ; des hommes, des femmes et même des enfants payèrent de leur vie la mort du bien-aimé. Ottaviano lui-même ne dut son salut qu'à la rapidité de son cheval.

Catherine pleura beaucoup mais reçut chez elle un autre capitaine, un vrai cette fois, et une sorte de héros. Il se nommait Jean de Médicis et appartenait à la

grande famille florentine. Mais décidément, le mariage ne réussissait guère à la dame de Forli : après un an de bonheur, Jean de Médicis mourait, de sa belle mort d'ailleurs, la laissant mère d'un petit garçon destiné à faire quelque bruit dans le monde[1].

Veuve pour la troisième fois, la comtesse Catherine ne se remaria pas… mais on disait que son cœur battait un peu trop fort pour le beau Giovanni da Casale, qui commandait les troupes de sa forteresse… et sur lequel reposait une grande partie de sa défense.

Giovanni da Casale ! L'homme dont l'appui et l'amour étaient devenus ses biens indispensables à l'heure du grave danger que représentait Borgia.

Ce matin du 1er janvier, le fils du pape demeura un moment immobile et silencieux en face de la forteresse. Il ne se pressait pas. Il regardait, cherchant un moyen de mordre dans cet énorme gâteau de pierre dure dont la défense obstinée l'irritait. Sous lui, son cheval grattait du sabot le sol gelé.

Puis, avec un soupir, il recula, et sur un signe, les sonneurs embouchèrent leurs longues trompettes d'argent et lancèrent un appel dans l'air glacé. L'un des capitaines de Borgia s'approcha du fossé et interpella la sentinelle qui s'était penchée au créneau :

— Va dire à la comtesse que le seigneur duc désire lui parler sur l'heure.

Le soldat fit signe qu'il avait compris et disparut. César, impassible, attendait, laissant son regard errer par les trous du masque sur le camp français dont on pouvait apercevoir, d'où il était placé, toute l'étendue. De temps en temps, ses yeux revenaient au château fort, bâtisse ramassée et trapue, pas très élevée mais dont les fossés étaient si profonds qu'ils donnaient une énorme impression de puissance. Depuis trois

1. Le célèbre condottiere Jean des Bandes noires.

semaines que les canons de Borgia battaient ses rudes murailles, celles-ci montraient tout juste quelques lézardes. Encore la comtesse les faisait-elle réparer durant la nuit.

Soudain, de l'une des tours, une voix claire se fit entendre :

— Que voulez-vous, seigneur duc ? Me voici !

Appuyée d'une main au créneau en forme de papillon, une femme éblouissante regardait César qui, machinalement, intimidé peut-être par l'aspect imposant de son ennemie, descendit de cheval, ôta son bonnet et salua en grand seigneur.

En l'honneur de l'année nouvelle, la dame de Forli avait fait toilette, de même qu'elle avait arboré sur ses murailles les bannières de toutes les familles qui lui étaient alliées, depuis les pilules[1] des Médicis jusqu'au lion de Bologne. Délaissant pour une fois l'armure devenue sa vêture la plus habituelle, elle portait une fastueuse robe de satin blanc, tellement brodée d'argent que dans le pâle soleil d'hiver, elle paraissait givrée. Une cape de velours noir, aussi grande que celle du Borgia mais doublée d'hermine, la protégeait du froid, et sous le voile argenté qui ennuageait sa tête, les diamants qui semaient ses épais cheveux d'un blond de lin jetaient des éclairs. Dans tout ce blanc et tout ce noir, qui étaient d'ailleurs ses couleurs, Catherine avait l'air d'une apparition et César ne put s'empêcher de penser qu'en dépit de ses trente-six ans, sa taille et son pur visage éclairé de deux grands yeux couleur d'aventurine étaient ceux-là mêmes d'une jeune fille. Visiblement, elle attendait qu'il parlât, et devant son silence, fronçait déjà les sourcils.

— Eh bien ? fit-elle.

1. Allusion satirique de l'époque accusant les Médicis d'avoir eu un ancêtre apothicaire.

— Madame, fit César, j'ai à cœur de vous montrer la très haute estime en laquelle je vous tiens et de vous persuader que je ne voudrais jamais, non seulement maltraiter, mais seulement contrister plus qu'il n'est nécessaire votre personne. Et je vous propose, et je vous conjure de me céder spontanément cette forteresse de Ravaldino. Je vous promets les conditions les plus avantageuses. Ainsi, vous ferai-je assigner par le Souverain Pontife des revenus convenables pour Votre Seigneurie et pour ses enfants. Je vous en donne ma parole et m'en porte garant : vous pourrez même vous établir à Rome si cela vous agrée, à moins que…

La comtesse, qui jusqu'à cet instant avait écouté son ennemi sans sonner mot, l'interrompit d'un geste sec :

— Brisons là, seigneur duc, fit-elle. Je suis fille d'un homme qui n'a point connu la peur et suis déterminée à marcher sur ses traces tant que Dieu m'accordera un souffle de vie. Je vous rends grâce de la bonne opinion que vous prétendez avoir de moi, mais quant à la promesse que vous me faites aujourd'hui en votre nom et en celui du pontife suprême, je me vois forcée de vous dire que, les prétextes invoqués par votre père pour me faire déchoir de mes droits souverains ayant été déclarés iniques et misérables par tout le monde, je tiens vos promesses et les siennes pour fallacieuses et menteuses. L'Italie tout entière sait ce que vaut la parole des Borgia et la mauvaise foi du père enlève tout crédit aux offres de son fils.

Ayant ainsi parlé, la comtesse salua d'un bref signe de tête et s'éloigna. Un instant, on vit voltiger son voile blanc sur le fond clair du ciel. Puis il n'y eut plus rien sur le rempart que les lourdes silhouettes des soldats de garde.

Remontant en selle, César Borgia fit volter son cheval avec rage et, entouré de son escorte cette fois, franchit de nouveau la porte de la ville dans laquelle

il s'engouffra. Dans le camp français, on avait suivi la courte scène avec un mélange d'étonnement et d'admiration, ce second sentiment allant tout entier à la comtesse.

— Quelle femme ! s'écria le bailli de Dijon, Antoine de Bissey, qui commandait les troupes suisses engagées par le pape Alexandre VI pour renforcer celles de son fils. Comment ce maudit Borgia ose-t-il s'en prendre à cette magnifique créature ?

Un éclat de rire lui répondit. L'homme qui l'avait poussé était le propre cousin de Louis XII, le duc de Vendôme. Comme la plupart de ceux qui prenaient part à ce siège, il n'aimait guère César, ni d'ailleurs aucun Borgia. En revanche, Catherine Sforza avait droit à toute son admiration. Ce n'était pas le cas, jusqu'à présent, d'Antoine de Bissey, qui entendait n'avoir pour sentiments que ceux de son intérêt. Sa remarque avait donc mis le duc en grande joie.

— Si je vous comprends bien, mon ami, vous voici parvenu au même point que tout le reste de notre armée : Madame de Forli vous a séduit.

— Au point que je veux ce soir même faire composer une ode en son honneur.

— Faites, mon cher, faites ! Ce ne sera pas la première. Il n'est pas un seul de nos Français sachant tenir une plume et aligner un vers qui n'ait rimé en son honneur quelque poème, bon ou mauvais. Par la voie des frondes, on lui en adresse une bonne dizaine à chaque lever du soleil. Votre ode ne fera qu'une de plus.

César Borgia fit donner l'assaut presque aussitôt. Il fut violent, rageur, du côté de ses troupes, plus mou de la part des Français et, bien entendu, sans résultat. Quand vint la nuit, le calme que dispensait le crépuscule s'installa sur le camp, sur la ville, où l'on n'avait guère osé fêter le nouveau siècle, et sur la forteresse.

Tout fut paisible comme si la guerre avait soudain cessé.

En haut du donjon, de nouveau accoudée au créneau, la dame de Forli vint observer la campagne nocturne où traînait encore, vers l'occident, une mince bande blafarde.

Complètement enveloppée dans un manteau noir, elle se fût confondue avec la nuit et avec la muraille sans la tache plus claire de sa tête nue. Les paroles d'orgueil et d'insolence criées l'ennemi lui avaient causé une joie violente, grisante comme un vin trop fort. Il y avait si longtemps qu'elle rêvait de les lancer au visage de cet homme, jadis un ami, parrain de l'un de ses enfants même, et qui cherchait maintenant sa perte avec un acharnement impitoyable.

Mais cette minute enivrante était passée, et dans le silence et l'obscurité, la comtesse osait s'avouer qu'elle était lasse, lasse à mourir, en dépit de la belle confiance qu'elle s'était donné la joie d'afficher.

Les renforts qu'elle espérait n'arrivaient pas. Florence, dont son mariage avec Jean de Médicis l'avait faite fille et ressortissante, était réduite à l'inaction par les menaces non déguisées d'un pape indigne, dont la main bénissante s'armait tantôt d'une dague tantôt d'une coupe de poison. Une lettre assez embarrassée de l'habile Machiavel, depuis longtemps l'ami de Catherine, lui avait appris qu'elle n'avait plus rien à attendre de ce côté-là.

Du côté de Milan non plus, d'ailleurs. Le duc régnant, Ludovic le More, oncle de la comtesse, avait fui jusqu'en Autriche devant les armées du roi de France, qui réclamait pour lui-même, par héritage, le duché de Milan.

Restait la propre sœur de Catherine, Bianca-Maria Sforza, que son mariage avec l'empereur Maximilien avait faite impératrice d'Allemagne. La dame de Forli avait beaucoup espéré d'elle, mais Bianca-Maria ne

donnait même pas signe de vie. Et c'était cela, au fond, qui attristait le plus l'assiégée : le silence de sa petite sœur, qui pouvait si facilement oublier les tendres années de l'enfance et les membres de sa famille. Non, en vérité, il n'y avait de secours à attendre de personne… que d'elle-même et de son propre courage.

— Je suppose que vous savez aussi bien que moi que nous sommes perdus ? fit soudain une voix derrière la jeune femme.

Et cette voix répondait si bien à celle qui résonnait au fond de son âme, que la comtesse ne se retourna même pas. D'ailleurs, elle savait bien qui était là : le seul être qui dans la forteresse eût le droit de troubler ses méditations et de lui parler sur un ton aussi rude, parce que ce droit, il le tenait de l'amour.

— Je le sais, Giovanni, dit-elle doucement.

— Alors, pourquoi avoir refusé l'offre de Borgia ? Qu'aurez-vous gagné quand cette forteresse sera prise, détruite, et que nous serons tous morts ?

Elle haussa imperceptiblement les épaules. Ce n'était pas d'hier qu'elle avait découvert que chez un homme, la beauté s'accompagnait rarement d'une grande intelligence.

— Que gagnerai-je à écouter César ? rétorqua-t-elle. Si j'acceptais, sais-tu ce qui m'arriverait, ce que l'on m'offrirait ? Une bonne prison… ou alors quelque bon souper chez le pape ou chez César, un de ces soupers que l'on digère si mal. La cantarella ne me tente pas, Giovanni, ni les cachots du château Saint-Ange. Je les connais trop bien.

Avec insolence, Giovanni da Casale haussa les épaules. Il jugeait stupide une résistance aussi acharnée contre un ennemi tellement plus puissant, et ne s'en cachait pas.

— Voilà bien les femmes ! Elles sont incapables de croire à la parole d'un homme, d'un capitaine.

— Parce que les hommes sont rarement dignes de foi. Je connais César, mon ami, c'est l'avantage que j'ai sur toi. Il me hait, et bien davantage encore depuis que j'ai refusé pour mon fils Ottaviano la main de sa sœur, la trop fameuse Lucrèce.

— Pourquoi ces offres aimables, alors, puisqu'il est sûr de gagner ?

— Parce qu'il craint de se couvrir de ridicule aux yeux de ses alliés. Ton capitaine en est à sa première campagne, Giovanni. Souviens-toi qu'il n'y a pas deux ans, ce foudre de guerre était encore cardinal, qu'il a tué son frère Juan pour prendre sa place et qu'à peine la simarre jetée aux orties, il s'est marié avec la complicité de son lamentable père !

« Qu'attendre de cet assassin, de ce défroqué, fils d'un prêtre concussionnaire et débauché ? Je hais les Borgia, Giovanni, et il me plaît de voir César trépigner de rage, avec sa belle armée, devant la porte d'une femme.

— Et c'est pour cette satisfaction que nous devons tous périr, jusqu'au dernier ?

Elle le toisa, frappée tout à coup par une cruelle déception.

— Je ne pensais pas que la mort pût effrayer un soldat, Giovanni, ou même un homme véritable. Mais peut-être après tout n'es-tu ni l'un ni l'autre ?

II. La captive aux chaînes d'or

Ce soir-là, Catherine demeura longtemps sur le rempart après que son amant eut disparu, sans doute pour aller chercher au fond d'un broc de vin l'oubli de la peur que lui inspirait César Borgia. Jamais comme cette nuit, elle n'avait éprouvé à ce point le besoin de solitude. Peut-être parce que son âme indomptable portait maintenant une fêlure.

Résister lui avait paru facile, vivifiant même, tant qu'elle avait imaginé que le cœur de celui qu'elle aimait battait à l'unisson du sien. Mais avec quelques phrases, l'idole avait vacillé sur ses pieds d'argile et s'était effondrée dans la boue. Un lâche ! Giovanni n'était qu'un lâche. Elle l'avait cru sans peur, sinon sans reproche, et à découvrir en lui un couard, elle éprouvait une sorte de malaise physique proche de la nausée.

Elle n'avait pas de chance, décidément. Hormis Jean de Médicis, tous les hommes qui avaient joué un rôle quelconque dans sa vie étaient des lâches, depuis Girolamo Riario, son premier mari, jusqu'à ce Giovanni da Casale, en passant par le beau et stupide Feo, son second époux. On eût dit qu'elle attirait les pleutres, elle dont la vaillance était célèbre dans toute la péninsule.

La dame de Forli allait enfin quitter le chemin de

ronde pour prendre quelque repos quand une flèche siffla et vint s'enfoncer en vibrant dans la porte de l'escalier, non loin d'elle. Quelque chose de blanc, un papier sans doute, était attaché à l'empennage.

Elle le détacha, le lut, et un sourire mélancolique vint éclairer son beau visage. C'étaient des vers d'amour, un court poème écrit en français et qui célébrait à la fois son courage et sa beauté. Ce siège, décidément, n'avait rien d'habituel et si Borgia se révélait un ennemi acharné, les Français qui l'aidaient par ordre du roi Louis XII étaient de bien curieuses gens. Ils assiégeaient la forteresse d'une femme qu'ils couvraient de vers et de déclarations enflammées…

Car ce billet n'était pas un cas isolé. Il en tombait sur le chemin de ronde trois ou quatre chaque nuit, et ce n'étaient jamais des lettres anonymes ; poèmes ou billets doux étaient toujours signés, parfois de fort grands noms, et tous comportaient autant de passion que de fautes d'orthographe, ce qui n'était pas peu dire !

Fourrant le papier dans son aumônière, la comtesse se décida enfin à regagner ses appartements, mais sans qu'elle pût expliquer pourquoi, son cœur était un peu moins lourd. Ces hommages venus du camp ennemi apaisaient quelque peu sa déception, car elle était trop femme pour ne pas se montrer sensible, si peu que ce fût, à une dévotion qui employait de tels moyens pour se faire connaître.

Le lendemain matin, Borgia fit une nouvelle tentative de conciliation, encore plus mal reçue que la veille. La dame de Forli lui rit au nez, et comme il offrait pour caution de sa bonne foi les paroles d'honneur du bailli de Dijon et du seigneur d'Allègre, elle lui répliqua fort vertement que « là où manquait le principal, il n'y avait que faire de l'accessoire… ». On ne pouvait, selon elle, être bon gentilhomme, même si l'on était roi de France, en étant l'allié d'un bandit tel que César Borgia !

Naturellement, après une entrevue de cette aménité, le Valentinois rentra au palais de la cité à peu près fou de rage, jurant qu'avant peu, il aurait raison de cette femme indomptable. Et cela, par n'importe quel moyen !

Or, il se trouva que ce moyen vint à lui le soir même, sous la forme d'un homme masqué, entièrement vêtu de noir, qui se présenta au palais et demanda à lui parler personnellement :

— Si je vous livre la forteresse de Ravaldino, que ferez-vous de moi, seigneur duc ?

L'œil froid de César s'alluma brièvement, tandis qu'un sourire glissait sous le masque de velours noir. Ce langage lui convenait car il le comprenait. Un traître. C'était tout juste ce qu'il lui fallait. Mais il avait l'impression de connaître cette tournure, de l'avoir déjà vue plusieurs fois.

— Qui êtes-vous ?

— Que vous importe si je vous donne ce que vous souhaitez.

— Je n'aime guère les gens masqués quand ce n'est pas pour une raison aussi valable… que la mienne.

— Elle est aussi valable, croyez-moi… peut-être craigné-je moi aussi de faire horreur. Mais nous perdons du temps ! Que m'offrez-vous contre la forteresse ?

— Vous croyez-vous en mesure de vous montrer fort exigeant ? Tôt ou tard, Ravaldino tombera. Il faudra bien que le comtesse Catherine cède, car je sais qu'aucun secours ne lui viendra.

— Mais dans combien de temps ? Croyez-moi, si je vous dis que vous pouvez encore être retenu ici jusqu'au printemps. Qu'en sera-t-il alors de votre réputation ? Ne fût-ce qu'aux yeux de vos alliés, qui déjà n'ont que trop tendance à admirer leur ennemie.

Il y eut un silence. Puis, à nouveau, César sourit. Il savait maintenant qui était l'homme assez lâche pour livrer une femme.

— Venez, fit-il en se dirigeant vers une petite porte basse. Nous allons en discuter dans mon cabinet.

Le 12 janvier 1500, les crieurs de César Borgia parcoururent les rues de Forli, ordonnant aux habitants de se rendre aux bords de la forteresse en apportant chacun une fascine. Celui qui mettrait quelque mollesse à l'accomplissement de cette tâche serait pendu quels que soient son âge ou son sexe.

— Nous sommes dimanche, clama César depuis le balcon du palais et vous verrez que mardi, la comtesse sera entre mes mains. J'ai parié trois cents ducats qu'il en serait ainsi. Malheur à celui qui me fera perdre !

Il n'était pas question de discuter. Chacun obéit, certains avec un affreux sentiment de honte, d'autres avec l'espoir de toucher une fabuleuse récompense, car l'on disait que Borgia avait promis cinq mille ducats à qui lui livrerait la forteresse et la comtesse. Sans se douter d'ailleurs le moins du monde que le futur bénéficiaire des cinq mille ducats était déjà trouvé. Le traître était prêt à agir.

Le jour même, les troupes pontificales se ruèrent à l'attaque. Les canons avaient enfin réussi à ouvrir deux brèches en tirant sur deux points de la muraille dont rien ne révélait extérieurement la faiblesse, mais qu'un avis judicieux leur avait signalé. Les assiégés se précipitèrent pour les colmater, mais durent se replier sous une véritable rafale de projectiles. La comtesse comprit que sa ruine était imminente, mais pas un instant l'idée de capituler n'effleura son âme vaillante.

Les assaillants avaient jeté dans les fossés tant de fascines, de pierres et de pontons qu'ils pouvaient maintenant les franchir sans peine. Aussi s'élancèrent-ils à l'assaut, passant seize à la fois. Mais là aussi, l'objectif de l'assaut avait été soigneusement choisi, car sur la grosse tour qui commandait le lieu de l'attaque et portait la bannière frappée de la vipère Sforza,

les canons se taisaient. C'était le poste de combat de Giovanni da Casale, l'amant de la comtesse.

Un Suisse, nommé Cupizer, escalada cette tour, en arracha la bannière et l'agita en l'air en signe de triomphe.

— Venez, venez, nous avons la victoire ! voici la bannière ennemie !

Mais la victoire n'était pas encore acquise et la comtesse pas encore prise. Avec une poignée d'hommes, elle s'était enfermée dans le donjon non sans avoir craché son mépris à la face de son amant.

— Lâche ! aucun homme n'est plus lâche que toi ! et peut-être aussi n'es-tu qu'un traître ! Que t'a promis Borgia pour que tu laisses passer l'assaut sans tirer ?

Mais l'heure n'était pas encore aux explications. Le combat reprit, féroce, acharné. Plusieurs fois, entourée de ses derniers fidèles, la dame de Forli tenta des sorties. Elle combattait elle-même, alors que César, laissant faire ses troupes, avait préféré regagner son palais de la cité pour y attendre la fin des combats en préparant la suite de ses campagnes.

Droite dans la mêlée, ses longs cheveux blonds dénoués flottant sur ses épaules, elle abattait inlassablement la hache d'armes qu'elle maniait comme un homme. Autour d'elle, les siens accomplissaient des prodiges de valeur. Cinq cents cadavres jonchaient les abords du donjon. Mais la lutte était par trop inégale, et Catherine comprit qu'elle allait voir fondre ses troupes sans parvenir à vaincre.

— En arrière ! cria-t-elle. Retirez-vous dans le donjon ! Je le ferai sauter plutôt que de le rendre.

Ce n'était pas une menace en l'air. Dans les caves du donjon, dont les murailles lisses défiaient l'escalade, il y avait une grosse réserve de poudre. Donnant l'exemple, la comtesse voulut regagner son ultime retran-

chement tandis que ses hommes, reculant peu à peu, couvraient sa retraite.

Soudain, une exclamation de stupeur partit des rangs des combattants.

Le drapeau blanc !

En effet, sur les créneaux du donjon, quelqu'un hissait l'emblème de la capitulation, tandis qu'en bas une main criminelle refermait la porte de l'ultime refuge de Catherine. Giovanni da Casale parachevait sa trahison et s'assurait les cinq mille ducats promis par César Borgia.

L'instant de stupeur et de colère qui s'empara de la comtesse et de ses hommes leur fut fatal. Les Suisses se ruèrent en avant…

Quelques instants plus tard, l'un d'eux s'emparait de Catherine au nom du bailli de Dijon, son capitaine. D'abord furieuse, celle-ci se calma très vite, jeta sa hache ensanglantée désormais inutile tandis qu'un sourire, le premier depuis bien longtemps, apparaissait sur son visage las.

— Le bailli de Dijon ? Soit donc, Monsieur. Sachez que je me rends à lui et au roi de France ! C'est de votre maître suprême que je me déclare prisonnière.

C'était, en effet, très certainement le salut. La comtesse n'ignorait pas que la loi française interdisait qu'une femme fût prisonnière de guerre et c'est très calmement que, encadrée par les Suisses, elle quitta sa forteresse à demi ruinée et gagna le tertre où l'attendaient ses vainqueurs.

César Borgia, qui s'était hâté de revenir, s'y tenait auprès du duc de Vendôme, du bailli de Dijon et du seigneur Yves d'Allègre. Voyant s'avancer cette femme pâle aux cheveux défaits répandus sur sa robe déchirée et sanglante, ce dernier sauta à bas de son cheval et s'inclina profondément, balayant la poussière des plumes noires de sa toque. Puis il se redressa et, à pleine voix, ordonna :

— Soldats ! Au nom du roi de France, saluez !

Les tambours roulèrent, les trompettes sonnèrent, tandis que des larmes montaient aux yeux de la guerrière vaincue. Et ce fut en reine, saluée par les vivats de toute l'armée, qu'elle approcha des capitaines.

Vivement, à l'exemple d'Yves d'Allègre, le duc de Vendôme avait mis pied à terre et force fut à César Borgia, si furieux qu'il en grinçait des dents, d'en faire autant.

Le soir venu, une violente discussion éclatait entre les chefs de guerre. César Borgia exigeait que la prisonnière lui fût remise. Yves d'Allègre s'y opposait farouchement.

— Vous êtes ici pour me servir, hurlait le fils du pape. Le traité que j'ai signé avec le roi votre maître indique que les conquêtes seront miennes !

— Les conquêtes, oui, pas les femmes ! Madame de Forli est sous la protection du roi de France et je suis prêt à soutenir, les armes à la main, que ma cause est juste. Êtes-vous prêt, Monseigneur, à en faire autant ?

Il n'en était évidemment pas question. Borgia parut céder. Il se contenterait donc de la ville et de sa forteresse… Cependant, il restait encore, dans l'État un point chaud : la petite citadelle de Forlimpopoli qui ne semblait pas désireuse de se rendre, sans doute parce qu'elle ignorait la chute de Ravaldino. Monseigneur d'Allègre accepterait-il de s'en charger ?

Allègre accepta. Ce n'était d'ailleurs qu'une formalité : la comtesse vaincue, Forlimpopoli ne résisterait pas plus de quelques heures, et il voulait tout de même faire preuve de bonne volonté.

— J'y vais, dit-il. Demain, je serai de retour !

Hélas, l'apparente courtoisie de Borgia avait trompé le Français, qui n'avait encore qu'une faible idée de la duplicité du personnage. Il ne vit aucun inconvénient à ce que l'on offrît à Catherine de résider dans la maison

de l'un des notables de Forli, un certain Numai, ignorant que Borgia venait d'y transporter ses quartiers personnels à la suite de l'effondrement du toit du palais de la cité sous un boulet de canon.

Le soir même, Catherine et son ennemi se trouvèrent face à face et seuls. Borgia ne crut pas utile de conserver plus longtemps la façade d'amabilité que lui avaient imposée ses alliés. Brutalement, il mit la comtesse en demeure de lui livrer ses enfants, que l'on n'avait pu trouver.

Elle lui éclata de rire au nez.

— Mes enfants ? Me croyiez-vous donc assez stupide pour les laisser à votre merci ? Il y a longtemps qu'ils ont quitté la région et le véritable seigneur de Forli, mon fils, Ottaviano, est en sûreté à Florence. Vous pouvez me tuer, ma famille vous échappe !

Un affreux juron, bien regrettable chez un ancien cardinal, échappa à Borgia. Cette femme avait raison, une fois de plus. Tant qu'il ne pourrait pas éteindre complètement la race des maîtres légitimes de Forli, il risquerait de faire figure d'usurpateur. Était-il donc écrit qu'elle le narguerait toujours ? Fou de rage, il s'avança vers elle, le meurtre dans les yeux.

Dédaigneuse, un sourire railleur sur les lèvres, elle le regardait approcher. Un éblouissement passa, comme un voile rouge, devant les yeux de l'homme et sa main se porta machinalement vers la poignée de sa dague. La comtesse suivit le geste du regard.

— Vous voulez me tuer ? C'est là une excellente idée qui me rendra grand service.

Ce dernier défi arrêta Borgia. Il laissa retomber sa main tandis qu'un sourire mauvais passait sur son visage encore boursouflé.

— Vous tuer ? Ce serait trop facile ! Je préfère vous punir d'une autre façon.

Lentement, sans la quitter des yeux, il reprit sa

marche vers elle. Il y avait tant de haine dans ce visage nu, encore ravagé par le mal, que la comtesse frémit malgré son courage. Elle venait de comprendre quelle était la nature exacte de la punition qu'il entendait lui infliger.

Quand il posa la main sur son épaule, elle se tordit comme la vipère de ses armes célèbres, le mordit sauvagement au poignet comme n'importe quelle fille des ruisseaux de Rome. Alors il frappa, brutalement, aveuglément, sans autre souci que faire mal et réduire enfin l'orgueil et la résistance de cette femme qui le narguait encore. Elle résista cependant, luttant contre lui avec ses seules mains nues aussi courageusement qu'elle l'avait fait avec ses armes.

— C'est bien la première fois que je te vois combattre, Borgia ! lui jeta-t-elle. Il est vrai que, pour un brave de ta sorte, une femme est un ennemi convenable.

— Vous n'êtes pas une femme, vous êtes un démon !

Malheureusement, elle était épuisée par le combat livré dans la journée, par l'angoisse et des nuits entières passées sans sommeil. Lui était pleinement dispos et beaucoup plus vigoureux qu'elle. La lutte se fit moins âpre. La comtesse, désespérée, sentit qu'elle était à bout. D'un dernier coup de poing, il la jeta à terre à demi assommée… Elle y resta immobile…

Alors il bondit sur elle pour en triompher de la plus ignoble façon, car le viol était aussi l'une de ses spécialités.

Quand Yves d'Allègre revint, le lendemain, elle n'osa pas lui avouer le traitement qu'elle avait subi. Elle était en effet de ces femmes qui savent lire sans peine dans le regard et le cœur d'un homme, et il ne lui avait fallu qu'un instant pour comprendre que celui-là l'aimait. D'ailleurs il avait été l'un des signataires des nombreuses lettres que les flèches lui avaient apportées durant le siège.

Par contre, elle frémit en apprenant que le roi Louis XII le rappelait à Milan avec ses soldats, car il était impossible qu'il l'emmenât avec lui.

— Nous avons passé un accord avec monseigneur Borgia, lui dit-il. Vous serez, Madame, conduite à Rome, où vous serez traitée avec honneur et où vous résiderez en attendant que le roi mon maître ait pris une décision pour votre avenir.

— Croyez-vous vraiment à la parole d'un Borgia, demanda-t-elle tristement, même pape ?

— Je n'ai pas de raison d'en douter, Madame. J'ajoute que si vous-même n'y croyez pas, je vous supplie au moins de croire à la mienne, que je vous engage, et à celle du roi Louis. C'est un dépôt sacré qu'en votre personne il remet au pape. Un dépôt dont il demandera compte.

— En êtes-vous bien sûr ?

— Comme de moi-même. D'ailleurs, l'oublierait-il que je serais là et moi, Madame, je ne vous oublierai jamais à moins que je ne sois mort ! Mais tant que je vivrai, je serai votre défenseur et votre serviteur fidèle.

Elle lui sourit, émue par cet amour qui s'avouait aussi franchement puis, spontanément, lui tendit les deux mains.

— À cause de vous, j'essaierai d'avoir confiance. Mais ne m'oubliez pas.

Malheureusement, les pressentiments de la comtesse n'étaient que trop fondés. À Rome, elle devait expérimenter ce que valaient les paroles des Borgia, même celles d'un pape. D'abord traitée avec quelques égards et logée au Vatican dans le palais du Belvédère, elle dut bientôt faire face à une invraisemblable accusation de tentative de meurtre contre le Souverain Pontife. L'accusation, bien entendu, n'avait aucun fondement sérieux, mais on s'en servit pour l'arrêter et la jeter dans l'un des cachots de château Saint-Ange.

On l'en tira pour la faire figurer dans le triomphe que César Borgia voulait s'offrir à la manière des anciens empereurs. Et le peuple romain, qu'elle avait jadis ébloui de son faste et de sa beauté, vit passer, traînée au char du vainqueur, une femme enchaînée vêtue d'une robe de bure brune. Les chaînes étaient pesantes… mais elles étaient d'or massif. Et pas un cri ne s'éleva sur son passage, car cette femme en qui chacun devinait une victime était plus noble et plus imposante que le principal acteur de ce triomphe grotesque.

La représentation terminée, on la rejeta dans son cachot, l'un des plus noirs et des plus malsains du château fort. Elle allait y rester un an… jusqu'à ce qu'Yves d'Allègre revînt en Italie.

La mauvaise chance de Catherine avait voulu que de Milan, il fût envoyé en France, où rien n'était venu lui apprendre ce qui s'était passé à Rome, mais à peine fut-il revenu, conduisant de nouvelles troupes, que la rumeur publique lui apprit comment les Borgia entendaient l'expression « traiter avec honneur ». Il n'hésita pas une seconde.

Sautant à cheval avec une petite escorte, il gagna Rome et fit irruption plutôt qu'il ne se présenta devant Alexandre VI.

Stupéfait, celui-ci s'entendit signifier d'une voix impérieuse l'ordre de remettre en liberté immédiate la comtesse de Forli, prisonnière du roi de France et indûment détenue par l'Église. Le pape n'eut même pas la possibilité de discuter.

— Au cas où Votre Sainteté n'accepterait pas, ajouta le capitaine, qu'elle sache bien que mes troupes se trouvent actuellement à Viterbe et qu'avant une semaine, si j'en donne l'ordre, mes canons seront braqués sur Rome !

Peu désireux de s'attirer une aussi mauvaise affaire, le pape accorda la libération de la captive, qu'Yves

d'Allègre alla lui-même chercher dans sa prison. Mais ce fut une femme aux cheveux blancs, complètement épuisée, qu'il ramena à la lumière du jour. Alors, lui qui avait rêvé de la ramener en France, il écouta sa prière et la fit conduire auprès de ses enfants, à Florence.

Elle y vécut huit années encore, dans la belle villa di Castello, se consacrant tout entière à l'éducation du petit Jean, son dernier fils qu'elle aimait plus que les autres parce qu'elle se reconnaissait en lui, jusqu'à ce 28 mai 1509 où s'éteignit enfin, pour entrer dans la légende, celle qui avait été la glorieuse dame de Forli.

Carafa

(NAPLES)

Le drame de Soriano

Au soir du 1er janvier 1559, Rome apprit une nouvelle incroyable : le pape Paul IV exilait ses trois neveux, ses favoris, ceux qui avaient pu jusque-là mettre la ville en coupe réglée sans craindre la moindre représaille. Tout d'abord, personne ne voulut croire à l'événement, mais il fallut bien se rendre à l'évidence : trois jours plus tard, les trois frères : Juan Carafa, duc de Soriano et de Palliano, Carlos, cardinal Carafa, légat de Bologne et chef du Sacré Collège, et Antonio, marquis de Montebello, quittaient Rome avec armes et bagages pour se retirer dans leurs terres.

Que s'était-il donc passé ? Comment ces hommes, hier tout-puissants, en étaient-ils venus là ? En vérité, il avait fallu peu de chose : un souper, une bagarre, une courtisane et enfin, le rapport d'un moine franciscain, Fra Bartolomeo, confesseur du Saint-Père.

Ces Carafa avaient apporté de Naples, leur pays d'origine, un sang bouillant, fortement mâtiné d'espagnol, et qui les portait aux pires excès. Mais le Saint-Père, dont la vie austère et les mœurs rigides n'étaient un secret pour personne, ne pouvait même concevoir que des hommes de sa famille pussent avoir une conduite différente de la sienne. Aussi sa surprise

n'avait-elle eu d'égal que son chagrin, lorsque le père Bartolomeo, son confesseur, lui avait appris la scène du palais Lanfranchi.

Quelques jours plus tôt, le secrétaire du duc de Soriano, Lanfranchi, avait donné un grand festin où étaient conviés les principaux seigneurs de Rome, et les plus belles courtisanes.

C'est à cause de l'une d'elles, la Martuccia, qu'une violente querelle avait éclaté entre le cardinal Carlos et l'un des officiers de son frère le duc. On avait vu le prélat, en habit séculier, mettre l'épée à la main pour arracher la fille au jeune homme, un certain Marcello Capecci, Napolitain lui aussi et de sang non moins bouillant que l'impétueux cardinal. On avait pu séparer les furieux, mais le scandale avait été énorme en dépit des efforts du duc de Soriano pour l'étouffer.

En effet, cruel et violent, mais tenant particulièrement à la dignité de son entourage, le duc avait fait arrêter Lanfranchi et Capecci, mais avait dû les relâcher à cause du bruit énorme que cela faisait au palais de son frère. Un bruit tel qu'il était parvenu jusqu'aux oreilles de Fra Bartolomeo.

— Très Saint-Père, dit celui-ci à Paul IV, la mesure est comble. Si Votre Sainteté n'agit pas contre ses neveux, on dira dans toute l'Europe qu'elle leur montre vraiment trop d'indulgence. Passe encore pour les soupers, les chasses, le luxe écrasant, mais qu'un cardinal se batte pour une courtisane, cela ne se peut concevoir !

— Je ne le sais que trop, mon frère ! Et si je n'ai pas sévi sur l'heure c'est parce qu'il m'en coûte de frapper ceux qui, jusqu'ici, avaient toute mon affection. Mais vous avez raison : il faut un exemple.

Voilà pourquoi, trois jours plus tard, le duc, sa femme et sa maison prenaient le chemin du vieux château de Soriano, tandis que le marquis Antonio, qui n'était cependant pour rien dans l'affaire, regagnait

Montebello, et que le principal coupable s'en allait réfléchir à Civita Lavinia, au milieu d'insalubres marais. Ce jour-là, le Saint-Père demeura toute la journée en prière dans la chapelle Sixtine, implorant Dieu de vouloir bien pardonner à sa famille coupable et à lui-même dont la trop grande indulgence avait permis ces excès.

— Faites-vous oublier, leur avait-il recommandé en les quittant. Malheureusement, les événements à venir allaient dépasser de beaucoup ses craintes et noyer sa famille dans un bain de sang.

L'antique forteresse de Soriano, bâtie au XIIe siècle par les Orsini, n'avait rien de réjouissant, et lorsqu'elle laissait errer son regard sur le morne paysage d'alentour, la duchesse Violante ne pouvait se retenir de soupirer. Qu'ils étaient loin son beau palais romain, l'élégance de sa chambre, le faste de ses réceptions ! Ici, elle n'avait trouvé que des murs nus, des cheminées qui tiraient mal, des courants d'air et de grossiers paysans. Mais elle avait trop d'orgueil pour se plaindre. Née Violante de Cardona, antique famille espagnole qui avait donné à Naples plus d'un vice-roi, elle était cuirassée par le sentiment de son rang. C'était cet orgueil de caste qui l'avait toujours empêchée de succomber aux nombreuses prières d'amour que faisait naître sa beauté. Une duchesse de Soriano ne pouvait déchoir jusqu'à prendre un amant.

— Pourtant, Madame, disait sa confidente, Diana, votre vie est si sombre, si sévère. Le duc vous trompe et vous lui demeurez immuablement fidèle. N'avez-vous donc point de cœur ? Un cœur a besoin d'aimer.

— Le sentiment de l'honneur me tient lieu d'amour, Diana, répliquait Violante en fronçant ses épais sourcils noirs. Et je n'aime pas que tu entames ce sujet. Qu'ai-je à faire de l'amour ?

— Ce que toute femme en fait, Madame.

— C'est donc que je ne suis pas une femme, concluait la duchesse avec un rire un tout petit peu trop nerveux.

— J'en sais pourtant qui meurent d'amour pour vous sans oser le dire.

— Et tu meurs d'envie de me dire qui. Non, ma chère, je ne veux rien entendre. Ceux qui osent lever les yeux sur moi sont des impudents et des présomptueux.

Diana finissait par se taire, mais n'en pensait pas moins. Pour elle, la duchesse jouait un personnage qu'elle ne pourrait assumer toute sa vie. Elle-même, Diana Brancaccio, après avoir connu nombre d'aventures, brûlait d'une dévorante passion pour le beau Domitiano Fornari, écuyer du marquis de Montebello. Or le mariage qu'elle espérait était impossible, Fornari étant de trop basse naissance pour elle. Antonio Carafa, dont elle était cousine, ne voulait pas entendre parler d'une union avec son écuyer pour une femme de sa famille. Et Diana se désespérait, ne voyant aucun moyen de forcer d'aussi puissantes volontés, quand un soir, elle surprit un entretien qui lui donna beaucoup à penser…

Ce soir-là, la duchesse Violante fit appeler Marcello Capecci, ce gentilhomme napolitain qui avait provoqué malgré lui l'exil de la famille, sans autre but d'ailleurs que de lui donner un ordre très banal.

Il était bien rare que la duchesse se trouvât seule avec l'un de ses serviteurs. Il y avait toujours autour d'elle force dames, demoiselles et seigneurs. Mais dans cet exil de Soriano, le service était forcément restreint. Ceux qui n'ont en vue que leur propre fortune en s'attachant à un prince ne se soucient guère de le suivre dans la disgrâce… Toujours est-il que Violante était seule quand le gentilhomme se présenta chez elle.

L'ordre qu'elle avait à lui donner concernait ses lévriers de chasse et fut vite exprimé. La jeune femme, estimant n'avoir rien à ajouter, se détournait déjà pour s'approcher de la fenêtre quand, à sa grande surprise,

elle vit Marcello ouvrir la porte, s'assurer que personne ne se trouvait à l'extérieur, la refermer et s'approcher d'elle à nouveau.

— Qu'y a-t-il ? demanda la duchesse un peu nerveusement. Que voulez-vous ?

Pour toute réponse, Marcello commença par mettre un genou à terre puis, levant sur la jeune femme un regard audacieux, il déclara :

— Madame, je vous supplie de ne pas vous troubler et surtout, de ne point vous fâcher des paroles que je vais prononcer mais je ne peux plus les retenir. Il faut que je les dise…

— Des paroles ? Quelles paroles ?

— Voici des mois et des mois que je vous aime, plus que tout, plus que ma vie, plus que le Ciel même ! Je deviens fou, je brûle et…

— Assez !

Violante s'était levée. Son teint doré s'empourpra sous la poussée d'une colère subite. Elle brûlait d'humiliation. Que ce petit gentilhomme sans naissance, sans fortune, osât lui parler d'amour, à elle, fille de Grand d'Espagne, et l'une des premières dames de ce pays, cela pouvait-il se concevoir ? Elle foudroya l'impudent d'un regard lourd de mépris.

— Monsieur, dit-elle sèchement, je vous pardonne votre insolence parce que vous n'êtes rien qu'un malheureux fou. Mais prenez garde à ne jamais répéter ce que vous venez d'oser car, alors, je vous punirai pour les deux fois ! Sortez !

Lentement, Marcello se releva. La passion qui brûlait dans ses yeux sombres s'était brusquement éteinte. À son tour, il toisa la duchesse.

— Qu'elle soit paysanne ou princesse, aucune femme digne de ce nom ne s'offense d'avoir provoqué un amour sincère. J'ai dû me tromper, Madame, vous n'êtes pas une femme !

Et sur un profond salut, le jeune homme se retira. La porte claqua derrière lui un tout petit peu trop brutalement pour que ce fût respectueux. Mais Violante, stupéfaite de cette sortie, ne songea même pas à le rappeler pour lui faire payer son insolence. Les derniers mots qu'il avait prononcés la brûlaient comme un fer rouge. Se pouvait-il vraiment qu'elle ne fût pas une femme, elle que Rome entière avait adorée ?

Elle ignorait que Diana, cachée dans son cabinet à robes, n'avait rien perdu du dialogue et en avait tiré des enseignements. L'amour de Marcello pouvait l'aider, elle, Diana, à prendre barre sur sa maîtresse, pourvu que la duchesse consentît à se laisser quelque peu attendrir. Que la grande dame en vînt à se laisser aller à aimer son gentilhomme et Diana, devenue sa confidente, serait du même coup toute-puissante. Comment, alors, Violante refuserait-elle à sa confidente de l'aider à épouser l'homme qu'elle aimait ? Et qui, mieux que la duchesse, saurait fléchir l'orgueil de son beau-frère ? Mais il fallait pour cela qu'elle devînt la maîtresse de Marcello et à première vue, la chose s'engageait mal.

Pourtant, constatant que, de toute la soirée, la duchesse n'ouvrait pas la bouche et que, l'heure de sa toilette venue, elle s'attardait devant son miroir à rêver en roulant distraitement sur ses doigts une longue boucle noire, la rusée Diana se dit que tout n'était peut-être pas perdu. Elle se promit de chanter peu à peu les louanges de Marcello. Ensuite, le garçon était bien assez beau pour achever la séduction…

C'était en effet l'audace de Marcello qui avait rendu Violante aussi rêveuse. Malgré son orgueil, et aussi, il faut bien le dire, son honnêteté foncière, elle ne pouvait s'empêcher d'être troublée en se rappelant le regard brûlant du jeune homme, et les notes ardentes de sa prière d'amour. Il l'aimait… il l'aimait assez pour avoir

osé le lui dire. Il avait bravé sa colère, les convenances, le rang, tout ce qui aurait dû l'arrêter… Cet amour, sans doute, était bien fort, bien puissant, et la furieuse déclaration de la dernière minute n'était après tout que l'éclat du dépit. Et le lendemain, Violante de Soriano regarda Marcello Capecci avec d'autres yeux. Des yeux qui n'échappèrent pas au regard perspicace de Diana…

L'astucieuse suivante laissa passer quelques jours puis, un matin, voyant Marcello franchir à cheval la poterne du château, elle fit négligemment observer, comme par mégarde, que le jeune homme avait vraiment fière allure et qu'il était certainement l'un des plus beaux gentilshommes de toute la péninsule. Violante ne leva pas les yeux de sur sa tapisserie. Elle se contenta de dire :

— Tu crois ? C'est bien possible…

Mais une rougeur légère était montée à ses joues et la conviction de Diana en avait été renforcée ; elle parviendrait à jeter cette femme trop solitaire dans les bras du beau gentilhomme. Aussi se mit-elle à lui en parler de plus en plus souvent. Madame ne remarquait-elle pas combien ce pauvre Marcello était triste depuis quelque temps ? Qu'est-ce qui pouvait donc désoler à ce point un si beau et si vaillant gentilhomme ? L'amour peut-être ou alors la conscience de son peu de fortune ? Le monde, en vérité, était bien mal fait… Voilà un garçon qui avait tout pour y faire figure et même y tenir l'un des premiers rangs, seulement le sort cruel l'avait fait naître pauvre. Car pour sa naissance, il n'y avait rien à y reprendre : la famille était noble, antique même, et seule l'absence de fortune, toujours elle, l'avait empêchée de monter plus haut. En ce qui la concernait, Diana était prête à soutenir que la femme capable de s'attacher un tel homme, qu'elle fût reine ou princesse, devait se tenir pour la plus heureuse créature du monde.

La duchesse écoutait ces discours sans trop y pren-

dre part mais peu à peu, ils faisaient leur chemin dans son esprit. Le jour où elle en vint à approuver Diana, la suivante comprit que la partie était pratiquement gagnée.

Bien entendu, tandis qu'elle modelait ainsi l'esprit de sa maîtresse, Diana prenait soin d'informer Marcello du mal qu'elle se donnait pour lui. Elle le tenait au courant des progrès réalisés chaque jour et l'encourageait à se tenir le plus souvent possible sur le chemin de la duchesse, mais lui défendait d'ouvrir la bouche.

— Laissez seulement parler vos yeux, beau Seigneur. Ce sera bien plus efficace.

Il obéissait point par point, ébloui des perspectives que lui ouvrait cette femme. Il avait seulement espéré dire un jour son amour à celle qu'il aimait, et voilà qu'on lui laissait entrevoir l'enivrante perspective d'une passion partagée.

Vint un matin où Diana, dans un couloir du château, lui souffla :

— Tantôt, Madame ira se promener dans les bois, sous ma seule garde. Arrangez-vous pour nous retrouver… et je m'arrangerai pour vous laisser seuls.

Un conseil qui n'avait pas besoin d'être répété. Quand la chaleur du jour commença à faiblir, Marcello rencontra la duchesse dans les bois qui environnaient Soriano et l'entretien qu'ils eurent dura peut-être un peu trop longtemps.

C'en était fait : la duchesse Violante Carafa était devenue la maîtresse du beau Marcello. Et Diana, certaine maintenant de la tenir sous sa coupe, s'abandonna enfin à la passion qu'elle éprouvait pour Fornari et lui céda. Qu'importait maintenant ? Elle saurait bien obliger Violante à la donner pour épouse à son amant.

Hélas, en devenant la maîtresse du jeune homme, Diana commettait une énorme faute. D'abord, parce

que Fornari ne l'aimait pas réellement. Il avait pour elle un caprice, un désir passager qui, une fois assouvi, ne laissa aucune trace d'amour. Bien davantage, il fut vite effrayé par le caractère violent et emporté de la belle. Alors, comprenant qu'il était tombé dans un filet dont il aurait grand-peine à se dépêtrer, Domitiano Fornari prit le parti de fuir. Il ne tenait ni à être forcé d'épouser une maîtresse particulièrement encombrante, ni à rester à portée des Carafa s'ils apprenaient son aventure avec leur cousine. Une belle nuit, dans le petit port de Nettuno, Domitiano Fornari s'embarqua et disparut.

Sa disparition plongea Diana dans un véritable délire de fureur et de chagrin. Nuit et jour, elle emplit l'air de ses clameurs et de ses récriminations.

— Pourquoi est-il parti ? répétait-elle sans cesse. Nous nous aimions tant... Je suis sûre qu'il m'adorait...

— Dans ce cas, répondait la duchesse, qui essayait de calmer cette douleur un peu trop spectaculaire, s'il t'adore, il reviendra.

Mais les jours passaient sans ramener l'absent et les plaintes de l'abandonnée prenaient des proportions telles qu'un soir, exaspérée, Violante la pria de se taire :

— Gémir et récriminer ne sert à rien ! lui dit-elle assez sèchement. Tu devrais songer davantage à ton amour-propre et ne pas faire étalage d'une telle douleur pour un homme qui s'est enfui !

— N'ai-je donc pas le droit de pleurer mon malheur ? s'insurgea Diana.

— Si, mais moins haut !

La jeune femme se le tint pour dit, mais dès cet instant, elle voua à la duchesse une haine grandissante. La belle Violante avait beau jeu de prêcher la modération, elle qui goûtait chaque nuit les douceurs de l'amour avec Marcello. Peu à peu, Diana en vint même à se persuader que sa maîtresse avait elle-même fait partir Domitiano, pour éviter le scandale familial, et lui avait

donné de l'argent pour fuir. De là à souhaiter se venger, il n'y avait qu'un pas. Et la vindicative Diana le franchit fort allègrement.

Le duc de Soriano et Palliano avait trop d'orgueil pour accueillir du premier coup la dénonciation d'une suivante, fût-elle de sa famille. Quand Diana Brancaccio vint lui dire que sa duchesse était la maîtresse de Marcello Capecci, il commença par hausser les épaules.

— Une femme qui durant quinze ans a été d'une fidélité à toute épreuve ? Qui a vu à ses pieds, sans s'émouvoir, tout ce que l'Italie, la France et l'Espagne comptaient de plus noble et de plus séduisant ? Tomber dans les bras d'un simple gentilhomme ? A qui ferez-vous croire une telle fable ? Pas à moi, en tout cas.

Diana avait pâli et serré les dents.

— Je saurai bien, seigneur duc, vous apporter la preuve de ce que je dis. Chaque nuit, quand vous vous absentez, pour la chasse ou pour vos affaires, la duchesse reçoit Marcello dans sa chambre.

— Quand je le verrai de mes yeux, je le croirai, repartit sèchement don Juan.

Malheureusement, Diana n'était pas en peine de lui donner la preuve demandée. Un soir, alors que le duc chassait dans les environs, elle accourut, masquée et enveloppée d'une grande cape sombre, l'avertir que sa femme recevait Marcello à cet instant précis.

Quel mari serait demeuré insensible à pareille déclaration ? Don Juan retourna au château à bride abattue et courut à la chambre de sa femme. Elle était étendue dans son lit et donnait un ordre à l'une de ses femmes. Malheureusement, debout à quelques pas d'elle, regardant distraitement par une fenêtre et attendant visiblement qu'elle eût fini, il y avait Marcello. C'était plus qu'il n'en fallait pour enflammer le duc de fureur. Le

cri de terreur poussé par sa femme en le voyant entrer avait d'ailleurs été très significatif.

D'un ton glacial, ignorant le regard à la fois implorant et terrifié de Violante, don Juan ordonna :

— Passe dans la chambre à côté, Marcello, et attends-moi.

— Monseigneur, commença le jeune homme, bien décidé à défendre sa maîtresse, laissez-moi vous dire…

Il n'acheva pas. Le duc l'avait saisi à la gorge et jeté dans la pièce voisine, où deux gardes le maîtrisèrent aisément. Puis, se tournant vers Violante :

— Vous demeurerez désormais dans votre chambre, Madame, et sous bonne garde. Seule, une servante aura accès auprès de vous.

Et il sortit, sans rien vouloir entendre d'autre, laissant la malheureuse femme terrifiée.

Dans ce temps sans pitié, on ne connaissait qu'une seule manière de faire avouer un coupable : la torture. Le malheureux Marcello, soumis au supplice de l'estrapade, tenta bien de faire croire au duc qu'il était l'amant de Diana Brancaccio, mais il ne fut pas cru et, le supplice continuant, il finit par avouer la vérité : il était l'amant très aimé de la duchesse. Dès lors, ses angoisses furent vite terminées : en trois coups de poignard, don Juan l'abattit à ses pieds.

Mais la dénonciatrice n'eut pas meilleur sort. La mort de Marcello n'avait pas suffi à apaiser la fureur du duc.

— Femme indigne d'être née d'une noble famille, s'écria-t-il en la saisissant par les cheveux, tu vas recevoir la récompense de tes trahisons !

Et, joignant l'action à la menace, il l'égorgea, puis ordonna que les deux cadavres fussent jetés aux bêtes sauvages.

Restait la duchesse. Malgré les aveux de Marcello,

don Juan ne pouvait se résigner à la punir. Il l'avait beaucoup aimée, et avait du mal à oublier ces quinze ans de fidélité absolue qu'elle lui avait donnés. Il se contenta de la laisser enfermée chez elle, sous bonne garde, puis regagna Rome où un grave événement venait de se produire : le pape Paul IV, son oncle, n'avait pu résister à la douleur causée par la conduite de sa famille. Après trois mois de maladie, il était mort, le 18 août 1559. L'ordre d'exil tombait ainsi de lui-même d'autant que le terrible cardinal Carafa devait siéger au conclave.

D'ailleurs celui-ci, mis au courant du drame de Soriano, pressait Juan de faire disparaître sa femme comme il avait fait disparaître Marcello et Diana.

— Femme qui a trahi doit mourir, disait-il.

Et il ne se faisait pas faute de harceler son frère pour qu'il donnât enfin l'ordre fatal. Le malheur voulut que le propre frère de la duchesse Violante, don Ferrante d'Aliffe, homme dur et impitoyable, imbu de son rang et de l'impitoyable code de l'honneur espagnol, joignît ses injonctions à celles du cardinal. Le malheureux duc n'était pas de force à lutter contre ces hommes : le 28 août, il envoyait à Soriano une compagnie de soldats à laquelle se joignaient don Ferrante et l'un de ses cousins, don Leonardo del Cardine. Deux franciscains devaient assister la duchesse condamnée à périr.

Quand elle vit ces hommes entrer dans la chambre dont elle n'était plus sortie, Violante comprit que son heure était venue. Elle connaissait trop son frère pour attendre de lui la moindre pitié. D'ailleurs, elle n'en demandait pas. Pleine de fierté, elle savait revendiquer ses actes, et en outre, la mort de Marcello l'avait trop cruellement frappée.

— L'ordre de mon seigneur est-il que je meure ? questionna-t-elle froidement.

— Oui, Madame, répondit don Leonardo.

Elle demanda seulement à entendre la messe et à

recevoir la communion, que lui donna le frère Antonio de Pavie. Puis elle se livra, avec un extraordinaire courage à son frère, qui s'était réservé le rôle, particulièrement inhumain, de bourreau. À l'aide d'un garrot, il l'étrangla. Violante Carafa mourut sans une plainte, sans même quitter la pose gracieuse et calme qu'elle avait prise dans le grand fauteuil où elle était assise. Son corps fut aussitôt enterré : elle était alors enceinte de six mois.

L'honneur des Carafa ainsi vengé, les bourreaux regagnèrent Rome avec la satisfaction du devoir accompli. Ce genre d'affaire n'était pas rare à l'époque. Malheureusement, le nouveau pape, Pie IV, élu le 20 décembre, était l'ennemi mortel des Carafa. De plus, le roi d'Espagne Philippe II entendait faire toute la lumière sur la mort de Violante de Cardona, duchesse de Soriano. Et lui aussi haïssait les Carafa.

Le sombre et puissant souverain obtint gain de cause. À la suite d'un retentissant procès, les assassins de la belle duchesse Violante furent condamnés à mort, ainsi que le cardinal Carafa. Dans la nuit du 4 mars 1561, ils furent conduits du château Saint-Ange à la prison de Torre di Nona, sur le Tibre, siège de la juridiction du prévôt de Rome, le bargello, où le duc, don Leonardo et don Ferrante eurent la tête tranchée.

Comme celle dont il avait voulu la mort avec un si incompréhensible acharnement, le cardinal, lui, fut étranglé.

recevoir la communion que lui donna le frère Antonio de Pavie. Puis elle se tourna avec un extraordinaire courage vers Ferro, qui s'était réservé le rôle, particulièrement inhumain, de bourreau. À l'aide d'un garrot, il l'étrangla. Violante Carafa mourut sans une plainte, sans même quitter la pose gracieuse et calme qu'elle avait prise dans le grand fauteuil où elle était assise. Son [illegible] n'eut pas son terme : elle était alors enceinte de six mois.

L'honneur des Carafa ainsi vengé, les bourreaux retournèrent à Rome avec la satisfaction du devoir accompli. Ce genre d'affaire n'était pas rare à l'époque. Malheureusement, le nouveau pape, Pie IV, élu le 26 décembre, [illegible] l'ancien [illegible] des Carafa. De plus, le roi d'Espagne Philippe II entendait tirer vengeance de la mort de Violante de Cardona, duchesse de Soriano. Et lui aussi haïssait les Carafa.

Le sombre et puissant souverain obtint gain de cause. À la suite d'un retentissant procès, les assassins de la belle duchesse Violante furent condamnés à mort ainsi que le cardinal Carafa. Dans la nuit du 4 mars 1561, ils furent conduits du château Saint-Ange à la prison de Torre di Nona. Sur l'ordre, [illegible] de la juridiction du préfet de Rome, le barigello [illegible] Leonardo et don Ferrante eurent la tête tranchée.

Comme celle dont il avait voulu la mort, avec un incompréhensible acharnement, le cardinal [illegible] fut étranglé.

Venosa

(NAPLES)

Les amants de Naples

Les appels de trompe, les aboiements des chiens, le claquement sonore et impatient des sabots des chevaux, tout le tintamarre d'une troupe prête à partir pour la chasse éveillèrent les échos de la via Monte Oliveto, à Naples, à l'aurore d'un beau jour de février 1523. La cour du palais du prince de Venosa était pleine de cavaliers, chasseurs, écuyers, pages retenant à plein poing les molosses de chasse, fauconniers et autouriers, dont les mains gantées de cuir épais portaient d'arrogants oiseaux encapuchonnés de brocart pourpre. Tous attendaient que parût le maître pour sauter en selle.

Il ne se fit pas attendre. La première flèche du soleil levant n'avait pas encore frappé le sommet du Vésuve que Carlo-Gesualdo, prince de Venosa, apparaissait et enfourchait aussitôt son cheval qu'un valet d'écurie lui amenait. Il jeta à ses compagnons un rapide coup d'œil et s'écria :

— En chasse, Messieurs !

Et piquant des deux, il prit la tête du brillant cortège, dont le furieux galop ébranla les voûtes de pierre du vieux palais. Bientôt, il n'y eut plus dans la cour que les valets et les servantes qui vaquaient déjà à leurs occupations matinales. Alors, la vieille femme dont la tête coiffée d'une haute cornette empesée était apparue

à une fenêtre du premier étage quand le prince avait bondi dans la cour, poussa un profond soupir et rentra.

— Ce n'est pas possible, murmura la vieille Felicia pour elle-même. Ce n'est pas possible que monseigneur chasse dès ce matin. Il faut que je voie ce qu'il en est.

Et avec décision, elle se dirigea vers la chambre nuptiale. Car l'homme qui venait de partir en chasse avec tant d'ardeur avait pris femme la veille même et il était étrange de le voir déserter si tôt la chambre conjugale. Pour la vieille Felicia, nourrice de la jeune épousée, c'était un acte à la fois injurieux et proprement impensable.

— Il a beau être prince et riche, ce rustre, marmonnait-elle en enfilant rageusement galeries et couloirs, il devrait remercier le Ciel à genoux de lui avoir donné pour femme ma petite Maria. Et le voilà qui va chasser.

Tout en soliloquant, elle était arrivée devant une haute porte peinte et dorée qu'elle ouvrit sans même prendre la peine de frapper. La grande chambre était encore plongée dans l'obscurité, mais un bruit de sanglots se faisait entendre. Felicia courut tirer les épais rideaux, pousser les volets de bois plein. Le soleil pénétra à flots, glissa sur les carrelages multicolores, atteignit les murs tendus de soie brodée, le grand lit couvert de draps d'argent dans lequel une toute jeune femme, ses longs cheveux noirs croulant sur ses épaules nues, sanglotait éperdument, la tête dans les oreillers.

— Oh ! s'écria Felicia, indignée. Et voilà que tu pleures, maintenant ?

Elle escalada les marches du lit, s'assit auprès de la jeune femme, qu'elle prit dans ses bras et se mit à bercer comme une enfant :

— Là… là… ma belle. Ne pleure plus. Raconte à ta vieille Felicia ce qui s'est passé. J'espérais te trouver ce matin toute gaie et toute souriante, un peu émue peut-être, et voilà que je te trouve en larmes ? Ce n'est pas raisonnable.

Felicia ne disait pas toute la vérité. Au fond, depuis le jour où Maria d'Avalos, fille de don Carlos d'Avalos, et nièce du vice-roi de Naples, avait été fiancée à Carlo-Gesualdo, Felicia s'était inquiétée.

Maria n'avait que quinze ans et sortait tout juste de son couvent, tandis que le prince, la quarantaine passée, n'avait rien du prince charmant. Petit, trapu, mais doté d'une force dangereuse, il était noir de peau, noir de poil, et peut-être bien assez noir d'âme si l'on en croyait les bruits qui couraient sur lui dans les ruelles de Naples. Les gens de la Basilicate, dont faisait partie son fief de Venosa, avaient la réputation d'être de caractère sombre, hargneux et implacables dans leur vengeance. Ils faisaient de bons soldats, mais leur brutalité était proverbiale. À considérer le visage plat et rude de Carlo-Gesualdo, ses yeux durs et l'obstination de son menton, on pouvait déduire sans peine qu'il ne faisait pas exception.

Bercée par les mots et les bras tendres de sa nourrice, Maria expliqua les raisons de ses larmes. Raisons bien simples et même assez banales. Bien sûr, elle n'était pas amoureuse de son époux, comment l'aurait-elle pu ? Mais on lui avait tant répété qu'il en allait ainsi pour presque toutes les filles de bonnes maisons, mariées pour la plupart sans avoir même jamais vu leur fiancé, que l'amour venait après, qu'elle avait naïvement espéré parvenir à ce résultat. Elle était arrivée au seuil de sa nuit de noces toute prête à rendre au centuple l'amour qu'on lui donnerait.

Hélas ! Gesualdo n'était demeuré auprès d'elle que le temps de lui faire subir la plus brutale et la plus déplaisante des expériences. Il l'avait traitée comme une servante ou comme l'une de ces filles que dans les villes prises d'assaut, les hommes d'armes soumettent à leur loi. Et de cette expérience, Maria sortait profondément humiliée, blessée au plus profond de sa sensibilité. Elle ne pourrait jamais oublier ces instants affreux…

Vers minuit, le mari était sorti de la chambre pour regagner ses appartements privés et y dormir « plus à son aise ». Depuis, elle n'avait cessé de pleurer.

— Hier, hoqueta-t-elle en achevant son récit, tout était si beau !

C'était dans la chapelle du Castel Nuovo, le château royal, qu'on l'avait mariée, en présence du vice-roi, son oncle, et de la belle vice-reine, Vittoria Colonna. Toute la cour, tout ce que la province comptait de richesse, de beauté et de noblesse, avait assisté à ces noces fastueuses qui unissaient un vieux nom du royaume de Naples à un autre vieux nom, venu d'Espagne comme cette dynastie d'Aragon qui avait si longtemps régné sur le pays. Les Avalos étaient Grands d'Espagne et régnaient sur Naples au nom de l'empereur Charles-Quint. Maria, vêtue d'or et couverte de pierreries, avait cru vivre un rêve merveilleux. Tout était si splendide que même le peu gracieux époux en avait reçu un reflet romantique. Certes, elle était vraiment prête à l'aimer… si seulement il l'avait voulu…

Felicia haussa les épaules. Don Gesualdo était selon elle un parfait imbécile. Maria était ravissante : longs cheveux noirs et bouclés, prunelles de velours sombre, teint de pêche, silhouette exquise… et il préférait galoper bêtement à la suite de cerfs, de loups ou de sangliers.

— Tu n'as pas eu de chance, ma colombe, lui dit-elle, mais il ne faut pas te désespérer. Tu n'es pas la première qui se retrouve mal mariée. Mais un jour, tu verras, tu rencontreras un vrai, un grand amour, qui te donnera tout le bonheur dont tu rêves.

Ces belles paroles d'espoir, Felicia devait les répéter bien souvent à Maria, durant les deux mortelles années qui suivirent. La jeune princesse commençait à désespérer de connaître un jour ce merveilleux amour… Sa vie était tellement ennuyeuse.

Que ce fût à Naples, ou bien dans ses terres de Basilicate qu'il visitait souvent, le prince passait son temps à la chasse. Tout le jour, il galopait derrière ses chiens, en compagnie de ses piqueurs et de ses gentilshommes, à moins qu'il ne parcourût, faucon au poing, quelque marais. Parfois, il s'absentait plusieurs jours, afin d'aller chasser dans les terres qu'il possédait aux environs de Rome ou dans l'une des îles du golfe de Naples. Quant à sa femme, il s'en occupait aussi peu que possible. Elle tenait sa maison, elle était belle et parfois, la nuit, il allait la rejoindre quand l'envie lui en prenait. Mais en dehors de cela, il la considérait comme un bel objet, une chose précieuse, certes, mais guère plus qu'un cheval de grande race ou un chien bien dressé.

Quand on était à Venosa, Maria sentait le désespoir s'emparer d'elle. Elle n'avait d'autre distraction que regarder l'immense paysage ou se rendre à l'abbaye de la Trinité pour entendre les offices. Le fait que le poète Horace eût vu le jour à Venosa lui était tout à fait indifférent, alors qu'il transportait d'admiration sa tante, la vice-reine Vittoria, éprise de poésie.

À Naples, évidemment, la vie de cour lui permettait quelques distractions mais assez peu et presque toutes d'origine religieuse. L'étiquette sévère de la cour espagnole et les longs bras de l'Inquisition y entretenaient une atmosphère assez peu réjouissante. Et Maria trouvait sa vie si dépourvue de joie qu'elle en était venue à accompagner de temps en temps son époux à la chasse. Du moins, au milieu des bois, n'était-on pas contraint à d'interminables prières et était-il possible d'échanger parfois quelques mots avec des hommes plus jeunes que son époux.

C'est à l'une de ces chasses que la jolie princesse devait rencontrer son destin.

Il avait vingt-cinq ans, il se nommait Filippo, comte d'Andria, et ses terres des Pouilles n'étaient pas très

éloignées de celles de Venosa. Invité par ce dernier, il vint participer à une chasse au loup… et tomba amoureux de Maria dès le premier coup d'œil. Ce soir-là, après avoir suivi la chasse toute la journée, la jeune femme, vêtue de satin rose, faisait les honneurs du sévère château. Dans les hautes salles dont les murs de pierre s'habillaient d'antiques tapisseries, sa silhouette fine et claire évoquait une fleur et le jeune comte ne résista pas à tant de grâce. Quand vint le moment de se quitter, il laissa ses lèvres se poser plus longtemps qu'il n'aurait fallu sur la main qu'on lui tendait.

— J'ai regret, Madame, de devoir repartir dès demain.

— Quoi ? si tôt ? Ne deviez-vous pas demeurer encore quelque temps parmi nous ?

— J'aurais dû, en effet, mais mon seigneur le vice-roi me rappelle et je dois regagner Naples au plus tôt. Cependant, peut-être y viendrez-vous bientôt. Les fêtes de la victoire…

En effet, quinze jours plus tôt, l'empereur Charles-Quint avait battu à Pavie le roi de France, François Ier. Le roi-chevalier était prisonnier de son ennemi. C'étaient là des nouvelles que le vice-roi de Naples, qui avait pris une part vigoureuse à la bataille, se devait de fêter convenablement. Maria n'eut guère de peine à faire comprendre à son époux que l'on devrait regagner Naples. N'ayant pas pris part à la bataille, il entendait qu'on le vît à la cour féliciter Avalos…

Les fêtes du vice-roi, qui pourtant rompaient agréablement la monotonie de la vie, passèrent presque inaperçues de Maria. Elle était bien trop prise par la merveilleuse aventure qui lui arrivait : elle aimait et elle était aimée. Le doute n'était plus possible.

Désormais, chaque matin, quand elle se rendait à l'église pour entendre la messe, suivie de Felicia, une ombre vêtue d'un grand manteau s'embusquait derrière

un pilier et cette ombre, c'était le beau Filippo. Jamais Maria n'avait suivi le service divin avec autant de distraction. Sous son voile, elle tournait continuellement les yeux vers le bienheureux pilier… On échangeait quelques mots à la sortie, quand l'eau bénite permettait aux doigts tremblants de se joindre et Filippo employait ces brefs instants de façon fort éloquente. Il implorait, il suppliait Maria de lui accorder une entrevue dans un lieu un peu moins public, mais la jeune femme n'osait pas lui dire de venir chez elle. Son mari ne l'aimait pas, mais cela ne l'empêchait pas d'être jaloux… S'il allait se douter qu'elle aimait ailleurs ?…

Filippo changea alors de tactique et s'arrangea pour rencontrer Felicia. La vieille nourrice n'avait aucun scrupule concernant don Gesualdo. Tout ce qu'elle voulait, c'était que Maria fût heureuse et nul ne lui semblait remplir les conditions requises pour assurer ce bonheur plus que le jeune comte. Un matin, elle vint seule à l'église. Filippo, quittant aussitôt son coin, vint s'agenouiller près d'elle.

— Elle est malade ?

— Légèrement souffrante. Des vapeurs… rien, autant dire. J'ai voulu venir seule.

— Qu'avez-vous à me dire ?

— Que le seigneur don Gesualdo part tout à l'heure pour aller chasser dans ses terres des monts Albains… et qu'il y a au palais une petite porte de côté dont j'ai la clef dans mon aumônière.

Le cœur de Filippo s'arrêta de battre, mais ses yeux brillèrent dans l'ombre fraîche du sanctuaire.

— Est-ce que… dona Maria n'accompagne point son époux ?

— Je vous ai dit qu'elle était souffrante, fit la nourrice avec un sourire. Le voyage ne lui vaudrait rien. Et puis, quand il s'en va dans ses domaines romains, monseigneur n'aime guère l'emmener. Que pensez-vous de tout ce que je viens de vous dire ?

— Que cette nuit, quand l'ombre sera totale, j'irai ouvrir cette petite porte… où vous m'attendrez.

La nuit venue, en effet, Filippo d'Andria se glissa dans le palais Venosa. Felicia l'attendait derrière la petite porte et, vivement, le fit monter jusqu'à la chambre où Maria, le cœur battant, l'attendait. Quand elle eut introduit le jeune homme, la vieille nourrice referma soigneusement la porte derrière lui et alla s'installer sur un banc, dans l'antichambre, pour égrener plus commodément son chapelet.

Lorsque, peu avant l'aube, Filippo quitta le palais, il laissait derrière lui une jeune femme aussi transportée de bonheur qu'il l'était lui-même. Durant toute cette nuit, Maria avait découvert que l'amour et les pénibles expériences vécues aux mains de son époux n'avaient absolument rien de commun.

Dès lors, chaque fois que don Gesualdo partait pour la chasse, ce qui lui arrivait toujours aussi fréquemment, Felicia courait prévenir le jeune comte et les deux amants passaient l'un auprès de l'autre des heures fort douces dont ni l'un ni l'autre ne se lassait. Jamais Filippo n'avait aimé comme il aimait Maria. Pour la jeune femme, c'était une passion folle qu'elle éprouvait. Quand le mari s'absentait pour plusieurs jours, et ce n'était pas rare tant était grande son ardeur cynégétique, les deux jeunes gens demeuraient jours et nuits enfermés ensemble, tandis que Felicia faisait le guet. Ces jours-là, pour la valetaille du palais, Maria était réputée souffrante et nul ne devait s'aventurer aux alentours de la chambre où elle reposait. C'était Felicia et Felicia seule qui s'occupait d'elle, lui montait ses repas et lui donnait les soins que nécessitait « son état ».

Cela dura six mois. Six mois de bonheur absolu, de passion folle, au cours desquels les deux amants ne respirèrent que l'un par l'autre. Mais Naples, comme toutes

les autres villes du monde, était peuplée d'yeux qui savaient voir et de langues agiles. Bientôt, don Gesualdo fut à peu près le seul dans la vice-royauté à ignorer son infortune. Quand il partait à la chasse, les voisins souriaient. On chuchotait que, du chasseur ou du gibier, nul ne savait lequel était le mieux encorné. On chuchotait même tellement, qu'un matin, la princesse reçut la visite de son jeune oncle, Alfonso d'Avalos, marquis del Vasto. C'était un fort beau jeune homme, fort élégant, et l'arbitre incontesté des élégances napolitaines. Maria l'aimait beaucoup et Alfonso le lui rendait bien.

Il commença par l'embrasser à plusieurs reprises, lui fit compliment de sa mine et de sa toilette, puis s'installa dans un vaste fauteuil couvert de tapisserie, en prenant bien soin de ne pas froisser son merveilleux pourpoint de soie feuille morte brodée d'or.

— Or çà, ma mie, fit-il avec un grand sourire, je viens vers vous en ambassadeur extraordinaire. Le vice-roi m'envoie mettre quelques grains de sagesse dans votre tête folle.

— Son Altesse est bien bonne, répondit Maria en riant, mais je me porte à merveille.

— Vous m'en voyez charmé, ma chère nièce, mais il se pourrait que cette belle mine qui vous va si bien et cet air de bonheur qui vous fait encore plus jolie ne durent pas aussi longtemps que vous le voudriez.

En dépit du beau soleil qui réchauffait la pièce, Maria ne put retenir un frisson. Sous les paroles aimables de son jeune oncle, elle avait senti poindre une menace.

— Que voulez-vous dire ?

— Que don Gesualdo est un imbécile, ce dont personne ici ne saurait douter, mais qu'il ne l'est pas au point que vous imaginez. Il n'est bruit, dans Naples, que de vos amours avec le comte d'Andria… et si ce bruit venait aux grandes oreilles de votre époux…

— Pourquoi voulez-vous qu'il sache? Je prends toutes les précautions possibles et je me garde bien.

— On ne se garde jamais assez. Je sais que les époux sont en général les derniers informés, mais songez, Maria, que si votre époux, qui est vindicatif et cruel, apprenait son infortune, ni moi, ni votre père, ni même le vice-roi ne pourrions rien pour vous. Vous êtes sa femme et il a sur vous tous les droits.

Le ton sérieux d'Alfonso impressionnait Maria, mais quand il ajouta :

— Ne pourriez-vous… rompre?

— Jamais ! s'écria-t-elle. J'aime Filippo, il m'aime, et rien ni personne ne pourra nous séparer. Sans lui, je n'ai plus de raisons de vivre.

— Tâchez qu'il ne vous donne pas de raisons de mourir. Soyez prudente, Maria, je vous en conjure.

— Je le serai, je vous promets. D'ailleurs, Filippo ne vient ici que lorsque don Gesualdo est à la chasse. Et vous savez que même le siège de Naples ne saurait détourner le prince de Venosa quand il traque le gibier. Je n'ai donc rien à craindre.

— Dieu vous entende, soupira Alfonso. Quant à moi, j'ai transmis le message. Votre tante Vittoria se soucie de vous et serait au désespoir qu'il vous arrivât malheur.

— Dites à ma belle tante que je l'aime… et que je me garderai.

Mais le soir même, dans les bras de Filippo, Maria oublia toutes ses belles résolutions de prudence. Gesualdo était parti chasser sur le Vésuve et la vie est si belle quand on s'aime! À dix-sept ans, le danger paraît toujours illusoire.

Un mois plus tard, quand les lourdes chaleurs de l'été se firent plus supportables, don Gesualdo décida d'aller chasser dans ses terres romaines.

— Venez-vous avec moi? demanda-t-il à sa femme.

— Souhaiteriez-vous ma présence ? s'étonna la jeune femme. Vous n'aimez guère m'emmener quand vous allez à Rome, cependant.

— En effet. Je crains pour vous la fatigue du voyage, mais si par hasard, cela vous tentait…

— Oh non, fit Maria en riant. Je n'y tiens vraiment pas. Il fait encore trop chaud et il y a trop de poussière sur les grands chemins.

— Restez donc, fit le prince en haussant les épaules. Je suis certain que vous saurez m'attendre sans impatience.

L'étrange tournure de cette phrase ne frappa pas Maria. La jeune femme n'avait qu'une hâte : voir son époux tourner les talons pour expédier Felicia chez Filippo. Quand don Gesualdo s'en allait à Rome, les deux amants avaient de longues journées et de belles nuits devant eux.

Le prince de Venosa et ses hommes n'avaient pas encore franchi les portes de Naples que la vieille nourrice galopait déjà sur le chemin du palais d'Andria. Une heure après, le jeune homme arrivait chez son amie.

La nuit de septembre était belle et douce. Dans la chambre de Maria, ouverte sur les parfums du jardin, aucun bruit ne se faisait entendre. La veilleuse d'huile parfumée, dans sa lampe dorée, éclairait le lit en désordre sur lequel reposaient les deux amants, épuisés de bonheur. Sur une petite table, des fruits, des flacons n'avaient pas été touchés… Au-dehors, sur la branche d'un grand pin, un rossignol chantait… Alentour, Naples dormait en attendant que le soleil lui rendît sa vie exubérante.

Nul n'entendit ouvrir une porte qui donnait directement sur le jardin. Nul ne vit une troupe de dix hommes, armés jusqu'aux dents et masqués, s'y glisser. Sur le sable des allées, les hommes ne faisaient aucun bruit. On eût dit un cortège d'ombres qui volaient, d'un

massif à une statue… Ils atteignirent le palais. Aucun grincement de porte ne signala leur entrée.

Mais quelques instants plus tard, un cri rauque, vite éteint, éveilla Maria en sursaut. Elle se dressa sur son séant, secoua Filippo :

— Écoute !

Un gémissement, maintenant, puis la lourde chute d'un corps. Des bruits de pas… Le faible cri d'une voix expirante :

— Maria… Ma…

— C'est Felicia, s'écria la jeune femme… Mon Dieu !

Déjà Filippo sautait à bas du lit mais en même temps, la porte s'envolait plus qu'elle ne s'ouvrait et Don Gesualdo, à la tête de ses hommes, fonçait dans la chambre, l'épée à la main. Maria poussa un hurlement.

— Fuis, fuis, Filippo…

— Trop tard ! grogna le mari offensé. Il ne fuira plus jamais.

Sans permettre au jeune homme d'atteindre sa propre épée, il bondit sur le couple, l'épée haute. Un dernier réflexe d'amour jeta Filippo devant Maria pour lui faire un rempart de son corps. Mais déjà la dague du mari s'enfonçait dans la gorge de l'amant qui roula sur les marches du lit dans un flot de sang. Cette vue ne calma pas la fureur de don Gesualdo qui porta encore au cadavre trois coups d'épée.

— Et d'un, fit-il. À l'autre…

Son œil flambant de fureur cherchait maintenant la jeune femme. Il l'aperçut bientôt, à demi dissimulée dans les rideaux du lit auxquels elle s'accrochait désespérément. Lentement, avec un mauvais sourire, il marcha vers elle.

— Sois tranquille, garce, tu vas aller le rejoindre ton beau freluquet.

D'une brusque secousse, il arracha le rideau, jetant

du même coup la jeune femme complètement nue au milieu de la chambre. Par les trous de leurs masques, les yeux des assassins brillaient comme des charbons... La malheureuse, éperdue, voulut fuir mais l'antichambre était barrée. Par la porte entrouverte elle aperçut le cadavre de Felicia, poignardée elle aussi, chercha refuge contre un mur où elle se plaqua.

— Tu as peur, hein ? grinça le prince. La mort te plaît moins que les bras de ton amant.

Il ajouta une injure ignoble puis, rapidement, de la pointe de son épée traça sur le ventre de Maria une croix sanglante. La jeune femme gémit de douleur.

— Par pitié... tuez-moi vite...

— Pourquoi, ironisa Gesualdo. Je ne suis pas pressé. Holà, vous autres, voyez donc la belle allure d'une épouse adultère.

— Tuez-moi, vous dis-je ! cria la jeune femme, vous voyez bien que votre vue me fait horreur.

Si elle avait espéré forcer sa colère à lui porter le coup fatal, Maria avait bien calculé. Avec un cri de rage, le prince bondit sur elle. L'épée jeta un éclair sinistre dans la lueur de la veilleuse puis s'enfonça tout entière dans le ventre déjà blessé.

— Jésus ! cria la jeune femme en s'écroulant aux pieds de son meurtrier.

Mais comme tout à l'heure pour Filippo, la fureur de Gesualdo n'était pas calmée par ce simple coup d'épée. Il en porta encore deux autres au corps étendu, abrégeant ainsi une agonie qui eût pu être longue. Le troisième coup atteignit le cœur et Maria roula auprès de Filippo, une mousse sanglante aux lèvres, les yeux grands ouverts sur l'éternité.

Alors, le prince de Venosa se tourna vers ses hommes :

— Jetez ces deux charognes dans la cour, ordonna-t-il en désignant les deux cadavres, et ouvrez grandes les portes. Je veux qu'on sache comment je me venge.

Quelques instants plus tard, les corps de Maria et de Filippo, jetés par une fenêtre du premier étage, s'étalaient au centre de la cour d'honneur. Le jour se levant peu après éclaira un terrible spectacle : deux corps nus et sanglants abandonnés à la curiosité et à la cruauté des passants.

Toute la journée ceux-ci se pressèrent à la porte du palais, contemplant ces deux cadavres qui avaient été des êtres jeunes et beaux et autour desquels bourdonnaient les mouches. Mais personne n'eut même envie de se moquer. Les hommes ôtaient précipitamment leurs bonnets, les femmes se signaient : tous étaient terrifiés. Seuls, des chiens vinrent lécher le sang. Debout à une fenêtre, don Gesualdo, les bras croisés, regardait.

Il savait qu'il n'avait rien à craindre de la justice du vice-roi. Si grand que fût le chagrin du marquis de Pescara, il ne pouvait s'attaquer à un époux qui avait vengé son honneur. La justice de don Gesualdo, brutale et féroce, était aux couleurs du temps. Il n'avait fait qu'exercer son droit d'époux bafoué…

Mais ce que pouvait le vice-roi, c'était faire cesser le scandale de cette barbare exposition. Au coucher du soleil, un envoyé du palais vint ordonner au prince de Venosa de remettre les restes de Filippo d'Andria et de Maria d'Avalos à chacune des deux familles afin que leur fût donnée une sépulture chrétienne. Force fut à don Gesualdo de s'incliner.

Le lendemain, il repartait pour ses terres de Basilicate. Les couleurs du temps voulaient aussi qu'une famille vengeât son enfant abattue, même si elle était adultère, et le prince de Venosa n'avait pas envie de mourir. Il voulait encore chasser…

Table des matières

(suite de la liste p. 4)

La Florentine

1. FIORA ET LE MAGNIFIQUE
2. FIORA ET LE TÉMÉRAIRE
3. FIORA ET LE PAPE
4. FIORA ET LE ROI DE FRANCE

Les Dames du Méditerranée-Express

LA JEUNE MARIÉE
2. LA FIÈRE AMÉRICAINE
3. LA PRINCESSE MANDCHOUE

Catherine

1. IL SUFFIT D'UN AMOUR T.1
2. IL SUFFIT D'UN AMOUR T.2
3. BELLE CATHERINE
4. CATHERINE DES GRANDS CHEMINS
5. CATHERINE ET LE TEMPS D'AIMER
6. PIÈGE POUR CATHERINE
7. LA DAME DE MONTSALVY

Le Gerfaut

1. LE GERFAUT DES BRUMES
2. UN COLLIER POUR LE DIABLE
3. LE TRÉSOR
4. HAUTE SAVANE

Les Chevaliers

1. THIBAUT OU LA CROIX PERDUE
2. RENAUD OU LA MALÉDICTION
3. OLIVIER OU LES TRÉSORS TEMPLIERS

DANS LE LIT DES ROIS
DANS LE LIT DES REINES
LE ROMAN DES CHÂTEAUX DE FRANCE T.1 et T.2
UN AUSSI LONG CHEMIN
DE DEUX ROSES L'UNE
LES ÉMERAUDES DU PROPHÈTE
LA PERLE DE L'EMPEREUR
LE JOYAU DE LA SORCIÈRE

Impression réalisée sur Presse Offset par

BRODARD & TAUPIN

GROUPE CPI

38171 – La Flèche (Sarthe), le 31-10-2006
Dépôt légal : novembre 2006

POCKET – 12, avenue d'Italie - 75627 Paris cedex 13

Imprimé en France

Juliette Benzoni

Juliette Benzoni est née à Paris. Fervente lectrice d'Alexandre Dumas, elle nourrit dès l'enfance une passion pour l'histoire. Elle commence en 1964 sa carrière de romancière avec la série des *Catherine*, traduite en plus de 20 langues, série qui la lance sur la voie d'un succès jamais démenti jusqu'à ce jour. Elle a écrit depuis une soixantaine de romans, recueillis notamment dans les séries intitulées *La Florentine* (1988-1989), *Le boiteux de Varsovie* (1994-1996), *Secret d'État* (1997-1998) ainsi que *Les Chevaliers* (2002-2003). Outre la série des *Catherine* et *La Florentine*, *Le Gerfaut des brumes* et *Marianne* ont fait l'objet d'une adaptation télévisuelle.

Du Moyen Âge aux années 30, les reconstitutions historiques de Juliette Benzoni s'appuient sur une documentation minutieuse. Vue à travers les yeux de ses héroïnes, l'Histoire, ressuscitée par leurs palpitantes aventures, bat au rythme de la passion. Figurant au palmarès des écrivains les plus lus des Français, elle a su conquérir 50 millions de lecteurs dans plus de 20 pays.